六朝文絜箋注

[清]許 槤 評選

[清]黎經誥 箋注

后浪

四川人民出版社

图书在版编目（CIP）数据

六朝文絜笺注 /（清）许梿评选；（清）黎经诰笺注.
成都：四川人民出版社，2024. 10. -- ISBN 978-7-220
-13723-5

Ⅰ．I222.5

中国国家版本馆 CIP 数据核字第 2024K78L74 号

LIUCHAO WENJIE JIANZHU
六朝文絜笺注

著　　者	［清］许　梿 评选　　［清］黎经诰 笺注
选题策划	后浪出版公司
出版统筹	吴兴元
编辑统筹	梅天明　宋希於
特约编辑	刘　早　李子谦
责任编辑	程　川　彭　炜
装帧制造	墨白空间·张　萌
营销推广	ONEBOOK
营销编辑	张抿抿
出版发行	四川人民出版社（成都市三色路 238 号）
网　　址	http://www.scpph.com
E - mail	scrmcbs@sina.com
印　　刷	北京盛通印刷股份有限公司
成品尺寸	143mm × 210mm
印　　张	8.25
字　　数	210 千
版　　次	2024 年 10 月第 1 版
印　　次	2024 年 10 月第 1 次
书　　号	978-7-220-13723-5
定　　价	85.00 元

后浪出版咨询(北京)有限责任公司　版权所有，侵权必究
投诉信箱：editor@hinabook.com　fawu@hinabook.com
未经许可，不得以任何方式复制或者抄袭本书部分或全部内容
本书若有印、装质量问题，请与本公司联系调换，电话 010-64072833

目　录

六朝文絜原序

　　余蓋深韙乎劉舍人之言也，析詞尙絜。然則文至六朝絜矣乎？曰：繁宂莫六朝若矣。或曰：既繁宂之，復絜名之，厥又何說？曰：繁宂奚慮？夫踐要所司，職在鎔裁，薙繁宂而絜是弋，則絜者彌絜矣，繁宂奚慮哉！往余齔舞勺，輒喜繹徐庾諸家文，塾師禁弗與，夜篝鐙竊記之，始未嘗不貽盲者鏡，予躄者履也。習稍稍久，恍然於三唐竇窔，未有不胎息六朝者。由此上泝漢魏裕如爾。歲丙寅，輯選斯帙，不揆尰陋，爲甄別其義，迄今二十祺矣。易稿者數四，凡讎句比字，捃理務覈，然猶未嚌其胾爲歉歉也。今年春，晬朱君小漚。小漚喜欲狂，亟鳩工鋟版，閱七月蔵事。小漚曰：子曷不騈言於首乎？余曰：是猶鳥雀於佛髻放糞矣，豈非以不絜者纇絜耶？不獲已，姑錯落贅數語。

　　道光五年，歲在旃蒙作噩，壯月，海昌許槤書於古韻閣。

六朝文絜箋注序

注書之不易，覺人盡聞而盡知之矣。今所爲《六朝文絜注》，體例一本李善，則誠知取法矣。第吾聞李氏之注《選》也，有初注、再注、三注之別，惜其本今皆不傳，是則以李氏之博雅，固有草創而不能盡善者乎？且歷久而又有引伸補苴者乎？覺人以稿本寄予審定，予老病荒落，且久置駢儷不爲，於此道無能爲役。而及門林琴南孝廉、丁耕鄰茂才皆喜博覽。讎校之餘，共稱其詳贍。維予略反覆之，亦無以易二生之言也。雖然，覺人近又治《爾雅》而欲搜羅故訓，成一家言，所志轉而愈上。是注特其著述之發軔，雖善未足爲覺人多也。年富才殷，千秋何所不至！潯陽、溢浦之間，覺人之書屋在焉。日斜風定，江天蕭瑟，其樂與素心人共晨夕乎？尋章摘句之餘，其無有上下數千年，縱橫十萬里之思乎？

光緒戊子春，老友長樂謝章鋌書於致用書院院西維半室。

張澂序

　　甲戌乙亥間，予友胡子順館於尋陽黎氏。予往來鄂垣，道經尋，嘗主其書塾。其高足覺人，年方舞勺，出肅客，應對間，聰穎英雋，秀出班行，已決爲不易才。甫成童，補博士弟子員，即有聲庠序。主講鹿洞濂溪諸名宿咸加識拔，視爲畏友。覺人於攻舉業暇，輒流覽典籍，把卷忘疲。閱數年，就甥館於望江何氏，僑寓廣陵。何氏藏書極富。覺人寢饋其間，凡經史子集，靡不悉心研究，而尤熟精《選》理。因取許氏評輯《六朝文絜》詳加箋釋，目作家塾讀本。歲丁亥，予復下榻何氏，覺人出所注。閱之，喜其有益初學，勸付梓，而覺人以間有不敢信心處，謙讓未遑。予曰：考據之學，鄭康成爲最。然三國虞翻猶駁正康成經義一百六十處。康成一代大儒，尚不免後人駁正，況我輩乎？覺人曰：諾。遂梓之。予於是益知覺人之心之虛、功之勤，其所進未可限。茲刻殆其嚆矢歟？爰勉掇數言於簡端以貽之。

　　光緒戊子孟冬月，通家生新蔡張澂心如氏序於三桂書屋。

黎經誥序

美哉！富哉！文之揉於六朝哉？許君薙繁冗而絜是弋，豈漫為采掇哉？崇山之積也，撮土不捐，巨海之邃也，涓流畢匯。許君誠歷觀文囿，泛覽詞林，品盈尺之珍，搜徑寸之寶，由博而反約者乎？誥深嗜斯選，咀嚼之下，偶有所得，欣然忘倦。竊嘆許君讎句比字，務求精覈，歷二十禩，易稿者數四，用心可謂至矣！而緗帙輝耀，金玉合寶，文體之粲備，可識全牛，藝圃之淵博，藉窺半豹，學者咸易鑽厲而則法焉。誥嘗取此授謨、詳、詔諸弟讀之，澄心握玩，亦復懂然有喜；但典實紛披，難盡冰釋，有疑義輒求講解。誥枵腹自愧，每昧通津，初未敢言注緝也。積惑良久，適周君少瀟曰：子盍為考往事，發古義乎？誥曰：難。周君曰：搜其所可知，闕其所不可知，何難也？是以不揣樗質，願為箋釋，舊有注者，如李注《文選》，倪注《子山集》，素稱博贍，皆備述之，并妄附補正一二焉。其無注者，窮居諸力，弋釣書部，證前賢之遺跡，采詞人之美藻。或引經傳，或求訓詁，勉深考索，力期諦當，幾閱寒暑，亦如許君之數易稿者然；然其中脫略凡幾，終不能無歉於許君也。及成帙，郵正謝師枚如。夫謝師之垂愛於誥深矣，音塵契闊，千里如一堂也。流覽後，尚不遺棄，復命林丁二君讎校之。噫！二君與誥未識面，迺竟為之考得失、明是非，殆與誥有夙契乎？誥無以報二君，而二君之益誥為匪淺也。戊子仲春，謝師以稿本寄還，誥拾之作家塾讀本，未敢出示人。秋九月，誥棘闈罷歸，買舟東下，客廣陵，載稿行篋中，時取諷誦，以消餘閒。何伯梁仲呂兄弟，見而許可，即勸鋟木，惠諸同好。誥曰：未能自信也，斯注淺劣陋略，能無貽當代有目者誚乎？言再四，并爲參核，辭不獲已，始付剞劂。今年春殺青甫就，略述顛末，書之簡端；後有博雅君子，匡所不逮，則誥幸甚，且感甚！

　　光緒十五年，歲次屠維赤奮若，如月既望，柴桑黎經誥識於廣陵之片石山房。

六朝文絜箋注卷一
賦

蕪城賦①[1]

鮑照②

李善注③

濔迤平原④，南馳蒼梧漲海，北走紫塞鴈門⑤。柂以漕渠，軸以崑岡⑥。重江複關之隩，四會五達之莊⑦。當昔全盛之時，車挂轊，人駕肩⑧。廛閈撲地，歌吹沸天⑨。孳貨鹽田，鏟利銅山⑩。才力雄富，士馬精妍⑪。[2]故能侈秦法，佚周令⑫。劃崇墉，刳濬洫，圖修世以休命⑬。

是以版築雉堞之殷，井幹烽櫓之勤⑭。格高五嶽，袤廣三墳⑮。崒若斷岸，矗似長雲⑯。制磁石以禦衝，糊赬壤以飛文⑰。[3]觀基局之固護，將萬祀而一君⑱。出入三代，五百餘載，竟瓜剖而豆分⑲！

澤葵依井，荒葛罥塗⑳。[4]壇羅虺蜮，階鬭麏鼯㉑。木魅山鬼，野鼠城狐㉒。風嗥雨嘯，昏見晨趨㉓。饑鷹厲吻，寒鴟嚇雛㉔。伏魖藏虎，乳血殕膚㉕。崩榛塞路，崢嶸古馗㉖。白楊早落，塞草前衰㉗。棱棱霜氣，蔌蔌風威㉘。孤蓬自振，驚沙坐飛㉙。灌

[1] 宋孝武時，臨海王子頊有逆謀，照爲參軍，隨至廣陵，見故城荒蕪。乃漢吳王濞所都，濞以叛逆被减，照因賦其事諷子頊。

[2] 從盛時極力說入，總爲“蕪”字張本，如此方有勢有力。

[3] 筆筆從“城”字洗發。此名手勝人處。

[4] 極言其蕪。於濃腴中仍見奇陗，絕不易得。

莽杳而無際，叢薄紛其相依 ㉚。通池既已夷，峻隅又已頹 ㉛。直視千里外，唯見起黃埃 ㉜。凝思寂聽，心傷已摧 ㉝。

若夫藻扃黼帳，歌堂舞閣之基；璿淵碧樹，弋林釣渚之館 ㉞。吳蔡齊秦之聲，魚龍爵馬之玩 ㉟。皆薰歇燼滅，光沈響絕 ㊱。[5] 東都妙姬，南國麗人。蕙心紈質，玉貌絳脣 ㊲。莫不埋魂幽石，委骨窮塵 ㊳。豈憶同輿之愉樂，離宮之苦辛哉 ㊴！

天道如何？吞恨者多。抽琴命操，爲蕪城之歌 ㊵。[6] 歌曰：邊風急兮城上寒，井逕滅兮丘隴殘 ㊶。千齡兮萬代，共盡兮何言 ㊷！ [7]

【箋注】

①《集》云：登廣陵故城作。《漢書》曰：廣陵國，高帝十一年屬吳，景帝更名江都，武帝更名廣陵。江都易王非、廣陵屬王胥皆都焉。**補**孫志祖《補正》曰：何云：世祖孝建三年竟陵王誕據廣陵反，沈慶之討平之，命悉誅城內丁男，以女口爲軍賞。照蓋感事而賦。

②沈約《宋書》曰：鮑照，字明遠。文辭贍逸。世祖時，照爲中書舍人。上好爲文章，自謂物莫能及。照悟其旨，爲文多鄙言累句，當時咸謂照才盡，實不然也。臨海王子頊爲荆州，照爲前軍參軍掌書記之任；子頊敗，爲亂兵所殺。**補**按：鮑照，《宋書》附《臨川烈武王道規傳》。頊，頊字之誤，豈避神廟諱改耶？

③經誥曰：有舊注者，因而留之，並於篇首題其姓名；若於原注外有所補緝，並稱補字以別之。許氏評語精核，仍備錄之。他皆倣此。

<hr>

[5] 有昔日之盛，即有今日之衰。兩段俱以二語兜轉，何等道勁。

[6] 題字至此揭出。

[7] 收局感慨淋漓。每讀一過，令人輒喚奈何。

④灡，同瀾。瀾，相連漸平之貌也。《廣雅》曰：迤，斜也。平原即廣陵也。

⑤南馳、北走，言所通者遠也。《漢書》有蒼梧郡。謝承《後漢書》曰：陳茂常渡漲海。如淳《漢書注》曰：走，音奏，趨也。崔豹《古今注》曰：秦所築長城土色皆紫，漢塞亦然，故稱紫塞。《漢書》有鴈門郡。馣《廣雅》曰：馳，犇也。

⑥岡，一作崗。《廣雅》曰：柂，引也。漕渠，邗溝也。《左氏傳》曰：吳城邗，溝通江淮。杜預：通糧道。《說文》曰：漕，水轉穀也。又曰：軸，持輪也。崑崗，廣陵之鎮平也，類車軸之持輪。《河圖括地象》曰：崑崗之山，橫爲地軸。柂或爲陀，軸或爲袖。

⑦重江複關，一作重關複江。南臨二江曰重，濱帶江南曰複。《蒼頡篇》曰：隩，藏也。《洛陽記》曰：銅駞二枚在四會道頭。《爾雅》曰：五達謂之康，六達謂之莊。

⑧全盛，謂漢時也。《史記》：蘇秦說齊王曰：臨菑之塗，車轂擊，人肩摩。《說文》曰：轊，車軸端。杜預《左氏傳注》曰：駕，陵也，謂相迫切也。

⑨鄭玄《周禮注》曰：廛，民居區域之稱。《說文》曰：閈，閭也。《方言》曰：撲，盡也。郭璞曰：今種物皆生，云撲地出也。

⑩《聲類》曰：薭，蕃也。薭、滋古字通。木華《海賦》曰：陸死鹽田。《蒼頡篇》曰：鏟，削平也，初產切。《史記》曰：吳有豫章郡銅山，吳王濞盜鑄錢，煮海水爲鹽。

⑪班固《西域傳贊》曰：材力有餘，士馬強盛。范曄《後漢書》曰：王元說隗囂曰：今天水完富，士馬最強。

⑫《聲類》曰：夌，侈字也。軼，過也。佚與軼通。《西京賦》曰：覽秦制，跨周法。

⑬《字林》曰：錐刀曰劃。剗，謂除消其土也。《周易》曰：刳木爲舟。薛綜《西京賦注》：墉，謂城；洫，池也。《左氏傳》：北宮文

子曰：其有國家，令問長世。《尚書》曰：俟天休命。《春秋元命苞》
曰：命者，天之命也。

⑭郭璞《三蒼解詁》曰：板築，牆上下板築杵頭鐵杳也。鄭玄《周禮
注》曰：雉，長三丈，高一丈。杜預《左氏傳注》曰：堞，女牆也。
殷，盛也。《淮南子》曰：大構架，興宮室，雞棲井幹。許慎曰：皆屋
構飾也。郭璞《上林賦注》曰：櫓，望樓也。

⑮《蒼頡篇》曰：格，量度也。《爾雅》曰：太山爲東嶽，華山爲西
嶽，衡山爲南嶽，常山爲北嶽，嵩山爲中嶽。南北曰袤。三墳未詳；
或曰：《毛詩》曰：遵彼汝墳。又：鋪敦淮墳。《爾雅》曰：墳，莫
大於河墳。此蓋三墳。**補**孫志祖曰：田藝蘅曰：兗州土黑墳，青州土
白墳，徐州土赤埴墳，此三州與揚州接。

⑯崒，高峻也。壘，齊平也。

⑰制，一作製。礠，一作磁。《三輔黃圖》曰：阿房宮以磁石爲門，懷
刃者止之。《廣雅》曰：衝，突也。《字書》曰：糊，黏也，戶徒切。
毛萇《詩傳》曰：赬，赤也。《七啓》曰：耀飛文。

⑱《說文》曰：扃，外閉之關也。凡文士之言扃局，汎論城闕，猶車稱
輢，舟謂之艫耳，非獨指扃也。固護，言牢固也。

⑲剖，一作割。王逸《廣陵郡圖經》曰：郡城，吳王濞所築。然自漢
迄於晉末，故云出入三代，五百餘載也。《漢書》：賈誼上疏曰：高帝
瓜分天下，王功臣也。

⑳王逸《楚辭注》曰：風萍，水葵，生於池中。胥，猶縮也。

㉑王逸《楚辭注》曰：壇，堂也。《毛詩》曰：爲鬼爲蜮。毛萇曰：
蜮，短狐也。《公羊傳》曰：有蜧而角。劉兆曰：麋，蠠也，麐與麋音
義同。鼯，鼯鼠也。

㉒《說文》曰：魅，老物精也，莫愧切。《楚辭・九歌》有祭《山鬼》。
《漢書》曰：蘇武掘野鼠草實而食之。魏明帝《長歌行》：久城育狐
兔，高墉多鳥聲。**補**《史記》：始皇曰：山鬼不過知一歲事耳。《韓非

子》曰：社鼠不燻，城狐不灌。

㉓《左氏傳》曰：豺狼所嗥也。胡高切。

㉔厲，摩也。鄭玄《周禮注》曰：吻，口邊也。亡粉切。鄭玄《毛詩箋》曰：口拒人曰嚇。火嫁切。郭璞《爾雅注》曰：雛生而能自食者謂鳥子也。補《魏書》：陳登曰：鷹饑則依人。《莊子·秋水篇》曰：鴟得腐鼠，鵷雛過之，仰而視之，曰：嚇！

㉕《字書》曰：慗，古文暴字，蒲到切。慗或爲虦，《爾雅》曰：虦，白虎。虦，戶甘切。

㉖服虔《漢書注》曰：榛，木叢生也。《廣雅》曰：崢嶸，深冥也。《韓詩》曰：肅肅兔罝，施于中逵。薛君曰：中逵，逵中九交之道也。仇悲切。

㉗崔豹《古今注》曰：白楊葉圓。李陵《書》曰：涼秋九月，塞外草衰。塞，或爲寒。

㉘棱棱霜氣，嚴冬之貌。蔌蔌風聲，勁疾之貌。蔌，素鹿切。

㉙沙，一作砂。無故而飛曰坐飛。

㉚《廣雅》曰：灌，叢也。王逸《楚辭注》曰：草木交曰薄。

㉛通池，城壕也。峻隅，城隅也。

㉜王逸《楚辭注》曰：埃，塵也。

㉝孫綽《游天台山賦》曰：凝思高巖。

㉞璿，同琁。藻局，局施畫藻也。司馬相如《美人賦》曰：芳香芬烈，黼帳高張。琁淵，玉池也。碧樹，玉樹也。補《淮南子》曰：崑崙山有碧樹。

㉟《楚辭》曰：吳歈、蔡謳。《漢書·藝文志》有齊歌、秦歌。張平子《西京賦》曰：海鱗變而成龍。又曰：大雀踆踆。又曰：爵馬同轡。

㊱杜預《左氏傳注》曰：薰，香草也。又曰：爐，火之餘木。

㊲麗，一作佳，本注引陳王詩正作佳。陸機《擬東城一何高》曰：京洛多妖麗，玉顏侔瓊蕤。然京洛即東都也。曹子建詩曰：南國有佳人，

華容若桃李。左九嬪《武帝納皇后頌》曰：如蘭之茂。《登徒子好色賦》曰：腰如束素。蘭蕙同類，紈素兼名，文士愛奇，故變文耳。宋玉《笛賦》曰：䪻顏臻，玉貌起。揚雄《蜀都賦》曰：眺朱顏，離絳脣。

㊳委，猶積也。

㊴《魏志》曰：明帝悼毛皇后有寵，出入與帝同輿輦。司馬長卿《長門賦》曰：期城南之離宮。

㊵《韓詩外傳》曰：孔子抽琴去軫，以授子貢。《廣雅》曰：命，名也。《琴道》曰：琴有伯夷之操。夫遭遇異時，窮則獨善其身，故謂之操。

㊶《周禮》曰：九夫爲井。又曰：夫間有遂，遂上有徑。

㊷《莊子》曰：化窮數盡謂之死。

月賦①[1]

謝莊②

李善注

陳王初喪應劉，端憂多暇③。綠苔生閣，芳塵凝榭④。悄焉疚懷，不怡中夜⑤。洒清蘭路，肅桂苑⑥。騰吹寒山，弭蓋秋阪⑦。臨濬壑而怨遙，登崇岫而傷遠。[2]於時斜漢左界，北陸南躔⑧。白露曖空，素月流天⑨。[3]沈吟齊章，殷勤陳篇⑩。抽毫進牘，以命仲宣⑪。

仲宣跪而稱曰⑫：臣東鄙幽介，長自邱樊⑬。昧道懵學，孤奉明恩⑭。臣聞沈潛既義，高明既經⑮。日以陽德，月以陰靈⑯。擅扶光於東沼，嗣若英於西冥⑰。[4]引玄兔於帝臺，集素娥於后庭⑱。朒朓警闕，朏魄示沖⑲。順辰通燭，從星澤風⑳。增華台室，揚采軒宮㉑。委照而吳業昌，淪精而漢道融㉒。

若夫氣霽地表，雲斂天末㉓。洞庭始波，木葉微脫㉔。菊散芳於山椒，鴈流哀而江瀨㉕。升清質之悠悠，降澂輝之藹藹㉖。列宿掩縟，長河韜映㉗。柔祇雪凝，圓靈水鏡㉘。連觀霜縞，周除冰淨㉙。[5]君王乃厭晨懽，樂宵宴；收妙舞，弛清縣㉚；去燭

---

[1] 此賦假陳王仲宣立局，與小謝《雪賦》同意。茲刻遺雪取月者，以雪描寫著迹，月則意趣瀟然。所謂寫神則生，寫貌則死。

[2] 怨遙傷遠，一篇關目。

[3] 白露二句，神來之筆。看似平淡而實精緯，作文須知此境。

[4] 此段尚嫌著迹。

[5] 數語無一字說月，卻無一字非月。清空澈骨，穆然可懷。

房,即月殿;芳酒登,鳴琴薦。

若乃涼夜自淒,風篁成韻^㉛。親懿莫從,羈孤遞進^㉜。聆皋禽之夕聞,聽朔管之秋引^㉝。[6]於是絲桐練響,音容選和^㉞。徘徊《房露》,惆悵《陽阿》^㉟[7]。聲林虛籟,淪池滅波^㊱。情紆軫其何託,愬皓月而長歌^㊲。

歌曰[8]:美人邁兮音塵闕,隔千里兮共明月^㊳。臨風歎兮將焉歇?川路長兮不可越^㊴。歌響未終,餘景就畢。滿堂變容,迴遑如失^㊵。又稱歌曰:月既沒兮露欲晞,歲方晏兮無與歸^㊶。佳期可以還,微霜霑人衣^㊷。[9]

陳王曰:善。迺命執事,獻壽羞璧^㊸,敬佩玉音,復之無斁^㊹。

【箋注】

①《周易》曰:坎爲月,陰精也。鄭玄曰:臣象也。《廣雅》云:夜光謂之月,月御謂之望舒。《說文》曰:月者,太陰之精。《釋名》曰:月,闕也。言有時盈,有時闕也。

②沈約《宋書》曰:謝莊,字希逸,陳郡陽夏人也。太常弘微子也。年七歲,能屬文。仕至光祿大夫。泰初二年卒,時年四十六。諡曰憲子。所著文章四百餘首,行於代。

③假設陳王、應、劉以起賦端也。陳王,曹植也。應、劉,應瑒、劉

---

[6] 筆能赴情,自情生於文,正不必苦鑄。而沖淡之味,耐人咀嚼。
[7] 陽阿,古善歌者。
[8] 以二歌總結全局,與怨遙傷遠相應。深情婉致,有味外味。後人摹倣便落套,覺厭矣。
[9] 前寫月之始升,此寫月之既沒。畦逕分明。

楨也。魏文帝《書》曰：徐、陳、應、劉，一時俱逝。《孫卿子》曰：
其爲人也多暇日者，其出入不遠。**補**按：《注》：孫卿子即荀況也。

④言無復娛遊，故綠苔生而芳塵凝也。高誘注《淮南子》曰：蒼苔，
水衣。庾闡《揚都賦》曰：結芳塵於綺疎。郭璞《爾雅注》曰：榭，
臺上起屋也。

⑤不，一作弗。《毛詩》曰：憂心悄悄。悄悄，憂貌。七小切。《爾雅》
曰：疚，病也。怡，樂也。《家語》：孔子云：日出聽政，至於中夜。

⑥蘭路，有蘭之路。桂苑，有桂之苑。《楚辭》曰：皋蘭被徑。王逸
曰：徑，路也。劉淵林《吳都賦注》曰：吳有桂林苑。

⑦王逸《楚辭注》曰：騰，馳也。《禮記》曰：季秋入學習吹。王逸
《楚辭注》曰：弭，按也。

⑧《大戴禮》曰：七月，漢案戶。漢，天漢也。案戶，直戶也。李陵詩
曰：天漢東南馳。《左傳》：申豐曰：日在北陸而藏冰。杜預曰：陸，
道也。《漢書》曰：冬則南，夏則北。《漢書音義》：韋昭曰：躔，處
也，亦次也。《方言》曰：日運爲躔。躔，歷行也。

⑨《長歌行》：昭昭素明月，輝光燭我牀。

⑩《楚辭》曰：意欲兮沈吟。《毛詩·齊風》曰：東方之月兮，彼姝者
子，在我闥兮。又《陳風》曰：月出皎兮，佼人憭兮。

⑪此假王仲宣也。毫，筆毫也。陸士衡《文賦》曰：或含毫而邈然。
《說文》曰：牘，書版也。

⑫《聲類》曰：跪，跽也。跪，渠委切。跽，奇几切。

⑬仲宣山陽人，故云東鄙。《戰國策》：范雎謂秦王曰：臣東鄙賤人。
《爾雅》：樊，藩也。郭璞曰：藩，籬也。

⑭《說文》：懵，目不明也。莫瞪切。

⑮《尚書》曰：沈潛剛克，高明柔克。孔安國曰：沈潛，謂地。高明，
謂天。《左氏傳》：子太叔曰：子產云：禮，天之經，地之義。

⑯《春秋說題辭》曰：陽精爲日。《易辯終備》曰：日之既，陽德消。

鄭玄曰：日既蝕，明盡也。《春秋感精符》云：月者，陰之精。

⑰扶光，扶桑之光也。東沼，湯谷也。若英，若木之英也。西冥，昧谷也。月盛於東，故曰擅。始生於西，故曰嗣。《山海經》曰：湯谷有扶木，九日居下枝，一日居上枝。又曰：灰野之山，有赤樹，青葉，名曰若木，日之所入處。郭璞曰：扶木，扶桑也。《尚書》曰：宅西，曰昧谷。孔安國曰：昧，冥也。《淮南子》曰：日出於湯谷，拂於扶桑。又曰：若木末有十日，其華照下地。高誘曰：若木端有十日，狀如蓮華。

⑱張衡《靈憲》曰：月者，陰精之宗，積成爲獸，象兔形。《春秋元命苞》曰：月之爲言闕也。兩說蟾蜍與兔者，陰陽雙居，明陽之制陰，陰之倚陽。張泉《觀象賦》曰：漸臺可升。自注曰：漸臺，天臺之名，四星在織女東。《淮南子》：羿請不死之藥於西王母，常娥竊而奔月。《注》曰：常娥，羿妻也。《歸藏》曰：昔常娥以不死之藥犇月。《論語》曰：皇皇后帝。張泉《觀象賦》曰：寥寥帝庭。自注云：帝庭，謂太微宮也。《春秋元命苞》曰：太微爲天庭。補案：《注》皇皇后帝，見《魯頌》。論語二字宜改毛詩。

⑲《說文》曰：朒，朔而月見東方，縮朒然。朓，晦而月見西方也。肭，月未成光。魄，月始生魄然也。《尚書五行傳》曰：晦而月見西方謂之朓，朓則王侯奢也；朔而月見東方謂之側匿，側匿則王侯肅。鄭玄曰：朓，條達行疾貌也。警闕，謂朒朓失度，則警人君有所闕德。示沖，言朒魄得所，則表示人君有謙沖，不自盈大也。《禮記注》曰：月三日而成魄，是以禮有三讓也。朒，女六切。朓，大鳥切。肭，芳尾切。

⑳辰，十二辰，言月順之以照天下也。《淮南子》曰：正月建寅，月從左行十二辰。許慎曰：歷十二辰而行。《尚書》曰：月之從星，則以風以雨。孔安國《尚書傳》曰：月經于箕則多風，離于畢則多雨。然澤則雨也。

㉑台室，三公位。軒宮，軒轅之宮。《史記》曰：中宮文昌魁下六星，兩兩相比，名曰三能。能，古台字也。齊色則君臣和也。《淮南子》曰：軒轅者，帝妃之舍。高誘曰：軒轅，星名。

㉒《吳錄》曰：長沙桓王名策，武烈長子。母吳氏有身，夢月入懷。《漢書》：元后母李，親夢月入懷而生后，遂爲天下母。昌，盛也。融，明也。

㉓《說文》曰：霽，雨止也。《西京賦》曰：眇天末以遠期。霽，才計切。

㉔《楚辭》曰：洞庭波兮木葉下。

㉕而，一作於。《禮記》曰：仲秋，菊有黃華。王逸《楚辭注》曰：土高四墮曰椒。《漢書》：武帝《傷李夫人賦》曰：釋輿馬於山椒。山椒，山頂也。《說文》曰：瀨，水流沙上也。

㉖《楚辭》曰：白日出兮悠悠。《長門賦》曰：望中庭之藹藹，若季秋之降霜。

㉗《楚辭》曰：若列宿之錯置。《說文》曰：縟，繁采飾也。《毛詩》曰：倬彼雲漢。毛萇曰：雲漢，天河也。

㉘柔祇，地也。圓靈，天也。

㉙觀，宮觀也。徐幹《七喻》曰：連觀飛榭。《說文》曰：除，殿陛也。

㉚邊讓《章華臺賦》：妙舞麗於《陽阿》。馬融《長笛賦》：磬襄弛縣。《周禮》曰：大憂弛縣。鄭玄曰：弛，釋也。《字林》曰：弛，解也。韋昭曰：弛，廢也。補《周禮》：天子宮縣，諸侯軒縣。

㉛篁，竹叢生也。風篁，風吹篁也。

㉜親懿，懿親也。《左氏傳》：富辰曰：兄弟雖有小忿，不廢懿親。杜預曰：懿，美也。羈孤，羈客、孤子也。言親懿不從遊而羈旅之孤更進也。補羈孤，羈臣、孤客也。

㉝《詩》曰：鶴鳴九皋。皋禽，鶴也。《抱朴子》曰：峻㟧獨立而皋禽

之響振也。朔管，羌笛也。《說文》曰：管，十二月位在北方，故云朔。秋引，商聲也。

㉞絲，一作絃。絲桐，琴也。《埤蒼》曰：練，擇也。練與揀音義同。桓譚《新論》曰：神農始削桐爲琴，練絲爲絃。侯瑛《箏賦》曰：察其風采，揀其聲音。鄭玄《禮記注》曰：選，可選擇也。補按：《注》侯瑛應作侯瑾。侯瑾見《後漢書·文苑傳》。

㉟《房露》，古曲名。陸士衡《文賦》：寤《防露》與《桑間》，又雖悲而不雅。房與防古字通。《淮南子》曰：夫歌《采菱》，發《陽阿》，鄙人聽之，不若《延露》以和也。

㊱此言風將息也。聲林而籟管虛，淪池而大波滅。牽秀《相風賦》曰：幽林絕響，巨海息波。《莊子》曰：子綦謂子游曰：夫大塊噫氣，其名曰風。是以無作，作則萬竅怒號。泠風則小和，飄風則大和，厲風濟則衆竅爲虛。子游曰：地籟則衆竅是已。郭象曰：烈風作則衆竅實，及其止則衆竅虛。薛君《韓詩章句》曰：從流而風曰淪。淪，文貌。《說文》曰：波，水涌也。

㊲《楚辭》曰：鬱結紆軫兮，離愍而長鞠。王逸曰：紆，曲；軫，痛也。《毛詩》曰：如彼遡風。毛萇曰：遡，鄉之也。

㊳《楚辭》曰：望美人兮未來。陸機《思歸賦》曰：絕音塵於江介，託影響乎洛湄。《淮南子》曰：道德之論，譬如日月，馳騖千里，不能改其處也。

㊴《楚辭》曰：臨風怳兮浩歌。

㊵《說文》曰：滿堂飲酒。《莊子》：子貢曰：夫子見之，變容失色。范曄《後漢書》：戴良見黃憲反歸，罔然若有失也。

㊶《楚辭》曰：歲既晏兮孰與歸？

㊷《楚辭》曰：與佳人期兮夕張。又曰：微霜兮夜降。魏文帝《善哉行》曰：谿谷多悲風，霜露沾人衣。

㊸羞，一作薦。《左氏傳》：厚成叔曰：敢私於執事。《史記》曰：平

原君以千金爲魯連壽。《韓詩外傳》曰：楚襄王遣使持白璧百雙聘莊子。

㊹《毛詩》曰：無金玉爾音。《尚書》曰：我有周無斁。《爾雅》曰：斁，厭也。**補**左太沖《魏都賦》曰：復之而無斁，申之而有裕。

采蓮賦①

梁元帝②

紫莖兮文波③，紅蓮兮芰荷④。綠房兮翠蓋⑤，素實兮黃螺⑥。於時妖童媛女，蕩舟心許⑦。鷁首徐迴⑧，兼傳羽杯⑨。櫂將移而藻挂，船欲動而萍開。[1]爾其纖腰束素⑩，遷延顧步⑪。夏始春餘，葉嫩花初⑫。恐沾裳而淺笑，畏傾船而斂裾⑬。[2]故以水濺蘭橈，蘆侵羅襪⑭。菊澤未反，梧臺迴見⑮。荇溼霑衫⑯，菱長繞釧⑰。[3]泛柏舟而容與，歌采蓮於江渚⑱。歌曰：碧玉小家女，來嫁汝南王⑲。蓮花亂臉色，荷葉雜衣香。因持薦君子，願襲芙蓉裳⑳。

【箋注】

①《爾雅》曰：荷，芙蕖。其莖茄，其葉蕸，其本蔤，其華菡萏，其實蓮，其根藕。《古樂府》：江南可采蓮，蓮葉何田田。

②姚思廉《梁書》曰：元帝，諱繹，字世誠，武帝第七子。母，采女阮修容。初封湘東王，鎮江州。侯景破臺城，武帝崩，繹與王僧辯、陳霸先共敗景，景伏誅。僧辯等上表勸進，乃即位於江陵。

③《楚辭》曰：紫莖屏風，文緣波些。

④謝朓詩曰：紅蓮搖弱荇。《淮南子》：夫容芰荷。高誘《注》：芰，菱角交荇也。宋玉《招魂》曰：芙蓉始發，雜芰荷些。漢昭帝《淋池歌》曰：揮纖手兮折芰荷。

---

[1] 體物瀏亮，斯爲不負。

[2] 生撰語卻佳，以有藻飾。所以讀之不厭。

[3] 腴鍊。

⑤漢王延壽《魯靈光殿賦》曰：綠房紫菂，窊窳垂珠。晉陸雲《芙蕖詩》曰：綠房含青實。晉夏侯湛《芙蓉賦》曰：綠房翠蔕。《淮南子》曰：游於江潯海裔，馳要褭，建翠蓋。

⑥晉夏侯湛《芙蓉賦》曰：爾乃採淳葩，摘圓質。析碧皮，食素實。又云：黃螺圓出，垂蕤散舒。

⑦妖，豔也，媚也。《說文》曰：媛女，美女也，人所援也。蕩，搖也。

⑧《淮南子》曰：鳴鵠鸒鷜，稻粱饒餘，龍舟鷁首，浮吹以娛。此遁於水也。高誘《注》：鷁，大鳥也。畫其象於船頭也。漢張衡《西京賦》曰：浮鷁首，翳雲芝。

⑨《晉書·束皙傳》：周公成洛邑，因流水以泛酒。故《逸詩》云：羽觴隨波。

⑩漢張衡賦曰：舒眇婧之纖腰兮，揚雜錯之袿徽。《登徒子好色賦》曰：腰如束素，齒如含貝。

⑪周宋玉《神女賦》曰：遷延引身。李善《注》曰：遷延，却行去也。

⑫《管子》曰：以春日至始，數四十六日，春盡而夏始。嫩與嬿同，弱也。

⑬《爾雅·釋器》曰：衱，謂之裾。郭《注》曰：衣後裾也。

⑭濺，水激也。《博雅》曰：楫，謂之橈。蘭橈，蓋取其香也。《漢武故事》曰：帝齋於尋真臺，設紫羅薦。薦，與襦同。

⑮《列子》曰：宋之愚人，得燕石於梧臺之側。

⑯毛萇《詩傳》曰：荇，接余也。

⑰蔆，一作菱。兩角曰菱，四角曰芰。《說文》曰：釧，臂環也。

⑱《毛詩》曰：汎彼柏舟。《史記·司馬相如傳》：弭節徘徊，翱翔容與。《離騷》曰：聊逍遙兮容與。鮑照詩曰：櫂女歌采蓮。《毛詩》曰：江有渚。《傳》云：水岐曰渚。

⑲樂府有《情人碧玉歌》，一云汝南王妾。按：碧玉姓劉。北周庾信詩曰：定知劉碧玉，偷嫁汝南王。

⑳《楚辭》曰：製芰荷以爲衣兮，集芙蓉以爲裳。

蕩婦秋思賦①

梁元帝

　　蕩子之別十年，倡婦之居自憐。登樓一望，惟見遠樹含烟②。平原如此，不知道路幾千③？[1]天與水兮相逼，山與雲兮共色。山則蒼蒼入漢，水則涓涓不測④。誰復堪見鳥飛，悲鳴隻翼⑤！秋何月而不清，月何秋而不明？況乃倡樓蕩婦，對此傷情。於時露萎庭蕙⑥，霜封階砌⑦。坐視帶長⑧，轉看腰細⑨。[2]重以秋水文波⑩，秋雲似羅。日黯黯而將暮⑪，風騷騷而渡河⑫。妾怨迴文之錦，君思出塞之歌⑬。相思相望，路遠如何！[3]鬢飄蓬而漸亂，心懷疑而轉歎⑭。愁縈翠眉斂，啼多紅粉漫⑮。[4]已矣哉！秋風起兮秋葉飛，春花落兮春日暉⑯。春日遲遲猶可至，客子行行終不歸⑰。

【箋注】

①《古詩》曰：昔爲倡家女，今爲蕩子婦。蕩子行不歸，空牀難獨守。《說文》曰：秋，禾穀熟也。

②王粲《登樓賦》曰：登茲樓以四望兮。謝朓詩曰：遠樹曖芊芊，生烟紛漠漠。

③《說文》曰：高平曰原。《爾雅·釋地》曰：大野曰平，廣平曰原。

④曹植詩曰：山樹鬱蒼蒼。《家語》金人銘曰：涓涓不壅，終成江湖。

---

[1] 起得超。語淺而思深，故妙。

[2] 逼真蕩婦情景。琢磨入細。

[3] 寫出幽憤意。卻是可憐。

[4] 史稱帝不好聲色，頗有高名。觀此婉麗多情，余未之信。

⑤陸機詩曰：良人久不歸，偏棲獨隻翼。

⑥《南方草木狀》曰：蕙，一名薰草。《玉篇》曰：香草生下濕地。《爾雅翼》曰：一幹數花而香不足者曰蕙。

⑦封，一作堆。《廣雅》曰：砌，阤也，且計切。

⑧《古詩》曰：相去日以遠，衣帶日以緩。

⑨《後漢書》曰：楚王好細腰，宮中多餓死。

⑩文波，見《采蓮賦》注。

⑪陳孔璋《遊覽詩》曰：肅肅山谷風，黯黯天路陰。

⑫張衡《思玄賦》曰：寒風淒其永至兮，拂穹岫之騷騷。李善《注》曰：騷騷，風勁貌。

⑬《晉書》曰：竇滔妻蘇氏，名蕙，字若蘭。善屬文。苻堅時，滔爲秦州刺史，被徙流沙。蘇氏思之，織錦爲《迴文璇圖詩》以寄滔，宛轉循環，讀之詞甚悽惋。《西京雜記》曰：漢高帝令戚夫人歌《出塞》《歸來》之曲，侍婢數百齊和，聲入雲霄。

⑭疑，一作愁。

⑮《古今注》曰：魏宮多作翠眉警鶴髻。《古詩》曰：娥娥紅粉妝，纖纖出素手。

⑯《說文》曰：暉，光也。

⑰《毛詩》曰：春日遲遲。《古詩》曰：行行重行行，與君生別離。

恨賦①[1]

江淹②

李善注

試望平原，蔓草縈骨，拱木斂魂③。人生到此，天道寧論！

於是僕本恨人，心驚不已④，直念古者，伏恨而死。[2]至如秦帝按劍，諸侯西馳⑤。削平天下，同文共規⑥。華山爲城，紫淵爲池⑦。雄圖既溢，武力未畢。方架黿鼉以爲梁，巡海右以送日⑧。[3]一旦魂斷，宮車晚出⑨。[4]

若乃趙王既虜，遷於房陵⑩。薄莫心動，昧旦神興⑪。別豔姬與美女，喪金輿及玉乘⑫。置酒欲飲，悲來填膺⑬。千秋萬歲，爲怨難勝⑭。[5]

至於李君降北，名辱身冤⑮。拔劍擊柱⑯，弔影慙魂⑰。情往上郡，心留雁門⑱。裂帛繫書，誓還漢恩⑲。[6]朝露溘至，握手何言⑳？[7]

若夫明妃去時，仰天太息㉑。紫臺稍遠，關山無極㉒。搖風忽起，白日西匿㉓。隴雁少飛，代雲寡色㉔。望君王兮何期？終

---

[1] 《恨》《別》二賦乃文通創格。
[2] 通篇奇峭有韻。語法俱自千錘百鍊中來，然卻無痕迹。至分段叙事，慷慨激昂，讀之英雄雪涕。
[3] 愈說得威赫，愈覺得冷落。筆法簡勁，悲思淋漓。
[4] 帝王之恨。
[5] 列侯之恨。
[6] 此段可與蘇子卿《黃鵠》一詩並讀。
[7] 名將之恨。

蕪絕兮異域㉕。[8] [9]

至乃敬通見抵，罷歸田里㉖。閉關卻掃，塞門不仕㉗。左對孺人，右顧稚子㉘。脫略公卿，跌宕文史㉙。齎志沒地，長懷無已㉚。[10]

及夫中散下獄，神氣激揚㉛。濁醪夕引，素琴晨張㉜。秋日蕭索，浮雲無光㉝。鬱青霞之奇意，入修夜之不暘㉞。[11] [12]

或有孤臣危涕，孽子墜心㉟。遷客海上，流戍隴陰㊱。此人但聞悲風汩起，血下霑衿㊲。亦復含酸茹歎，銷落湮沈㊳。[13]

若乃驕疊跡，車同軌㊴。黃塵币地，歌吹四起㊵。無不煙斷火絕，閉骨泉裏㊶。[14]

已矣哉㊷！春草莫兮秋風驚，秋風罷兮春草生。綺羅畢兮池館盡，琴瑟滅兮丘隴平㊸。自古皆有死，莫不飲恨而吞聲㊹。[15]

【箋注】

①意謂古人不稱其情，皆飲恨而死也。

②劉璠《梁典》曰：江淹，字文通，濟陽考城人。祖耽，丹陽令。父康之，南沙令。淹少而沉敏，六歲能屬詩。及長，愛奇尚異。自以孤

---

[8]　獨憐青冢，幽恨誰知。文語語悽絕。
[9]　美人之恨。
[10]　才士之恨。
[11]　如此埋沒者，不知凡幾。一嘆。
[12]　高人之恨。
[13]　貧困之恨。
[14]　榮華之恨。
[15]　世事循環無端，枯榮同歸一盡。巫讀數過，不異冷水澆背，熱心頓解。

賤，屬志篤學。泊於強仕，漸得聲譽。嘗夢郭璞謂之曰：君借我五色
筆，今可見還。淹即探懷以筆付璞，自此以後，材思稍減。前、後二
集，並行於世。宋桂陽王舉秀才。齊興，爲豫章王記室。天監中爲金
紫光祿大夫。卒，贈醴泉侯，諡憲子。

③《爾雅》曰：試，用也。《毛詩》曰：野有蔓草。《左氏傳》：秦伯謂
蹇叔曰：中壽，爾墓之木拱矣！《注》：兩手曰拱。《古蒿里歌》曰：
蒿里誰家地，聚斂魂魄無賢愚。

④《列女傳》：趙津吏女歌曰：誅將加兮妾心驚。

⑤至，一作假。《說苑》曰：秦始皇帝太后不謹，幸郎嫪毐。茅焦上
諫，始皇按劍而坐。《戰國策》：蘇代曰：伏軾而西馳。

⑥《禮記》曰：書同文，車同軌。

⑦賈誼《過秦論》曰：踐華爲城，因河爲池。司馬長卿《上林賦》
曰：丹水更其南，紫淵徑其北。

⑧架，一作駕。鄭玄《毛詩箋》曰：方，且也。《紀年》曰：周穆王
三十七年，征伐紂，大起九師，東至於九江，叱黿鼉以爲梁。《列子》
曰：穆王駕八駿之乘，乃西觀日所入。

⑨《史記》：王稽謂范雎曰：宮車一日晏駕，是事之不可知也。韋昭
曰：凡初崩爲晏駕者，臣子之心，猶謂宮車當駕而晚出。《風俗通》
曰：天子夜寢早作，故有萬機，今忽崩隕，則爲晏駕。

⑩《淮南子》曰：趙王遷流房陵，思故鄉，作《山木》之嘔，聞者莫
不隕涕。高誘曰：趙王張敖，秦滅趙，虜王，遷徙房陵。房陵在漢中。
《山木》之嘔，歌曲也。

⑪莫，同暮。《楚辭》曰：薄莫雷電。宋玉《高唐賦》曰：使人心動。
《左氏傳》曰：昧旦丕顯。

⑫杜預《左氏傳注》曰：美色曰豔。《史記》曰：爲之金輿錽衡，以繁
其飾。玉乘，玉輅也。

⑬《漢書》曰：上置酒沛宮。鄭玄《禮記注》曰：填，滿也。

⑭怨，一作恨。《戰國策》：楚王謂安陵君曰：寡人萬歲千秋之後，誰與樂此也？

⑮於，一作如。《漢書》：武帝天漢二年，李陵爲騎都尉，領步卒三千出居延。至浚稽山，與匈奴相值。戰敗，弓矢並盡，陵遂降。《孫卿子》曰：功廢而名辱，社稷必危。

⑯《漢書》曰：漢高已併天下，尊爲皇帝。羣臣飲，爭功，醉或妄呼，拔劍擊柱。

⑰曹子建表曰：形影相弔。《晏子春秋》曰：君子獨寢，不慙於魂。

⑱往，一作住。《漢書》有上郡、雁門郡，並秦置。

⑲《漢書》曰：常惠教漢使者謂單于，言天子射上林中，得雁，足有繫帛書，蘇武等在某澤中。李陵《書》曰：欲如前書之言，報恩於國主耳。

⑳《漢書》：李陵謂蘇武曰：人生如朝露，何久自苦如此？《楚辭》曰：寧溘死以流亡。王逸曰：溘，奄也。《史記》：繆賢曰：燕王私握臣手曰：願結交。潘岳《邢夫人誄》曰：臨命相決，交腕握手。

㉑《漢書》：元帝竟寧元年春正月，呼韓邪單于來朝。詔掖庭王嬙爲閼氏。應劭曰：王嬙，王氏之女，名嬙，字昭君。文穎曰：本南郡人也。《琴操》曰：王昭君者，齊國王襄女也。年十七，獻元帝。會單于遣使請一女子，帝謂後宮欲至單于者起。昭君喟然而歎，越席而起。乃賜單于。石崇曰：王明君本爲王昭君，以觸文帝諱改之。《戰國策》曰：樊於期仰天太息流涕。

㉒紫臺猶紫宮也。古樂府相和歌有《度關山曲》。

㉓《爾雅》曰：飆颺謂之颲。飆，音扶。颺，與搖同。王粲《登樓賦》曰：白日忽其西匿。潘岳《寡婦賦》曰：日杳杳而西匿。

㉔代，一作岱。《漢書》曰：凡望雲氣，勃、碣、海、代之間氣皆黑。

㉕《鶡子》曰：君王欲緣五常之道而不失，則可以長矣。李陵《書》曰：生爲異域之人。

㉖《東觀漢記》曰：馮衍，字敬通。明帝以衍才過其實，抑而不用。

《漢書》曰：高后怨趙堯，乃抵堯罪。馮衍《說陰就書》曰：衍冀先事自歸，上書。報歸田里。《漢書》曰：時多上書言便宜，輒下蕭望之問狀，下者或罷歸田里。

㉗司馬彪《續漢書》曰：趙壹閉關卻掃，非德不交。《吳志》曰：張昭稱疾不朝，孫權恨之，土塞其門。

㉘右顧，一作顧弄。《禮記》曰：天子之妃曰后。大夫妻曰孺人。潘岳《寡婦賦》曰：鞠稚子於懷抱兮，羌低徊而不忍。

㉙杜預《左氏傳注》曰：脫，易也。賈逵《國語注》曰：略，簡也。揚雄《自叙》曰：雄爲人跌宕。補《公羊注》曰：跌，過度。

㉚馮衍《說陰就書》曰：懷抱不報，齎恨入冥。禰衡《鸚鵡賦》曰：眷西路而長懷。毛萇《詩傳》曰：懷，思也。

㉛臧榮緒《晉書》曰：嵇康拜中散大夫，東平呂安家事繫獄。釁隙之始，安嘗以語康，辭相證引，遂復收康。王隱《晉書》曰：嵇康妻，魏武帝孫、穆王林女也。《淮南子》曰：古之人神氣不蕩乎外。《漢書》：谷永上疏曰：贊命之臣，靡不激揚。

㉜嵇康《與山巨源書》曰：濁醪一盃，彈琴一曲。又《贈秀才詩》曰：習習谷風，吹我素琴。

㉝鄭玄《禮記注》曰：索，散也。

㉞意，一作念。青霞奇意，志言高也。曹毗《臨園賦》曰：青霞曳於前阿，素籟流於森管。《漢書》：武帝《李夫人賦》曰：釋輿馬于山椒，奄修夜之不暘。張衡《司徒呂公誄》曰：玄室冥冥，修夜彌長。孔安國《尚書傳》曰：暘，明也，音陽。

㉟《孟子》曰：孤臣孽子，其操心也危，其慮患也深。王粲《登樓賦》曰：涕橫墜而弗禁。《字林》曰：孽子，庶子也。然心當云危，涕當云墜，江氏愛奇，故互文以見義。

㊱《漢書》曰：匈奴乃徙蘇武北海上無人處，使牧羝羊。《史記》曰：婁敬，齊人也，戍隴西。

㊲泪，一作飀。血，一作泣。《琴道》：雍門周說孟嘗君曰：幼無父母，壯無妻子，若此人者，但聞秋風鳴條，則傷心矣。《毛詩》曰：鼠思泣血。《尸子》曰：曾子每讀喪禮，泣下霑衿。

㊳茹，一作如。《廣雅》曰：茹，食也。又曰：湮，沒也。銷，猶散也。

㊴同，一作屯。此言榮貴之子，車騎之多也。左思《吳都賦》曰：躍馬疊跡。《楚辭》曰：屯余車其千乘。王逸曰：屯，陳也。

㊵《山陽公載記》曰：賈詡鳴鼓雷震，黃塵蔽天。李陵《書》曰：邊聲四起。

㊶煙斷火絕，喻人之死也。王充《論衡》曰：人之死也，猶火之滅，火滅而耀不照，人死而智不慧。

㊷孔安國《尚書傳》曰：已，發端歎辭。

㊸隴，一作壟。《琴道》：雍門周曰：高堂既已傾，曲池又已平。墳墓生荊棘，狐兔穴其中。

㊹《論語》：子曰：自古皆有死。張奐《與崔元始書》曰：匈奴若非其罪，何肯吞聲？

別賦 [1]

江淹
李善注

　　黯然銷魂者，唯別而已矣①！ [2]況秦吳兮絕國，復燕宋兮千里②。或春苔兮始生，乍秋風兮蹔起③。是以行子腸斷，百感悽惻④。風蕭蕭而異響，雲漫漫而奇色⑤。舟凝滯於水濱，車逶遲於山側⑥。櫂容與而詎前，馬寒鳴而不息⑦。 [3]掩金觴而誰御，橫玉柱而霑軾⑧。 [4]居人愁臥，怳若有亡⑨。日下壁而沈彩，月上軒而飛光⑩。 [5]見紅蘭之受露，望青楸之離霜⑪。巡層楹而空揜，撫錦幕而虛涼⑫。知離夢之躑躅，意別魂之飛揚⑬。 [6]

　　故別雖一緒，事乃萬族⑭。至若龍馬銀鞍，朱軒繡軸⑮。帳飲東都，送客金谷⑯。琴羽張兮簫鼓陳，燕趙歌兮傷美人⑰。珠與玉兮豔莫秋，羅與綺兮嬌上春。驚駟馬之仰秣，聳淵魚之赤鱗⑱。造分手而銜涕，感寂寞而傷神⑲。 [7] [8]

　　乃有劍客慙恩，少年報士⑳。韓國趙廁，吳宮燕市㉑。割慈忍愛，離邦去里。瀝泣共訣，抆血相視㉒。驅征馬而不顧，見行

---
[1]　立格與《恨賦》同。前以激昂勝，此以柔婉勝。
[2]　起四字無限淒涼，一篇之骨。
[3]　確是欲別未別光景。但即眼前意，無不入妙。
[4]　行子。
[5]　夕陽之悽，月色之苦，癡心夢想。居人往往有此。
[6]　居人。
[7]　富貴別。
[8]　以下七段，極摹黯然銷魂四字。狀景寫物，縷縷入情。醴陵於六朝的是鑿山通道巨手。

塵之時起㉓。方銜感於一劍，非買價於泉裏㉔。金石震而色變，骨肉悲而心死㉕。 [9] [10]

或乃邊郡未和，負羽從軍㉖。遼水無極，鴈山參雲㉗。 [11] 閨中風暖，陌上草薰㉘。日出天而曜景㉙，露下地而騰文。鏡朱塵之照爛，襲青氣之烟熅㉚。攀桃李兮不忍別，送愛子兮霑羅裙㉛。 [12]

至如一赴絕國，詎相見期㉜！視喬木兮故里，決北梁兮永辭㉝。左右兮魂動，親賓兮淚滋㉞。可班荊兮贈恨，唯尊酒兮叙悲㉟。 [13] 值秋鴈兮飛日，當白露兮下時。怨復怨兮遠山曲，去復去兮長河湄㊱。 [14] [15]

又若君居淄右，妾家河陽㊲。同瓊珮之晨照，共金爐之夕香㊳。君結綬兮千里，惜瑤草之徒芳㊴。慘幽閨之琴瑟，晦高臺之流黃㊵。春宮閟此青苔色，秋帳含兹明月光㊶。夏簟清兮晝不莫，冬釭凝兮夜何長㊷！ [16] 織錦曲兮泣已盡，迴文詩兮影獨傷㊸。 [17]

儻有華陰上士，服食還僊㊹。術既妙而猶學，道已寂而未傳㊺。守丹竈而不顧，鍊金鼎而方堅㊻。駕鶴上漢，驂鸞騰天㊼。

[9] 肝膽相酬。有一往無前之概。

[10] 任俠別。

[11] 高曠有餘，全不彫琢。而彫琢者莫能及。

[12] 從軍別。

[13] 摹想尊酒泣別情狀。百般嗚咽，歷歷如繪。

[14] 折腰句醞釀有味。

[15] 絕國別。

[16] 從軍別單拈春，絕國別單拈秋。此則四時具備，乃古人用意變換處。

[17] 伉儷別。

暫游萬里，少別千年㊽。[18][19]唯世間兮重別，謝主人兮依然㊾。

下有芍藥之詩，佳人之謌㊿，桑中衛女，上宮陳娥㊼。春草碧色，春水綠波。送君南浦，傷如之何㊲！至乃秋露如珠，秋月如珪㊳。明月白露，光陰往來㊴。與子之別，思心徘徊。[20][21]

是以別方不定，別理千名㊵。有別必怨，有怨必盈㊶。[22]使人意奪神駭，心折骨驚㊷。雖淵雲之墨妙，嚴樂之筆精㊸。[23]金閨之諸彥，蘭臺之羣英㊹。賦有凌雲之稱，辯有雕龍之聲㊺。誰能摹暫離之狀，寫永訣之情者乎？[24]

【箋注】

①黯，失色將敗之貌。言黯然魂將離散者，唯別而然也。夫人魂以守形，魂散則形斃，今別而散，明恨深也。《說文》曰：黯，深黑也。《楚辭》曰：魂魄離散。《家語》：孔子曰：黯然而黑。賈逵曰：唯，獨也。

②言秦、吳、燕、宋四國川塗既遠，別恨必深，故舉以為況也。《文子》曰：為絕國殊俗，立諸侯以教誨之。

③落，同苔。暫，同暫。言此二時別恨逾切。

④鮑照《東門行》曰：野風吹秋木，行子心腸斷。

⑤荊軻歌曰：風蕭蕭兮易水寒。《尚書大傳》：帝唱曰：卿雲爛兮，體

---

[18] 卓犖有奇氣。
[19] 方外別。
[20] 極自然，極幽秀，有淵涵不盡之致。想是筆花入夢時也。
[21] 狹邪別。
[22] 總論。
[23] 一氣呵成。有天驥下峻阪之勢。
[24] 言盡意不盡。

漫漫兮。

⑥遲，一作迤。《楚辭》曰：船容與而不進，淹迴水以凝滯。《廣雅》曰：凝，止也。《毛詩》曰：周道逶遲。毛萇曰：逶遲，歷遠貌。

⑦櫂，同棹。《楚辭》曰：橈齊揚以容與。

⑧柱，一作筋。霑，同沾。韋誕詩曰：旨酒盈金觴，清顏發朱華。毛萇《詩傳》曰：御，進也。論曰：鼓琴者於絃設柱，然琴有柱以玉爲之。袁淑《正情賦》曰：解蘊麝之芳衾，陳玉柱之鳴箏。《楚辭》曰：涕潺湲兮霑軾。

⑨鮑照《東門行》曰：居人掩閨臥。《莊子》曰：君惝然若有亡。

⑩軒，檻版也。

⑪離，一作罹。

⑫而，一作以。層，高也。空，息也。掩，掩涕也。涼，悲涼也。《典略》曰：衞夫人南子在錦帷中。《廣雅》曰：帷，幙帳也。《纂要》曰：帳曰幕。

⑬瘳，同夢。《說文》曰：蹢躅，住足也。蹢與躑同，馳戟切。躅，馳錄切。曹植《悲命賦》曰：哀魂靈之飛揚。

⑭孔安國《尚書傳》曰：族，類也。

⑮《周禮》曰：馬八尺以上爲龍。《後漢書》：明德馬皇后曰：前過濯龍門上，見外家問起居者，車如流水，馬如游龍。辛延年《羽林郎詩》曰：銀鞍何焴爚，翠蓋空踟躕。《尚書大傳》曰：未命爲士，不得朱軒。鄭玄曰：軒，輿也。士以朱飾之。軒，車通稱也。《魯連子》：門客謂陳無宇曰：君車衣文繡。

⑯《漢書》曰：高祖過沛，帳飲三日。又《漢書》曰：疏廣，字仲翁，東海蘭陵人也。廣兄子受，字公子。廣爲太子太傅，公子爲少傅。甚見器重，朝廷爲榮。廣謂受曰：吾聞知足不辱，知止不殆，功成身退，天之道也。廣遂退，稱疾篤，上疏乞骸骨。上以其年老，皆許之，加賜黃金二十斤，皇太子賜五十斤。公卿大夫，故人邑子，爲設祖道供

帳東都門外，送車數千兩，辭決而去。蘇林曰：長安東都門也。石崇
《金谷詩序》曰：余元康六年，從太僕卿出爲使，持節青徐諸軍事，征
虜將軍。有別廬在河南縣金谷澗中……時征西將軍、祭酒王詡當還長
安，余與衆賢共送澗中。

⑰琴羽，琴之羽聲。《說苑》曰：雍門周以琴見孟嘗君，微揮角羽。張
晏《甘泉賦注》曰：聲細不過羽。漢武帝《秋風辭》曰：簫鼓鳴兮發
櫂歌。《古詩》曰：燕趙多佳人，美者顔如玉。

⑱仰秣，一作素沫。言樂之盛也。《韓詩外傳》曰：昔伯牙鼓琴而淵魚
出聽，瓠巴鼓瑟而六馬仰秣。成公綏《琴賦》曰：伯牙彈而馴馬仰，
子野揮而玄鶴鳴。

⑲分，一作攜。感，一作各，又作咸。謝宣遠《送王撫軍詩》曰：分
手東城闉。《呂氏春秋》曰：聖人不以感私傷神。

⑳《漢書》：李陵曰：臣所將屯邊者，奇材劍客也。又曰：郭解以軀藉
友報仇；少年慕其行，亦輒爲報讎。

㉑《史記》曰：聶政者，軹深井里人也。濮陽嚴仲子事韓哀侯，與韓相
俠累有郄。嚴仲子告聶政而言：臣有仇，聞足下高義，故進百金，以
交足下之驩。聶政拔劍至韓，直入上階，刺殺俠累。又曰：豫讓者，
晉人也。事智伯，智伯甚尊寵之。趙襄子滅智伯，讓乃變姓名爲刑人，
入宮塗廁，欲刺襄子。故言趙廁。又曰：專諸者，棠邑人也。吳公子
光具酒請王僚。酒既酣，使專諸置匕首魚炙之腹中而進。既至王前，
專諸以匕首刺王僚，王僚立死。又曰：荆軻者，衞人也。至燕，與高
漸離飲於燕市，旁若無人。後荆軻爲燕太子丹獻燕地圖，圖窮匕首見，
因以匕首揕秦王。

㉒抆，一作刎。服虔《通俗文》曰：與死者辭曰訣。《史記》曰：今
太子請辭訣矣。鄭玄《毛詩箋》曰：往矣，決別之辭。訣與決音義同。
《廣雅》曰：抆，拭也。泣血已見《恨賦》。抆，武粉切。

㉓顧，一作觀。《史記》曰：荆軻遂發，就車不顧。

㉔言銜感恩遇，故效命於一劍，非買價於泉壤之中也。《尉繚子》：吳起曰：一劍之任，非將軍也。

㉕《燕丹太子》曰：荊軻與武陽入秦。秦王陛戟而見燕使，鼓鐘並發，羣臣皆呼萬歲。武陽大恐，面如死灰色。《戰國策》曰：武陽色變。《史記》曰：聶政刺韓相俠累死，因自皮面決眼，屠腹而死，莫知其誰。韓取政尸暴於市，能知者與千金。久之，莫知。政姊曰：何愛妾之身而不揚吾弟之名於天下哉！乃之韓市，抱尸而哭，曰：此妾弟軹深井里聶政。自殺於尸旁，晉、楚、齊聞之，曰：非獨政之賢，乃其姊亦烈女。《莊子》：仲尼謂顏回曰：夫哀莫大於心死。

㉖司馬相如《檄蜀文》曰：邊郡之士，聞烽舉燧燔。《漢書》曰：有障徼曰邊郡。服虔曰：士負羽。揚子雲《羽獵賦》曰：蒙楯負羽，杖鏌邪而羅者以萬計。

㉗參，一作慘。《水經》曰：遼山在玄兔高句麗縣，遼水所出。《海內西經》曰：大澤方百里。鳥所生。在雁山，雁出其間。《孟子注》曰：大山之高，參天入雲。謝承《後漢書》：劉訏曰：程夫人富貴參雲。

㉘薰，香氣也。

㉙曜，同耀。

㉚照，同炤。《楚辭》曰：經堂入奧，朱塵筵些。王逸曰：朱畫承塵也。或曰：朱塵，紅塵。《楚辭》曰：芳菲菲兮襲人。《易通卦驗》曰：震，東方也，主春分。日出，青氣出震，此正氣也。司馬彪《注》曰：襲，入也。

㉛霑，同沾。言當盛春之時而分別，不忍也。《左氏傳》：趙盾曰：括，君姬氏之愛子。杜預曰：括，趙盾異母弟。趙姬，文公女也。

㉜赴，一作去。《琴道》曰：雍門周以琴見孟嘗君。孟嘗君曰：先生鼓琴，亦能令悲乎？對曰：臣之所能令悲者，無故生離，遠赴絕國，無相見期，臣為一揮琴而太息，未有不悽愴而流涕者。絕國，絕遠之國。

㉝決，一作訣。王充《論衡》曰：睹喬木，知舊都。《孟子》：見齊

宣王曰：所謂故國者非謂有喬木之謂也，有世臣之謂也。趙岐《注》
曰：非但見其木，當有累世脩德之臣也。《楚辭》曰：濟江海兮蟬蛻，
決北梁兮永辭。

㉞左，一本上有顧字。親，一本上有視字。蘇武詩曰：淚爲生別滋。

㉟贈，一作增。尊、鐏、樽通。《左氏傳》曰：楚聲子與伍舉俱楚人。
舉將奔晉，聲子將如晉，遇之於鄭郊，班荆而坐，相與食。蘇武詩曰：
我有一鐏酒，欲以贈遠人。願子留斟酌，叙此平生親。

㊱《毛詩》曰：居河之湄。《爾雅》曰：水草交曰湄。

㊲《漢書》有淄川國。又：河內郡有河陽縣。淄或爲塞。

㊳《毛詩》曰：有女同車，顏如舜華。將翱將翔，佩玉瓊琚。司馬相如
《美人賦》曰：金爐香薰，黼帳周垂。

㊴結綬，將仕也。顏延年《秋胡詩》曰：脫巾千里外，結綬登王畿。
《漢書》曰：蕭育與朱博友。長安語曰：蕭朱結綬。宋玉《高唐賦》
曰：我帝之季女，名曰瑤姬。未行而亡，封于巫山之臺。精魂爲草，
寔曰靈芝。《山海經》曰：姑瑤之山，帝女死焉，名曰女尸。化爲䔄
草，其葉胥成，其花黃，其實如兔絲。服者媚於人。郭璞曰：瑤與䔄
並音遙，然䔄與瑤同。

㊵閨，一作宮。張載《擬四愁詩》曰：佳人贈我筒中布，何以報之流
黃素。《環濟要略》曰：閒色有五：紺、紅、縹、紫、流黃也。補《西
京雜記》：會稽歲時獻竹簟供御，世號爲流黃簟。

㊶宮，一作閨。《毛詩》曰：閟宮有侐，毛萇《詩傳》曰：閟，閉也。
班婕妤《自傷賦》曰：應門閉兮玉階苔。劉休玄《擬古詩》曰：羅帳
延秋月。

㊷清，一作青。張儼《席賦》曰：席爲冬設，簟爲夏施。夏侯湛《釭
燈賦》曰：秋日既逝，冬夜悠長。

㊸《織錦迴文詩序》曰：竇韜秦州，被徙沙漠，其妻蘇氏。秦州臨去別
蘇，誓不更娶；至沙漠便娶婦，蘇氏織錦端中作此迴文詩以贈之。符

國時人也。

㊹食，一作術。僊，一作山。《列仙傳》：脩芊者，魏人也。華陰山下石室中有龍石，段其上，取黃精食之。後去，不知所之。

㊺《方言》曰：寂，安靜也。

㊻《南越志》曰：長沙郡瀏陽縣東有王喬山，山有合丹竈。不顧，不顧於世也。鍊金鼎，鍊金爲丹之鼎也。《抱朴子》曰：鄭君唯見授金丹之經。又曰：九轉丹内神鼎中。《史記》曰：黃帝采首山銅鑄鼎，鼎成，龍下迎黃帝也。方堅，其志方堅也。

㊼《列仙傳》曰：王子晉吹笙作鳳鳴，遊伊洛之間。道士浮丘公接晉上嵩高。三十餘年後，上見柏良曰：可告我家，七月七日，待我緱氏山頭。至期，果乘白鶴駐山頭，可望不可到。舉手謝世人，數日去。祠於緱山下。雷次宗《豫章記》曰：洪井西鸞崗鶴嶺。舊說洪崖先生與子晉乘鸞鶴憩於此。張僧鑒《豫章記》曰：洪井有鸞岡，舊說云：洪崖先生乘鸞所憩處也。鸞岡西有鶴嶺，王子喬控鶴所經過處。

㊽暫，同暫。《神仙傳》曰：若士者，仙人也。燕人盧敖者，秦時遊北海而見，若士曰：一舉而千里吾猶未之能，今子始至於此乃語窮，豈不陋哉！馬明生隨神女還岱，見安期生語神女曰：昔與女郎遊於安息西海之際，憶此未久，已二千年矣。

㊾《說文》曰：謝，辭也。

㊿《詩·溱洧》章：刺亂也。兵革不息，男女相棄，淫風大行，莫之能救云。維士與女，伊其相謔，贈之以芍藥。《傳》：芍藥，香草也。《箋》曰：伊，因也。士女往觀，因相與戲謔，行夫婦之事；其別，則送與芍藥，結恩情也。《漢書》：李延年歌曰：北方有佳人，絕世而獨立。

(51)衞、陳，二國名也。《毛詩·桑中》章曰：期我乎桑中，要我乎上宮，送我乎淇之上。《注》：桑中、淇上、上宮，所期之地。《箋》云：此思孟姜之愛厚己也。與我期於桑中，要我於上宮，送我於淇水之上。

又《竹竿》章：衞女思歸，適異國而不見答，思而能以禮也。女子有行，遠父母兄弟。《箋》云：行，道也。女子之道當嫁耳。不以答，違婦道也。又《燕燕》章：衞莊姜送歸妾也。《注》：莊姜無子。陳女戴嬀生子名完，莊姜以爲己子。莊公薨，完立而州吁殺之，戴嬀於是大歸。莊姜送於野，作詩以見己志。《方言》曰：秦晉之閒，美貌謂之娥。

52《楚辭》曰：予交手兮東行，送美人兮南浦。

53陸雲《芙蓉詩》曰：盈盈荷上露，灼灼如明珠。《遯甲開山圖》曰：禹遊於東海，得玉珪，碧色，圓如日月，以自照，目達幽冥。

54露，一本下有兮字。光陰，一作陰景。

55千名，言多也。《南都賦》曰：百種千名。

56蔡琰詩曰：心吐思兮胸憤盈。

57亦互文也。《左氏傳》：衞太子禱曰：無折骨。

58《漢書》曰：王襃，字子淵。揚雄，字子雲。《漢書》曰：嚴安，臨淄人也。徐樂，燕無終人也。上疏言時務。上召見，乃拜樂安皆爲郎中。

59闈，一作門。金闈，金馬門也。《史記》曰：金門，宦者署，承明金馬著作之庭。東方朔曰：公孫弘等待詔金馬門。蘭臺，臺名也。傅毅班固等爲蘭臺令史是也。《論衡》曰：孝明好文人，並徵蘭臺之官，文雄會聚。

60《史記》：荀卿，趙人。年五十，始來游學於齊。鄒衍之術迂大而閎辯，奭也文具難施。齊人爲諺曰：談天衍。劉向《別錄》曰：鄒衍之所言，五德終始，天地廣大。書言天事，故曰談天衍。鄒奭修鄒衍之術文飾之，若雕鏤龍文，故曰雕龍奭。補《史記》：司馬相如既奏《大人》之頌，天子大悅，飄飄有凌雲之氣。

麗人賦

沈約 ①

　　有客弱冠未仕，締交戚里②。馳騖王室③，遨遊許史④。歸而稱曰：狹邪才女⑤，銅街麗人⑥。亭亭似月⑦，嬿婉如春⑧。凝情待價，思尚衣巾⑨。芳踰散麝⑩，色茂開蓮⑪。陸離羽佩⑫，雜錯花鈿⑬。響羅衣而不進⑭，隱明鐙而未前⑮。中步櫩而一息⑯，順長廊而迴歸⑰。[1]池翻荷而納影，風動竹而吹衣⑱。薄暮延佇，宵分乃至⑲。出闇入光⑳，含羞隱媚㉑。垂羅曳錦㉒，鳴瑤動翠㉓。來脫薄妝㉔，去留餘膩㉕。霑粉委露㉖，理鬢清渠㉗。[2]落花入領，微風動裾㉘。[3]

【箋注】

①劉璠《梁典》曰：沈約，字休文，吳興人。少爲蔡興宗所知，引爲安西記室。梁興，稍遷至侍中丹陽尹建昌侯。薨，謚曰隱。

②賈誼《過秦論》曰：合從締交，相與爲一。張晏《注》曰：締，連結也。

③《說文》曰：馳，大驅也。又曰：騖，亂馳也。《楚辭》曰：舒并節以馳騖。

④《西京賦》曰：麗美奢乎許史。《漢書》曰：孝宣許皇后，元帝母。帝封外祖父廣漢爲平恩侯。又曰：衞太子史良娣，宣帝祖母。兄恭。宣帝立，恭死，封長子高爲樂陵侯。

---

[1]　曼聲柔調，顧盼有情。自是六朝之儁。

[2]　意態曲盡。即常情便有無限風致。名手擅場，必以此法。

[3]　戛然而止。局段自高。

⑤邪，一作衺。

⑥庾信《齊王憲神道碑》曰：鐵市銅街。倪《注》：銅街，銅駝街也，在洛陽。陸機《洛陽記》曰：洛陽凡三市：大市曰金市。又曰：銅駝街，在洛陽宮南金馬門外，人物繁盛。俗語云：金馬門外集羣賢，銅駝街上集少年是也。

⑦司馬長卿《長門賦》曰：澹偃蹇而待曙兮，荒亭亭而復明。李善曰：亭亭，遠貌，一云將至之意。又謝朓詩曰：亭亭映江月。宋玉《神女賦》曰：其少進也，皎若明月舒其光。

⑧《西京賦》曰：從嬿婉。李善曰：《韓詩》：嬿婉之求。嬿婉，好貌。嬿，於見切。婉，於萬切。

⑨《毛詩》曰：縞衣綦巾，聊樂我員。

⑩《說文》曰：麝，如小麋，臍有香。《抱朴子》曰：昔西施常以心痛臥於道側，蘭麝芬芳，人皆美之。

⑪蔡邕《協初賦》曰：色若蓮葩，肌如凝蜜。

⑫佩，一作瑉。《楚辭》曰：高余冠之岌岌兮，長余佩之陸離。又《九歌》曰：玉佩兮陸離。王逸曰：陸離，參差衆貌。羽佩者，交趾有鳥名翡翠，其羽可用爲飾，言佩之飾以羽毛者也。

⑬《說文》曰：鈿，金華也。《六書通》曰：金華爲飾田田然。

⑭衣，一作幃。羅衣飄颻，如聞其聲也。邊讓《章華台賦》曰：羅衣飄颻，組綺繽紛。

⑮明鐙閃爍，若露其影也。曹植詩曰：不辭無歸來，明鐙以繼夕。

⑯左思《魏都賦》曰：方步櫩而有踰。李善曰：步櫩，長廊也。《楚辭》曰：曲屋步櫩宜擾畜。《上林賦》曰：步櫩周流，長途中宿。櫩檐同。

⑰《說文》曰：廊，東西序也。《玉篇》曰：廡下也。《西京賦》曰：長廊廣廡，途閣雲蔓。

⑱張揖《廣雅》曰：納，入也。陶淵明《歸去來辭》：風飄飄而吹衣。

⑲陸機《答張士然詩》曰：終朝理文案，薄暮不遑暝。《廣雅》曰：日將暮曰薄暮。《楚辭》曰：日曖曖其將罷兮，結幽蘭而延佇。王逸曰：延，長也。佇，立貌。

⑳鄭氏《禮記注》曰：闇，昏時也。《說文》曰：光，明也。

㉑班婕妤《擣素賦》曰：弱態含羞，妖風靡麗。媚，容貌也。《玉篇》：隱，匿也。梁元帝詩：婕妤初選入，含媚向羅幃。

㉒《釋名》曰：羅，文疎羅也。《類篇》曰：帛也。《戰國策》曰：下宮糅羅紈，曳綺縠。《說文》曰：錦，襄色織文也。《詩》曰：衣錦褧衣。《傳》云：錦，文衣也。《說文》曰：曳，臾曳也。臾曳雙聲，猶牽引也。引之則長，故衣長曰曳地。

㉓《說文》曰：瑤，玉之美者。翠，青羽雀，出鬱林。瑤，可以爲佩。翠，可以爲飾。

㉔宋玉《神女賦》曰：嫷被服，倪薄裝。倪通作脫，裝通作妝。

㉕《說文》曰：膩，上肥也。《玉篇》曰：垢膩也。宋玉《招魂》曰：靡顏膩理。

㉖粉，一作粖。

㉗《說文》曰：鬢，頰上髮也。稽康《養生論》曰：勁刷理鬢，醇醴發顏。《說文》曰：渠，水所居也。

㉘《方言》曰：袿，謂之裾。曹植《美女篇》曰：輕裾隨風還。

小園賦①[1]

庾信②[2]

倪璠注

　　若夫一枝之上，巢父得安巢之所③；一壺之中，壺公有容身之地④。況乎管寧藜牀，雖穿而可坐⑤；嵇康鍛竈，既煖而堪眠⑥。豈必連闥洞房，南陽樊重之第⑦；綠墀青瑣，西漢王根之宅⑧。余有數畝敝廬，寂寞人外，聊以擬伏臘，聊以避風霜。雖復晏嬰近市，不求朝夕之利⑨；潘岳面城，且適閒居之樂⑩。況乃黃鶴戒露，非有意於輪軒⑪；爰居避風，本無情於鐘鼓⑫。陸機則兄弟同居⑬，韓康則舅甥不別⑭。蝸角蠡睫，又足相容者也⑮。

　　爾乃窟室徘徊，聊同鑿坏⑯。桐間露落，柳下風來⑰。琴號珠柱，書名《玉杯》⑱。有棠梨而無館，足酸棗而非臺⑲。猶得敧側八九丈，縱橫數十步⑳，榆柳兩三行，梨桃百餘樹㉑。撥蒙密兮見窗，行敧斜兮得路㉒。蟬有翳兮不驚，雉無羅兮何懼㉓。草樹混淆，枝格相交㉔。山為簣覆，地有堂坳㉕。[3]藏貍並窟，乳鵲重巢㉖。連珠細菌，長柄寒匏㉗。可以療饑，可以棲遲㉘。敧嶇兮狹室，穿漏兮茅茨。檐直倚而妨帽，戶平行而礙眉㉙。坐

---

[1]　此賦前半俱從小園落想。後半以鄉關之思，爲哀怨之詞。近人摹儗是題，一味
　　寫景賦物，失之遠已。

[2]　駢語至蘭成所謂采不滯骨，雋而彌絜，餘子只蠅鳴蚓竅耳。乃唐令狐德棻等譔
　　信本傳，詆爲淫放輕險，詞賦罪人，何愚不自量至此。詩家如少陵，且極推重，
　　況模範是出者，安得不類首耶。

[3]　突接得窅遠之神。

帳無鶴，支牀有龜^㉚。^[4]鳥多閑暇，花隨四時。心則歷陵枯木，
髮則睢陽亂絲^㉛。非夏日而可畏，異秋天而可悲^㉜。

一寸二寸之魚，三竿兩竿之竹^㉝。^[5]雲氣蔭於叢蓍，金精
養於秋菊^㉞。棗酸梨酢，^[6]桃樧李薁^㉟。落葉半牀，狂花滿屋^㊱。
名爲野人之家，是謂愚公之谷^㊲。試偃息於茂林，迺久羨於抽
簪^㊳。雖有門而長閉，實無水而恆沈^㊴。三春負鉏相識，五月披
裘見尋^㊵。問葛洪之藥性，訪京房之卜林^㊶。草無忘憂之意，花
無長樂之心^㊷。鳥何事而逐酒，魚何情而聽琴^㊸！

加以寒暑異令，乖違德性^㊹。崔駰以不樂損年，吳質以長愁
養病^㊺。^[7]鎮宅神以薶石，厭山精而照鏡^㊻。屢動莊舃之唫，幾
行魏顆之命^㊼。薄晚閒閨，老幼相攜，蓬頭王霸之子，椎髻梁鴻
之妻^㊽。^[8]燋麥兩甕，寒菜一畦^㊾。風騷騷而樹急，天慘慘而雲
低^㊿。聚空倉而雀噪，驚懶婦而蟬嘶^㉛。

昔早濫於吹噓，藉《文言》之慶餘^㉜。門有通德，家承賜書^㉝。
或陪玄武之觀，時參鳳凰之墟^㉞。觀受釐於宣室，賦《長楊》於
直廬^㉟。^[9]遂乃山崩川竭，冰碎瓦裂，大盜潛移，長離永滅^㊱。摧
直轡於三危，碎平途於九折^㊲。荆軻有寒水之悲，蘇武有秋風之

---

[4] 極意修飾，而仍不黏滯。此境惟蘭成獨擅。

[5] 二句乃疊股法。讀之騷逸欲絕。

[6] 酢，倉故切，味之酸釅者也。醋，在各切，客酌主人也。凡醯醋之醋當用酢，
酬酢之酢當用醋。自唐以後，互誤難改，今人更夢夢矣。

[7] 此段自傷屈體魏周，至於疾病。其眷眷故國之思，藹然言外。

[8] 子山當日，提挈老幼，並在于周。故其言如此。

[9] 此叙述在梁時官居侍從。時際承平，或陪侍於玄武湖之觀，或參從於鳳凰臺之
墟。如宣室之召賈誼，長楊之獻揚雄，卻極一時之盛。

別⑧。[10]《關山》則風月悽愴，《隴水》則肝腸斷絕⑨。龜言此地之寒，鶴訝今年之雪⑩。百齡兮儵忽，菁華兮已晚⑪！不雪鴈門之踦，先念鴻陸之遠⑫。非淮海兮可變，非金丹兮能轉⑬。不暴骨於龍門，終低頭於馬坂⑭。諒天造兮昧昧，嗟生民兮渾渾⑮。

【箋注】

①《小園賦》者，傷其屈體魏周，願爲隱居而不可得也。其文既異潘岳之《閒居》，亦非仲長之《樂志》，以鄉關之思，發爲哀怨之辭者也。

②李延壽《北史》曰：庾信，字子山，南陽新野人。祖易，父肩吾，並《南史》有傳。信幼而俊邁，聰敏絕倫，博覽羣書，尤善《春秋左氏傳》。身長八尺，腰帶十圍，容止頹然，有過人者。父肩吾，爲梁太子中庶子掌管記；東海徐摛，爲右衞率；摛子及信，並爲鈔撰學士。父子東宮，出入禁闥，恩禮莫與比隆。既文並綺豔，故世號徐庾體焉。當時後進，競相模範，每有一文，都下莫不傳誦。累遷通直散騎常侍。聘於東魏，文章辭令，盛爲鄴下所稱。還爲東宮學士，領建康令。侯景作亂，梁簡文帝命信率宮中文武千餘人營於朱雀航。及景至，信以衆先退。臺城陷後，信奔於江陵。梁元帝承制，除御史中丞。及即位，轉右衞將軍，封武康縣侯，加散騎侍郎。聘於西魏。屬大軍南討，遂留長安。江陵平，累遷儀同三司。周孝閔帝踐祚，封臨清縣子，除司水下大夫，出爲弘農郡守，遷驃騎大將軍，開府儀同三司，司憲中大夫，進爵義城縣侯。俄，拜洛州刺史。信爲政簡靜，吏民安之。時陳氏與周通好，南北流寓之士，各許還其舊國。陳氏乃請王襃及信等十數人。武帝惟放王克殷不害等，信及襃並惜而不遣。尋徵爲司宗中大

---

[10] 此言侯景之亂。大盜指侯景。長離指梁武子孫。三危九折本險地，而直轡以往，視若平途，致遭摧碎。指梁武納侯景之降，以有此亂。荆軻蘇武指奉使西魏事。璅陳縷述，悲悫淋滿，窮途一慟。

夫。明帝、武帝並雅好文學，信特蒙恩禮。至於滕、趙諸王，周旋款
至，有若布衣之交。羣公碑誌多相託焉。惟王褒頗與信埒，自餘文人，
莫有逮者。信雖位望通顯，常作鄉關之思，乃作《哀江南賦》以致其
意。大象初，以疾去職。隋開皇元年卒。有文集二十卷。文帝悼之，
贈本官，加荊雍二州刺史，子立嗣。

③巢父，山父也。譙周《古史考》曰：許由，夏常居巢，故一號巢父。
《琴操》曰：許由夏則居巢，冬則穴處，饑則仍山而食，渴則仍河而
飲。堯大其志，禪爲天子。放髮優游，可以安己不懼，非以貪天下也。
《莊子》曰：鷦鷯巢林，不過一枝。

④《神仙傳》曰：壺公常懸一壺空屋上，日入之後，公跳入壺中，人莫
能見；惟費長房樓上見之，知非凡人也。賦之發端，言一枝一巢，猶
可樓遲遊息，己本長安羈旅之人，結廬容身而已，不必有高堂邃宇也。

⑤《高士傳》曰：管寧，字幼安，北海朱虛人，常坐一木榻，積五十
年，未常箕踞，榻上當膝皆穿。

⑥《文士傳》曰：嵇康，性絕巧，能鍛鐵。家有盛柳樹，激水以圜之，
夏天甚清涼。恆居其下傲戲，乃身自鍛。家雖貧，有人說鍛者，康不
受直。惟親舊以雞酒往與噉，清談而已。

⑦《後漢書》曰：樊宏，南陽湖陽人。父重，其所起廬舍皆有重堂高
閣，陂池灌注。《西都賦》：門闈洞開。《說文》：闈，門也。薛綜《西
京賦注》：宮門小者曰闈。枚乘《七發》云：洞房清宮。連闈，謂門
闈相連屬也。洞，通也，謂相當也。補《淮南子》：廣廈闊屋，連闥通
房，人之所安也，鳥入之而憂。

⑧綠，一作赤。《漢書·元后傳》：曲陽侯王根，驕奢僭上，赤墀青
瑣。孟康曰：以青畫戶邊鏤中，天子制也。師古曰：青瑣，刻爲連瑣
文，而以青塗之也。《說文》：墀，塗地也。《禮》：天子赤墀。

⑨《左傳·昭三年》曰：景公欲更晏子之宅，曰：子之宅近市，湫隘囂
塵，不可以居，請更諸爽塏者。辭曰：君之先臣容焉，臣不足以嗣之，

於臣侈矣。且小人近市，朝夕得所求，小人之利也。補《左傳》：若
免於罪，猶有先人之敝廬在。陶潛詩：敝廬何必廣，取足蔽牀席。晉
孔淳之性好山水，旬日忘歸。偶過沙門釋法崇，留住三載。法崇歎曰：
自甘人外，垂三十年，不意傾蓋於茲，不覺老之將至也。《漢書》：秦
德公作伏祠。孟康曰：六月伏日。《曆忌釋》曰：伏者，何也？金氣伏
藏之日也。四時代謝，皆以相生：立春木代水，水生木；立夏火代木，
木生火；立冬水代金，金生水；至於立秋以金代火，金畏火，故至庚
日必伏。庚者，金故也。臘者，《風俗通・禮傳》曰：夏曰嘉平，殷曰
清祀，周曰大蜡，漢改爲臘。臘，獵也，言獵取禽獸以祭其先祖，故
曰臘也。秦孝公始置伏，始皇改臘曰嘉平。潘岳《閒居賦》：牧羊酤
酪，以俟伏臘之費。

⑩《晉書》：潘岳作《閒居》之賦，以歌事遂情焉。其辭曰：退而閒居
於洛之涘。賦又曰：陪京泝伊，面郊後市。楊佺期《洛陽記》曰：城
南七里，名曰洛水。是其居面城也。

⑪《左傳・閔二年》曰：衞懿公好鶴，鶴有乘軒者。周處《風土記》
曰：鳴鶴戒露。

⑫《左傳・文二年》曰：臧文仲祀爰居。《魯語》曰：海鳥曰爰居，止
於魯東門之外三日，命國人祭之。展禽曰：今茲海其有災乎？夫廣川
之鳥皆知避其災。是歲海多大風。冬暖。《爾雅》：爰居一名雜縣。郭
《注》云：漢元帝時有大鳥如馬駒，時人謂之爰居。樊光云：似鳳凰。
江淹詩：《咸池》饗爰居，鐘鼓或愁辛。言懿公好鶴，故鶴有乘軒，而
黄鶴非有意於輪軒也。臧文不知，故祀爰居，而爰居本無情於鐘鼓也。
以喻魏周強欲己仕，而己本無情於祿仕也。

⑬《世說》曰：蔡司徒在洛，見陸機兄弟住參佐廨中，三間瓦屋，士龍
住東頭，士衡住西頭。士龍爲人文雅可愛；士衡身長七尺，其聲如鐘，
言多慷慨。補《晉書》：陸機與弟雲，太康末俱入洛，造太常張華。華
素重其名，如舊相識。

⑭《晉書》曰：韓伯，字康伯，潁川長社人。又《殷浩傳》：浩甥韓伯，浩素賞愛之，隨至徙所。經歲還都，浩送至渚側，咏曹顏遠詩云：富貴他人合，貧賤親戚離。因而泣下。子山本吳人，流寓長安，引此二人，皆羈旅之時也。補《後漢書·韓康傳》：字伯休，京兆霸陵人。逃名不仕，隱霸陵山中。

⑮《莊子》曰：有國於蝸之左角，曰觸氏；有國於蝸之右角，曰蠻氏；相與爭地而戰，伏尸數萬，逐北旬有五日而後反。《爾雅》郭《注》云：蝸牛音瓜。蝸角，喻小也。崔豹《古今注》：蝸牛，陵螺也，形如蜒蚰，殼如小螺，熱則自懸於葉下。野人結圓舍如蝸牛之殼，故曰蝸舍。亦曰蝸牛之舍也。《山海經》：青要之山，是多僕纍。郭云：僕纍，蝸牛也。《晏子春秋》：東海有蟲巢於蚊睫，飛乳去來，而蚊不爲驚。臣嬰不知其名，而東海漁者命曰焦冥。○以上似賦序，至爾乃句始是賦，然以古韻按之，若夫以下疑用韻語，蓋賦之發端，非序文也。今附讀於後：所，音徒。班固《西都賦》云：繚以周牆，四百餘里。離宮別館，三十六所。古無四聲，徙與地第皆通韻矣。眠疑作昽，《漢書叙傳》云：伯惶恐起眠事。《注》：眠，古視字，視亦今韻之上聲者也。至西漢王根之宅句換韻，下皆從之。寂寞人外。外，魚厥切。《黃庭經》云：洞視得見無內外，存漱五牙不饑渴。與朧同韻。風霜疑作風雪。利，力蘗切，如厲之音烈矣。樂，讀如櫟，《楚辭》：棄彭咸之娛樂兮，滅巧倕之繩墨。至非有意於輪軒句換韻。軒，許斤切。陸雲《夏府君誄》曰：丘園靡滯，鸞驥馮軒。豈方伊類，捉髮躬勤。風，防憶切。《楚辭》曰：上葳蕤而防露兮，下泠泠而來風。孰知其不合兮，若松柏之苦心。又曰：乘鄂渚而反顧兮，欸秋冬之緒風。步余馬兮山皋，低余車兮芳林。鐘鼓疑倒文鼓鐘，《小雅》有《鼓鐘》之詩。鐘鼓，鼓鐘隨文上下，鐘字，如中之切爲渚，仍《周易·訟卦》，中與成同韻矣。陸機至又足相容，同前韻。容，音淫。《楚辭》曰：賢士窮而隱處兮，廉方正而不容。子胥諫而靡軀兮，比干忠而剖心。若云陸

機則同居兄弟，韓康則不別舅甥，甥字亦同韻，然古賦用韻或至數語
一見，今依文讀之，至又足相容，乃成音也。凡者、也等字，皆助語
之辭，不在韻列，如：《易‧象》去也字，《詩》去兮及之、乎、矣等
字，讀之成韻；《楚辭‧招魂》去些字，《大招》去只字，皆七言詩也。
或云五言始蘇李，七言始魏帝。豈知去此助語，自三百篇俱備其體矣。
子山用古韻處，見此賦數語及《喜晴應詔勑自疏韻詩》）。

⑯《左氏傳》曰：鄭伯有耆酒，爲窟室，而夜飲酒擊鐘焉。杜預曰：
窟室，地室。《淮南子》曰：顏闔，魯君欲相見而不肯，使人以幣先
焉，鑿坏而遁之。揚雄《解嘲》曰：或鑿坏以遁。言己縱酒昏酣，脫
落政事，亦如隱士鑿坏而遁也。

⑰《世說》云：王恭嘗行至京口射堂，於是清露晨流，新桐初引，恭目
之曰：王大故自濯濯。

⑱琴有柱，以珠爲之。江淹《別賦》云：橫玉柱而霑軾。呂延濟曰：
瑟有柱，以玉爲之。知琴瑟皆有柱，飾以珠玉矣。《漢書》曰：董仲
舒說春秋事得失，《玉杯》《蕃露》《清明》《竹林》之屬數十篇，十餘
萬言。

⑲《漢書》曰：甘泉有封巒欒棠梨。揚雄《甘泉賦》云：度三巒兮偈棠
梨。翰曰：度三巒山，息棠梨館也。《水經注》曰：酸棗縣城西有韓王
望氣臺，孫子荆《故臺賦序》曰：酸棗寺門外夾道左右有兩故臺，訪
之國老，云：韓王聽訟觀，臺高一十五仞，雖樓榭泯滅，然廣基似於
山嶽。召公大賢，猶舍甘棠，區區小國，而臺觀隆崇，驕盈於世。以
鑒來今，故作賦云：蔑邱園之邐迤，亞五嶽之嵯峨。言壯觀也，謂園
中但有梨棗而無臺館之麗矣。

⑳攲側，不正貌。《小爾雅》曰：五尺謂之墨，倍墨謂之丈。孟康曰：
南北爲縱，東西爲橫。《小爾雅》曰：跬，一舉足也。倍跬謂之步。
《司馬法》曰：六尺爲步。

㉑《爾雅》云：榆，白枌。郭《注》曰：枌榆，先生葉，却著莢，皮

色白。《爾雅》曰：柳有櫸、旄、楊三種。《說文》云：柳，小楊也。《爾雅》云：梨，山檎。《疏》云：在山曰檎，人植之曰梨。又：桃有荊桃、冬桃、山桃之別。言園中有此榆、柳、梨、桃四種樹木也。

㉒范蔚宗《樂遊應詔詩》曰：遵渚攀蒙密。

㉓《月令》曰：寒蟬鳴。《爾雅》郭璞《注》云：寒螿也。《方言》云：蟬，楚謂之蜩，宋、衞謂之螗蜩，陳、鄭謂之蜋蜩，秦、晉謂之蟬，海岱謂之蟜。其小者謂之麥蚻，有文者謂之蜻。《爾雅》云：蔽者翳。郭《注》云：樹蔭翳覆地者。言蟬有樹翳蔽，故不驚也。按：《爾雅》釋雉有五，曰：鷂、鷸、鷮、鷸、鷸，《左傳》五雉是也。又有鷮雉、鴻雉、鷩雉、海雉、翟雉、鵗雉、鶅雉，皆雉類也。《說文》曰：羅，以絲罟鳥也。高誘曰：羅，鳥網也。言雉無網罟，可不懼也。補《晉書》：顧長康好諧謔，尤信小術。桓靈寶以一柳葉給之，曰：此蟬翳葉也，取以自蔽，人不見己。顧信其言，甚珍之。《毛詩》曰：有兔爰爰，雉離于羅。

㉔言園中草樹，隨其所長，不加修葺也。樹高長枝爲格。補司馬相如《上林賦》曰：夭蟜枝格。李善引《埤蒼》曰：格，木長貌也。

㉕地，一作水。言園之極小，任其自然而成山水也。《論語》曰：譬如爲山，未成一簣。包咸曰：簣，土籠也。《莊子》曰：覆杯水於坳堂之上，則芥爲之舟；置杯焉，則膠。水淺而舟大也。崔云：堂道謂之坳。司馬云：塗地令平。支遁亦謂有坳垤形也。坳，於交反。

㉖重，一作同。顏師古《急就篇注》云：貍，一名豾，江、淮、陳、楚謂之爲貒，其子貚。鵲者，亦因聲以爲名也。其爲鳥也，知來作巢，則避太歲。《淮南子》曰：鳥鵲識歲之多風，去喬木而巢扶枝。補《詩疏》：貍者，狐類。善搏，爲小步以擬物，發無不獲，謂之貍步；好伏，又稱伏獸。

㉗菌，一作茵。《世說》曰：陸士衡詣劉道真，劉無他言，惟問東吳有長柄壺蘆，得種來不？《論語》何晏《注》云：匏，瓠瓜也。補《抱朴

子》：珠芝，二十四枚輒相連而垂如貫珠也。漢張衡《西京賦》：浸石
菌於重涯，濯靈芝以朱柯。李善《注》曰：菌，芝屬也。案：原注，
菌本作茵，今刪。

㉘《高士傳》：四皓歌曰：曄曄紫芝，可以療饑。《詩》曰：衡門之
下，可以棲遲。言己在小園，並鳥獸以棲遲，食草實以療饑，無求於
安飽也。

㉙攲隔，一作崎嶇。言園小而處所亦極狹漏也。妨帽、礙眉，言其低
也。庾闡著《狹室賦》。《墨子》曰：堯舜茅茨不翦。

㉚《神仙傳》曰：介象，字元則，會稽人也。吳王徵至武昌，甚尊敬
之，稱爲介君。詔令立宅供帳，皆是綺繡。遺黃金千鎰，從象學隱形
之術。後告言病，帝以美梨一奩賜象。象食之，須臾便死。帝埋葬之。
以日中死，晡時已至建鄴，所賜梨付苑吏種之。吏後以表聞。先主即
發棺視之，惟一符耳。帝思之，與立廟，時時躬往祭之，常有白鶴來
集座上，遲迴復去。坐帳無鶴者，言己無仙術可歸建鄴也。時梁都建
鄴，思歸故國矣。《抱朴子》曰：《史記·龜策傳》云：江淮閒居人爲
兒時以龜支牀，至後死，家人移牀而龜猶生。此亦不減五六十歲也。
不飲不食，如此之久而不死，其與凡物不同亦遠矣。亦復何疑於千歲
哉！仙家象龜之息，豈不有以乎？支牀有龜者，喻己久住長安，若龜
支牀矣。

㉛歷陵，地名，漢屬豫章郡。《宋書·五行志》曰：永嘉六年七月，豫
章郡有樟樹久枯，是月忽更榮茂。《水經注》曰：豫章城之南門曰松
陽門，門內有樟樹，高七丈五尺，大二十五圍，枝葉扶疏，垂蔭數畝。
應劭《漢官儀》曰：豫章郡樹生庭中，故以名郡矣。此樹嘗中枯，逮
晉永嘉中，一旦更茂，豐蔚如初，咸以爲中興之祥也。按：歷陵即
《禹貢》敷淺原，雖所屬遞遷，是即豫章枯木矣。又《地理志》曰：梁
國睢陽故宋國。按：墨翟宋人也。《呂氏春秋》曰：墨子見染素絲者而
歎。故云睢陽亂絲。言園中雖有花鳥可樂，而己心灰如槁木，髮白如

亂絲也。亂絲，言蓬頭白髮，其色若素絲也。又按：《史記》：梁孝王築東苑，廣睢陽城七十里。《西京雜記》曰：梁孝王遊於忘憂之館，集諸遊士，各使爲賦。枚乘《柳賦》云：于嗟細柳！流亂輕絲。是亦睢陽亂絲，然不如素絲之義，兼類白髮也。

㉜夏，一作暇。《左傳》云：趙盾夏日之日也。杜預曰：夏日可畏。宋玉曰：悲哉！秋之爲氣也。言心中惟有怖畏悲涼而已，不復知有樂也。

㉝《字林》曰：竿，竹挺也。

㉞《史記·龜策傳》曰：聞蓍生滿百者，其下必有神龜守之，其上必有雲氣覆之。《傳》：天下和平，王道得而蓍莖長丈，其叢生滿百莖。《禮記》曰：季秋，鞠有黃華。《玉函方》云：甘菊，九月上寅日採，名曰金精。補《抱朴子》：千歲之龜，五色具焉。解人言。或浮蓮葉之上，或在叢蓍之下。

㉟《爾雅》曰：樲，酸棗。郭璞曰：樹小實酢。馬第伯《封禪記》曰：酢梨酸棗。《爾雅》曰：樲桃，山桃。郭璞曰：實如桃而小，不解核。《疏》云：生山中者名樲桃。謝靈運《酬弟詩》曰：山樲發紅萼。奧，山李也。即《詩》所云唐棣。《草木疏》曰：粵李，一名雀梅，一名車下李，所在山皆有。其華或白或赤。六月中熟，大如李子，可食。

㊱以上言園中草木繁茂也。

㊲《後漢書》曰：桓帝延熹中幸竟陵，過雲夢，臨沔水，百姓莫不觀者，漢陰父老獨耕不輟。尚書郎張溫異之，下道百步自與言。父老曰：我野人耳，不達斯語。劉向《說苑》曰：齊桓公出獵，逐鹿而走，入山谷之中，見一老公而問之，是爲何谷？對曰：愚公之谷。桓公曰：何故？對曰：以臣名之。桓公曰：今視公之儀狀，非愚人也，何以爲公名？對曰：臣請陳之，臣故畜牸牛，生子而大，賣之而買駒。少年曰：牛不生馬，遂持駒去。傍鄰聞之，以臣爲愚，故名此谷爲愚公之谷。言其如隱士之居也。補《宋書·隱逸傳》：潯川陳元忠過南安，日暮投宿野人家，茅茨數椽，竹樹蒙密，而几案間文籍散亂，皆經、

子也。

㊳試，一作誠。言己位望通顯，實非其好，有隱遁之志也。以下皆言隱居之事。潘岳《秋興賦》曰：僕野人也，偃息不過茅屋、竹林之下。《論衡》曰：山種棗栗，名曰茂林。《蘭亭序》云：茂林修竹。鍾會《遺榮賦》曰：散髮抽簪，永縱一壑。《通俗文》曰：幘道曰簪。補《淮南子》：捨茂林而集於枯，不弋鵠而弋烏，難與有圖。

㊴陶潛《歸去來辭》曰：門雖設而長關。《莊子》曰：與世違而心不屑與之俱，是陸沈者也。郭《注》云：人中隱者譬無水而沈，曰陸沈。

㊵鉏，一作鋤。皇甫謐《高士傳》曰：林類者，魏人也。年且百歲。底春披裘，拾遺穗於故畦，並歌並進。孔子適衞，望之於野，顧謂弟子曰：彼叟可與言者。子貢請行，逆之隴端。又曰：披裘公者，吳人也。延陵季子出遊，見道中有遺金，顧披裘公曰：取彼金。公投鎌瞋目拂手而言曰：何子處之高而視人之卑？五月披裘而負薪，豈取金者哉！季子大驚，既謝而問姓名。公曰：吾子皮相之士，何足語姓名也！補陶潛詩：帶月荷鋤歸。

㊶《抱朴子·自序》曰：抱朴子，姓葛，名洪，字穉川，丹陽句容人也。終日默然，邦人咸稱爲抱朴之士，是以洪著書，因自號焉。其內篇言神仙方藥、鬼恠變化、養生延年、禳邪却病之事，屬道家；其外篇言人閒得失，世事臧否，屬儒家。《晉書·葛洪傳》曰：洪師事南海太守上黨鮑玄。玄亦內學，逆占將來，見洪，深重之，以女妻洪。洪傳玄業，兼綜練醫術，有《金匱藥方》一百卷，《肘後要急方》四卷。《漢書》曰：京房，字君明，東郡頓丘人也。治《易》，事梁人焦延壽。其說長於災變，分六十四卦，更直日用事，以風雨、寒溫爲候，各有占驗，房用之尤精。補漢京房著有《周易集林》，見《隋書·經籍志》。

㊷萱草，一名紫萱，又呼爲忘憂草。《述異記》曰：吳中書生呼爲療愁花。嵇中散《養生論》云：萱草忘憂。崔豹《古今注》曰：欲忘人之憂，則贈之以丹棘。丹棘一名忘憂草，使人忘其憂也。《名醫別錄》

曰：萱草，今之鹿蔥。傅玄《紫華賦序》曰：紫華一名長樂花。言己
在長安既無求於當世，又即景傷懷，視園中花草，皆含憂也。

㊸《莊子》曰：昔者，海鳥止於魯郊，魯侯御而觴之廟。鳥眩視悲憂，
不敢飲一杯，三日而死。《韓詩外傳》曰：昔伯牙鼓琴而淵魚出聽。喻
己宜如飛鳥棲深林，當若遊魚潛重淵，今乃失其故性，非所樂也。

㊹言其憂勞成疾也。以下皆言其寢疾之事。

㊺《後漢書》曰：竇憲爲車騎將軍，辟崔駰爲掾。憲擅權驕恣，駰數諫
之。及出擊匈奴，道路愈多不法，駰爲主簿，前後奏記數十，指切長
短，憲不能容，稍疏之。因察駰高第，出爲長岑長。駰自以遠去不得
意，遂不之官，卒於家。《魏略》曰：吳質，字季重。與徐幹等並見友
於太子。二十二年，魏大疫，諸人多死，故太子與質書。質報之曰：
質已四十二矣，白髮生鬢，所慮日深，實不復若平日之時也。但欲保
身勑行，不蹈有過之地，以爲知己之累耳。遊宴之歡，難可再遇。盛
年一過，實不可追。

㊻《淮南萬畢術》曰：埋石四隅，家無鬼。漢黃門令史游《急就篇》
曰：石敢當。顏師古《注》曰：敢當，言所當無敵也。按：今俗居當
衝道，猶埋石書石敢當，其遺意也。薶，即埋字。《抱朴子·登涉篇》
曰：萬物之老者，其精能假託人形，以眩惑人目，而常試人，惟不能
於鏡中易其真形耳。是以古之入山道士，皆以明鏡九寸已上懸於背後，
則老魅不敢近人。《搜神後記》曰：王文獻曾令郭璞筮己一年吉凶。璞
曰：當有小不吉利，可取廣州二大甕，盛水置牀帳二角，名曰鏡好，
以厭之。至某時撤甕去水，其災可消。至日忘之，尋失銅鏡，不知所
在。後撤去水，乃見所失銅鏡在於甕中。甕口數寸，鏡大尺餘。王公
復令璞筮鏡甕之意。璞云：撤甕違期，故至此妖，邪魅所爲，無他故
也。使燒車轄而鏡立出。山精，亦邪魅也。《山海經》曰：山精如人面
而有毛。《抱朴子》曰：山之精形如小兒，而獨足向後，喜來犯人，其
名曰蚑。《玄中記》曰：山精如人，頭長三四尺，食山蟹，夜出晝藏。

補梁宗懍《荊楚歲時記》：十二月暮日，掘宅四角，各藏一大石以鎮宅。晉常璩《華陽國志》：武都有丈夫化爲女子，蓋山精也。蜀王納爲妃，無幾物故。蜀王遣武丁之武都擔土作塚，有石鏡。

㊼《史記》曰：越人莊舄仕楚，執珪。有頃，病。楚王曰：舄思越則越聲，不思越則且楚聲。往聽之，猶尚越聲也。王仲宣《登樓賦》曰：莊舄顯而越吟。《左氏傳》曰：魏武子有嬖妾。武子有疾，命顆曰：必嫁是妾。疾甚，則曰：必以殉。及卒，顆嫁之，曰：從其治命。言己去梁即魏，常思故國，疾病至於昏亂也。

㊽謂己老幼皆入長安也。《後漢書》曰：太原王霸少立高節，光武時，連徵不仕。妻亦美志行同。霸與同郡令狐子伯爲友。後子伯爲楚相而其子爲郡功曹。子伯乃令子奉書於霸，車馬服從，雍容如也。霸子時方耕於野，聞賓至，投耒而歸。見令狐子，怛怍不能仰視。霸目之有愧容，客去而久臥不起。妻怪問其故。曰：吾與子伯素不相若，向見其子容服甚光，舉措有適，而我兒曹蓬頭歷齒，未知禮則，見客有慚色，父子深恩，不覺自失耳。妻曰：君少修清節，不顧榮祿，今子伯之貴，孰與君之高？奈何忘宿志，而慚兒女子乎！霸屈起而笑曰：有是哉！遂終身隱遁。又曰：梁鴻，字伯鸞，娶同縣孟氏女。始以裝飾入門，七日而鴻不答。乃更爲椎髻，著布衣，操作而前。鴻大喜曰：此真梁鴻妻也。按：《哀江南賦》云：提挈老幼，關河累年。又滕王逌《序》云：信攜老入關，蒸蒸色養。及丁母憂，杖而後起。是子山有老母也。又《謝趙王賚絲布啓》云：某息荀娘，昨蒙恩賜。是子山有幼子也。又《報趙王惠酒詩》云：穉子還羞出，驚起倒閉門。子山雖爲羈旅，老幼妻子，並在於周矣。

㊾《馬汧督誄》曰：爨陳焦之麥。劉熙《孟子注》曰：今俗以五十畝爲大畦。

㊿風，一作樹。樹，一作風。《後漢書》：張衡《思玄賦》曰：寒風淒其永至兮，拂穹岫之騷騷。《注》云：騷音脩。王粲《登樓賦》曰：天

慘慘而無色。

(51)蟬，一作蛩。嘶，一作啼。漢蘇伯玉妻《盤中詩》曰：空倉鵲，常苦饑。崔豹《古今注》云：蟋蟀，一名吟蛩。秋初生，得寒則鳴。一云齊南呼爲懶婦。宋均曰：促織，蟋蟀也。立秋，女功急，故趣之。《詩疏》：絡緯鳴，懶婦驚。促織也。驚懶婦者非蟬而云蟬嘶，言促織之鳴類蟬嘶也。且以此名蟲若懶婦魚矣。

(52)早，一作草。言己仕梁時也。《韓子》曰：齊宣王使人吹竽。南郭處士請爲王吹竽，粟食與三百人等。宣王死，湣王即位，一一聽之。處士乃逃。或云韓昭侯、嚴使一一聽之，乃知濫也。吹噓，謂吹竽也。《易·乾卦·文言》曰：積善之家，必有餘慶。謂己仕梁。承先世之德也。

(53)承，一作藏。《後漢書》曰：鄭玄，字康成，北海高密人。國相孔融深敬於玄，屣履造門，告高密縣，爲玄特立一鄉，曰：鄭公鄉，云昔東海于公，僅有一節，猶或誡鄉人侈其門閭，矧鄭公之德，而無駟牡之路！可廣門衢，令容高車，號曰通德門。《漢書·叙傳》曰：班彪，字叔皮。與仲兄嗣共遊學，家有賜書，内足於財。好古之士，自遠方至；父黨揚子雲以下，莫不造門。門有通德者，謂祖易爲齊徵士，若漢鄭公鄉矣，家承賜書者。按：《梁書·文學傳》云：庾於陵，字子介。博學有才思，有文集十卷。弟肩吾，八歲能賦詩，特爲於陵所友愛。又爲東宫學士。文集行於世。於陵爲肩吾仲兄，若班嗣矣。子山承之，大庾小庾，又若叔皮孟堅也。

(54)《三輔舊事》曰：未央宫北有玄武闕。《三輔黃圖》曰：漢宫殿有鳳凰殿。《西京賦》曰：鳳凰鴛鸞也。補玄武湖本名桑泊。晉大興二年，始創北湖。宋元嘉二十三年黑龍見湖中，因改名玄武。梁築園亭其上，名玄圃。玄武觀，玄武湖之亭觀也。按：玄武湖在江甯府太平門外，今稱後湖。《韓非子》：文王伐崇，至鳳凰墟。

(55)《漢書》曰：文帝思賈誼，徵之至。入則上方受釐坐宣室，上因感鬼神事而問鬼神之本。蘇林曰：宣室，未央前正室也。應劭曰：釐，祭餘肉也。音釐。揚雄作《長楊賦》。《三輔黃圖》曰：長楊宮在今盩厔縣東南三十里。陸機《洛陽記》曰：吾常怪謁帝承明廬，問張公。張公云：魏明帝在建始殿朝會皆由承明門，然直廬在承明門側。《漢書》張宴《注》云：直宿所止曰廬。本傳：父肩吾爲梁太子掌管記，及信並爲鈔撰學士，父子在東宮，出入禁闥，恩禮莫與比隆。是其事也。

㊱言梁武帝太清二年侯景之亂也。《史記·周本紀》云：伯陽甫曰：山崩川竭，亡國之徵也。《後漢書·光武讚》曰：炎政中微，大盜移國。《注》云：大盜謂王莽篡位也。西漢遭王莽之篡，光武遷都洛陽；建業遭侯景之亂，元帝遷都江陵。故云是矣。<mark>補</mark>孔稚圭《褚伯玉碑》：徒侶判其冰碎，舟子悲其雹散。《尚書大傳》：武王伐紂，紂之車瓦裂，紂之甲如鱗下。《路史》：伏戲氏時，長離徠翔，爰作荒樂，歌扶來，咏網罟，以鎮天下之人。《注》：長離，鳳也。

㊲摧，一作推。高誘曰：三危，西極山名。《漢書》曰：王陽爲益州刺史，行部至邛僰九折坂，歎曰：奉先人遺體，柰何數乘此險！杜篤《首陽山賦》曰：九坂婁嶪而多艱。言其多危難也。<mark>補</mark>劉勰《新論》：策駟登山，不得直轡而行；泛舟入海，不得安身而坐。

㊳言聘於西魏也。《史記》曰：荆軻入秦，燕丹餞之易水。高漸離擊筑歌曰：風蕭蕭兮易水寒。《漢書》曰：蘇武字子卿。以天漢元年使匈奴，二十年不降。還爲典屬國。喻己出聘魏國，身留長安也。

㊴言在西魏時有鄉關之思也。古樂府有《關山月》。《秦川記》曰：隴西郡隴山，其上懸巖吐溜，於中嶺泉渟，因名萬石泉。北人升此而歌，有云：隴頭流水，鳴聲幽咽。遙望秦川，肝腸斷絕。

㊵《水經注》引車頻《秦書》曰：符堅建元十二年，高陸縣民穿井，得龜大二尺六寸，背文負八卦古字。堅以石爲池養之，十六年而死。取其骨以問吉凶，名爲客龜。大卜佐高夢龜言，我將歸江南，不遇，死於秦。高於夢中自解曰：龜三萬六千歲而終，終必亡國之徵也。爲謝

玄破於淮肥，自縊新城浮圖中，秦祚因即淪矣。子山引此謂己思歸江
南，不欲客死於秦也。劉敬叔《異苑》曰：晉太康二年冬，大寒。南
州人見二白鶴語於橋下，曰：今茲寒不減堯崩年也。於是飛去。龜言
此地之寒者，言己時在西魏如客龜也。鶴訝今年之雪者，言元帝死若
堯崩矣。按：江陵陷在冬十一月，至十二月，魏人戕帝。故以寒雪
爲言。

�齡，一作靈。菁，一作精，又作光。言己壯年，逢此喪亂，光陰瞬
息，遂成暮齒。傷其遂老於此也。**補**《尚書大傳》：帝載歌曰：菁華
已竭，褰裳去之。

㉒《山海經》曰：雁門之水，出於雁門之山，雁出其閒。《漢書》：段
會宗爲都護。谷永閔其老，予書戒曰：願吾子因循舊貫，毋求奇功，
終更亟還，亦足以復雁門之�蹄。應劭曰：蹄，隻也。會宗從沛郡下爲
雁門，又坐法免，爲蹄隻不偶也。蹄，音居宜反。《易·漸卦·九三爻
辭》曰：鴻漸於陸，夫征不復。虞翻曰：高平稱陸。謂初已變坎水爲
平，三動之坤，故鴻漸於陸。初已之正，三動成震，震爲征爲夫，而
體復象坎，陽死，坤中坎象不見，故夫征不復也。不雪雁門之蹄者，
言己蹄隻不偶也。先念鴻陸之遠者，言己遠征不復反也。

㉓《國語》：趙簡子歎曰：雀入於海爲蛤，雉入於淮爲蜃。郭璞《遊
仙詩》云：淮海變微禽，吾生獨不化。《抱朴子》曰：鄭君惟見授金
丹之經。又曰：九轉丹內神鼎中。金丹有一轉至九轉之法。言國破家
亡，以致屈節，非如淮海之內，能變蜃蛤；金丹之藥，可轉烘爐。蓋
傷之也。

㉔骨，一作顋。於，一作兮。於，一作兮。《三秦記》曰：龍門山在
河東界。禹鑿山斷門一里餘，黃河自中流下，兩岸不通車馬。魚登者，
化爲龍；不登者，點額暴顋而返。又《交州記》曰：有隄防龍門，大
魚登者化成龍；不得過，曝顋點額，血流此水，恆如丹池。《戰國策》
曰：昔騏驥駕鹽車上吳坂，遷延負轅而不敢進。遭伯樂，仰而鳴之，

知伯樂知己。二語喻己不能死節，致罹此辱也。

⑥《易》曰：天造草昧。《淮南子》曰：茫茫昧昧，從天之道。又曰：渾渾沈沈，孰知其前？言天道昧昧，不可問也。

春賦①[1]

庾信
倪璠注

宜春苑中春已歸，披香殿裏作春衣②。新年鳥聲千種囀，二月楊花滿路飛。河陽一縣併是花，金谷從來滿園樹③。一叢香草足礙人，數尺遊絲即橫路④。

開上林而競入，擁河橋而爭渡⑤。出麗華之金屋，下飛燕之蘭宮⑥。釵朶多而訝重，髻鬟高而畏風⑦。眉將柳而爭綠，面共桃而競紅。影來池裏，花落衫中。[2]

落始綠而藏魚，麥纔青而覆雉⑧。吹簫弄玉之臺，鳴佩淩波之水⑨。移戚里而家富，入新豐而酒美⑩。石榴聊汎，蒲桃醱醅⑪。芙蓉玉盌，蓮子金杯⑫。新芽竹笋，細核楊梅⑬。綠珠捧琴至，文君送酒來⑭。

玉管初調，鳴絃暫撫，《陽春》《淥水》之曲，對鳳迴鸞之舞⑮。更炙笙簧，還移箏柱⑯。月入歌扇，花承節鼓⑰。[3]協律都尉，射雉中郎⑱。停車小苑，連騎長楊⑲。金鞍始被，柘弓新張。拂塵看馬埓，分朋入射堂⑳。馬是天池之龍種，帶乃荊山之玉梁㉑。艷錦安天鹿，新綾織鳳皇㉒。[4]

---

[1] 六朝小賦，每以五、七言相雜成文。其品致疏越，自然遠俗。初唐四子，頗效此法。

[2] 秀句如繡，顧盼生姿。不啻桃花靧面，令人膚澤光悅。

[3] 生綻可喜。

[4] 句亦如天鹿錦、鳳皇綾。多從組織得來。

三日曲水向河津，日晚河邊多解神㉓。樹下流杯客，沙頭渡水人㉔，鏤薄窄衫袖，穿珠帖領巾㉕。百丈山頭日欲斜，三晡未醉莫還家！池中水影懸勝鏡，屋裏衣香不如花㉖。[5]

【箋注】

①《春賦》以下，庾子山仕南朝時爲東宮學士之文也。滕王逌《開府集序》以爲太清值亂離之後，承聖遭軍火之餘，揚都有集，百不一存，江陵之文，無遺一字。所撰止入魏以來，爰泊周代，著述合二十卷。今集中所載，頗雜南朝舊文。迨逌所云，揚都之集，百不一存者耶！當宇文《集序》之日，地限南北，故所撰止魏、周時文。及隋唐一統之後，其江南遺蕘，時或猶存，好事者增入舊編。今之所謂《庾子山集》，其非滕王故本可知也。且子山自入魏而後，大抵皆離愁之作，觸景傷懷。似此諸賦，辭情輕豔，恐非羈臣所宜。觀其文氣，略與梁朝諸君相似。晉安、湘東所賦，題頗類之。蓋當時宮體之文，徐庾並稱者也。至其歷魏仕周，閔姬思亳，得南朝之精微，窮北方之枝葉。蓋有騷人之風，非孝穆所能及也。於詩亦然。今皆附擄管見，爲之列序諸篇，謂是在梁之作云爾。○《梁簡文帝集》中有《晚春賦》。《元帝集》有《春賦》。賦中多有類七言詩者，唐王勃、駱賓王亦嘗爲之，云效庾體。明是梁朝宮中庾子山創爲此體也。
②《史記·司馬相如傳》曰：上還過宜春宮。《正義》曰：《括地志》云：秦宜春宮在雍州萬年縣西南三十里，宜春苑在宮之東，杜之南。《始皇本紀》云：葬二世宜春苑中。《三輔黃圖》曰：宜春宮本秦之離宮，在長安城東南杜縣東，近下杜。又有宜春下苑在京城東南隅。《荆楚歲時記》曰：立春之日，悉剪綵爲鷰戴之，帖宜春二字。傅咸《鷰賦》曰：御青書以贊時，著宜春之嘉祉。皆取宜春之義也。《西都賦》

---

[5] 結宦遊。

曰：披香發越。《黃圖》云：武帝時後宮八區，有披香殿。《飛燕外傳》
曰：宣帝時，披香博士淖方成，白髮教授宮中，號淖夫人。是漢宮闕
名有披香殿也。《論語》包咸《注》曰：春服既成。衣單袷之時作春
衣。當謂天子內官，主織作衣服者。

③《晉書》曰：潘岳爲河陽令，滿縣皆栽桃花。石崇有金谷園。《思歸
引序》曰：河陽別業，柏木幾於萬株。

④《楚辭》王逸《注》曰：蘭，香草也。沈休文詩曰：遊絲映空轉。補
梁簡文詩：帶前結草香。

⑤《漢舊儀》曰：上林苑方三百里。苑中養百獸，遠方各獻名果異卉
三千餘種植其中。亦有製爲美名，以標奇異。《晉書》曰：杜預以孟津
渡險，起建河橋於富平津。

⑥《後漢書》：光武帝曰：娶妻當得陰麗華。《漢武故事》：武帝謂長
公主曰：若得阿嬌，當以金屋貯之。《漢書·孝成趙皇后傳》曰：后
本長安宮人……屬陽阿主家，學歌舞，號曰飛燕。《三輔黃圖》曰：趙
皇后居昭陽殿。有女弟俱爲婕妤，貴傾後宮。昭陽舍，蘭房椒壁。《楚
辭》曰：彷彿兮蘭宮。

⑦王子年《拾遺記》曰：魏文帝所愛美人薛靈芸入宮，居寵愛。外國
獻火珠龍鸞之釵。帝曰：明珠翡翠尚不勝，況乎鸞鳳之重。乃止而不
進。《後漢書》曰：梁冀妻孫壽色美而善爲妖態，作墮馬髻。《風俗通》
曰：墮馬髻者，側在一邊。唐段柯《古髻鬟品》云：髻始自燧人氏，
以髮相纏而無繫縛。周文王加株翠翹花，名曰鳳髻，又名步搖髻。秦
始皇有望仙髻、參鸞髻、凌雲髻。漢有迎春髻。王母降武帝宮，從者
有飛仙髻、九環髻。漢元帝宮中有百合分髾髻、同心髻。太元中公主
婦女必緩鬢欣髻，又有假髻。合德有欣愁髻。貴妃有義髻。魏武宮有
反綰髻，又梳百花髻。魏明帝有函烟髻。晉惠帝宮有芙蓉髻。梁宮有
羅光髻。段氏言髻鬟者多，其餘在子山之後者，不備錄焉。補《後漢
書》：城中好高髻，四方高一尺。

⑧周處《風土記》曰：石髮，水苔也，青綠色，皆生於石也。師曠《禽經》曰：澤雉啼而麥齊。張華《注》云：澤雉如商庚，春季之月始鳴，麥平隴也。補梁元帝詩：柳葉生眉上。《三輔黃圖》：武帝穿影娥池以玩月，使宮人乘舟弄月影。梁陰鏗詩：鶯啼歌扇後，花落舞衫前。

⑨《列仙傳》曰：簫史，秦穆公時人。善吹簫。穆公有女號弄玉，好之，公遂以妻焉。遂教弄玉作鳳鳴。爲作鳳凰臺，夫婦止其上，一旦隨鳳凰去。故秦氏作《鳳女辭》。曹子建《洛神賦》曰：淩波微步，羅襪生塵。

⑩《漢書》曰：萬石君奮徙家長安中戚里。師古曰：於上有姻戚者，則皆居之，故名其里爲戚里。《三輔舊事》曰：太上皇不樂關中，思慕鄉里。高祖徙豐沛屠兒、酤酒、煮餅、商人立爲新豐。

⑪《蜀都賦》曰：蒲桃亂潰，石榴競裂。《廣雅》曰：石榴，若榴也。《南都賦》曰：梬棗若榴。《扶南傳》曰：頓孫國有安石榴，取汁停杯中數日，成美酒。《上林賦注》云：郭璞曰：蒲桃似燕薁，可作酒。《漢武帝外傳》曰：西王母下降，帝設葡萄酒。魏文帝云：葡萄釀以爲酒，甘於麴麥，善醉。《博物志》曰：西域有葡萄酒，積年不敗。彼俗云：可十年，飲之醉，彌月乃解。釀，普活切，音潑。醅，鋪杯切，音丕。李白詩：蒲桃初醱醅。蓋本此也。

⑫《朝野僉載》曰：西魏文帝造二欹器：其一爲二荷同處一盤，相去盈尺，中有芙蓉，下垂器上，以水注芙蓉，而盈於器。又爲鳧雁、蟾蜍以飾之，謂之水芝欹器。庾闡《斷酒賦》曰：椎金罍，碎玉碗。

⑬《說文》曰：笋，竹萌也。范汪《祠制》云：仲春薦竹笋。《臨海異物志》曰：楊梅大如彈丸，正赤，五月中熟，熟時似梅，其味甜酸。

⑭《晉書》曰：石崇有妓名綠珠，美而豔，善吹笛。《漢書》曰：司馬相如文君俱之臨邛，盡賣車騎，買酒舍，乃令文君當鑪。

⑮《漢書音義》曰：管以玉爲之，不惟竹也。宋玉曰：《陽春》《白雪》，國中屬而和者不過數十人。《淮南子》曰：手會《淥水》之趣。高誘

曰：《淥水》，古詩也。袁宏賦云：舞迴鸞以紆袖，覬佳人之玉儀。**補**
《西京雜記》：咸陽宮有玉管，長二尺三寸，二十六孔，吹之則見車馬
山林，隱轔相次，息亦不復見。銘曰：昭華之琯。

⑯《毛詩》曰：吹笙鼓簧。《爾雅》云：大笙謂之簧。郭璞曰：列管匏
中，施簧管端。後漢侯瑾《箏賦》曰：急絃促柱，變調改曲。**補**阮瑀
《箏賦序》：箏長六尺，應律數；絃十有二，象四時；柱高三寸，象
三才。

⑰班婕妤詩曰：裁爲合歡扇，團圓似明月。節，疑時節。《周禮》：中
春擊土鼓。**補**《通禮義纂》：建鼓，大鼓也。夏加四足，謂之節鼓。晉
傅玄有《節鼓賦》。

⑱《漢書》曰：李延年爲協律都尉。潘岳著《射雉賦》。又《秋興賦序》
曰：晉十有四年，余春秋三十有二，始見二毛。以太尉掾兼虎賁中郎
將寓直於散騎之省。射雉中郎蓋潘岳也。

⑲《三輔黃圖》曰：長楊榭在長楊宮，秋冬校獵其下，命武士搏射禽
獸，天子登此以觀焉。

⑳《西京雜記》曰：武帝時，得貳師天馬，帝以玫瑰石爲鞍，鏤以金銀
瑜石。又云：紫金爲花，以飾其上。《考工記》曰：工人取材柘爲上。
許慎曰：南方谿子，蠻巨柘弩，皆善射也。**補**沈約詩：寶劍垂玉具，
汗馬飾金鞍。《晉書·王濟傳》：買地爲馬埒，編錢滿之，時人謂之金
溝。王嘉《拾遺記》：石虎於樓下開馬埒、射場。《晉書·成帝紀》：
帝欲於後園作射堂，計用四十金，以勞費乃止。

㉑《開山圖》云：隴西神馬山有泉，乃龍馬所生。秦州有馬池，源出
嶓冢山。《韓子》曰：卞和抱其璞，哭於荆山之下。王子年《拾遺記》
曰：玉山其石五色而輕，北有玉梁。**補**《北史·周侯莫陳順傳》：趙
青雀反，順於渭橋與賊戰，因頻破之。魏文帝解所服金縷玉梁帶賜之。

㉒天鹿，獸名，言織成綾錦，上有鳥獸之文也。**補**郭憲《洞冥記》：末
多國人長四寸，織麟毛爲布，以文石爲柎。織鳳毛錦以爲帷幕也。

㉓《續齊諧記》曰：晉武帝問摯虞三日曲水之義。虞曰：漢章帝時，平原徐肇以三月初生三女，至三日俱亡，村人以爲怪，方招攜之水濱洗祓，遂因水汎觴。其義起此。帝曰：必如所談，便非好事。束皙進曰：摯虞小生，不足以知，臣請言之，昔周公成洛邑，因流水以汎酒。故《逸詩》曰：羽觴隨波流；又秦昭王以三日置酒河曲，見金人奉水心之劍，曰：令君制有西夏，乃霸諸侯。因此立爲曲水。二漢相沿，皆爲盛集。帝曰：善。賜金十五斤。左遷摯虞爲陽城令。🈵王充《論衡》：世間繕治宅舍，鑿地掘土，功成作解謝土神，名曰解神。

㉔《荊楚歲時記》曰：三月三日，士民並出江渚池沼間，爲流觴曲水之飲。

㉕董勳《問禮俗》曰：人日，鏤金薄爲人，以貼屏風，戴於頭髻，起自晉代賈充妻李夫人。云俗人入新年，改舊從新也。《釋名》：衫，芟也，衫末無袖端也。領，頸也，以壅頸也，亦言總領，衣體爲端首也。束皙《近遊賦》曰：載穿領之疏巾。

㉖鏡，一作錦。《淮南子》曰：至於悲谷，是謂晡時。晡，奔謨切，申時也。言白日將欲西匿，遊人不醉無歸。春水照人，有如明鏡；春花撲鼻，可代薰衣也。🈵《南史·王誕傳》：上使人爲江斅《讓婚表》云：召必以三晡爲期。

鏡賦

庾信

倪璠注

　　天河漸沒，日輪將起①。燕噪吳王，烏驚御史②。[1]玉花簟上，金蓮帳裏③。始摺屏風，新開戶扇。朝光晃眼，早風吹面。臨桁下而牽衫，就箱邊而著釧④。宿鬟尚卷，殘妝已薄。無復脣珠，纔餘眉萼。罵上星稀，黃中月落⑤。[2]

　　鏡臺銀帶，本出魏宮⑥。能橫卻月，巧挂迴風⑦。龍垂匣外，鳳倚花中⑧。[3]鏡乃照膽照心，難逢難值⑨。鏤五色之盤龍，刻千年之古字⑩。山雞看而獨舞，海鳥見而孤鳴⑪。臨水則池中月出，照日則壁上菱生⑫。

　　暫設裝奩，還抽鏡屜。競學生情，爭憐今世。鬢齊故略，眉平猶剃⑬。[4]飛花塼子，次第須安⑭。朱開錦蹹，黛蘸油檀⑮。脂和甲煎，澤漬香蘭⑯。量髩鬢之長短，度安花之相去⑰。縣媚子於搔頭，拭釵梁於粉絮⑱。[5]

　　梳頭新罷照著衣⑲，還從妝處取將歸。暫看絃繫，縣知縹縵⑳。衫正身長，裙斜假襻㉑。[6]真成箇鏡特相宜，不能片時藏匣裏，暫出園中也自隨。

---

[1] 選聲鍊色，此造極顛。吾於子山，無復遺恨矣。
[2] 綺語閒情，紛葳相引。如入石季倫錦步障中，令人心醉目炫。
[3] 刻畫細緻。
[4] 婉約微妙，斌媚可憐。昔人評開府文謂其辭生於情，氣餘於采，信然。
[5] 娟麗無匹。體貼入微。
[6] 極錘鍊，亦極波峭。

【箋注】

①楊泉《物理論》曰：水之精氣上浮，宛轉隨流，名之曰天河。《列子》曰：日出之初，大如車輪。《說文》曰：車有輻曰輪。以下言天之轉夜爲晝，燕噪烏驚，美人起而梳妝，乃照鏡也。

②《越絕書·吳地傳》曰：東宮周一里二百七十步路；西宮在長秋，周平二十六步。秦始皇帝十一年，守宮者照燕失火燒之。鮑照《空城雀》云：誠不及青鳥，遠食玉山禾。猶勝吳宮燕，無罪得焚窠。《漢書》曰：御史府中列柏樹，常有野鳥數千棲宿其上，晨去暮來，號曰朝夕烏。

③《東宮舊事》曰：太子納妃，有赤花雙文簟。陸翽《鄴中記》曰：石虎作流蘇帳，頂安金蓮花，花中懸金箔織成腕囊，盛以異香，帳之四面，十二香囊，采色爛耀。

④言美人之曉起也。《說文》曰：釧，臂環也。陳思王樂府云：皓腕約金環。繁欽《定情詩》云：縮臂雙金環。皆是物也，一名條脫。《真誥》：晉世，萼綠華贈羊權金玉條脫各一枚。是也。

⑤言美人未梳妝時也。劉熙《釋名》曰：脣脂以丹作之，象脣赤也。《宋書》云：武帝女壽陽公主，人日臥於含章簷下，梅花落額上，成五出花，拂之不去，後遂效爲梅花粧。《楚辭·大招》云：靨輔奇牙，紅笑嫣只。《說文》曰：靨，頰輔也。《洛神賦》云：靨輔承權。或說後周天元帝令宮人黃眉墨粧，其風留於後世。按：梁簡文帝詩：同安鬟裏撥，異作額間黃。當時已有之矣，然不知起自何代也。《酉陽雜俎》曰：如射月者，謂之黃星靨。

⑥魏武《上雜物疏》曰：鏡臺出魏宮中，有純銀參帶鏡臺一枚。

⑦卻月，言鏡之形，圓似月也。《爾雅》曰：迴風爲飄。郭《注》云：旋風也。補龍輔《女紅餘志》：燕昭王賜旋娟以金梁却月之釵。《西京雜記》：趙飛燕女弟上襚三十五條，有迴風扇。

⑧謝朓《咏鏡臺詩》曰：對鳳懸清冰，垂龍挂明月。

⑨《西京雜記》曰：咸陽宮有方鏡，廣四尺，高五尺九寸，表裏有明。人直來照之，影則倒見；以手捫心而來，則見腸胃五臟，歷然無硋；人有疾病在內，則掩心而照之，則知病之所在；又女子有邪心則膽張心動。秦始皇常以照宮人，膽張心動者，則殺之。

⑩《鄴中記》曰：石虎宮中鏡有徑二三尺者，下有純金蟠龍雕飾。《大戴禮》曰：武王踐祚，於鑑爲銘焉。銘曰：見爾前，慮爾後。云云。刻千年之古字者，言銘之相垂久也。

⑪劉敬叔《異苑》曰：山雞愛其毛羽，映水則飛。魏武時，南方獻之。公子蒼舒令置大鏡其前，雞鑒形而舞，不知止，遂乏死。韋仲將爲之賦其事。《國語》曰：海鳥爰居。范泰《鸞鳥詩序》云：昔罽賓王得鸞鳥，甚愛之，欲其鳴而不得。夫人曰：聞鳥得類而後鳴，何不懸鏡以照之？王從其言。鸞覩影則鳴，一奮而絕。按：鸞鳥似鳳，爰居亦似鳳，故臧文仲祀之。今云海鳥即鸞矣。

⑫《飛燕外傳》曰：昭儀上姊三十六事，有七出菱花鏡一奩。

⑬《廣雅》曰：其上連髮曰鬢。剃眉者，謂滅去眉毛，以畫代之也。

⑭塼，主緣切，音專。字或作甎，瓴甓之屬。《詩》所謂中唐有甓是也。飛花塼子，謂花塼也。

⑮《左傳·宣十二年》杜《注》云：斥候蹛伏。蹛，徒臘反。《疏》云：蹛，行也。朱，丹色。謂蹛行之處，用錦繡爲之，有丹色也。《釋名》曰：黛，代也，滅眉毛去之，以此畫代其處也。《草木蟲魚疏》云：檀木，正青色，滑澤。

⑯裴啓《語林》曰：石崇廁常有十餘侍婢列，皆佳麗藻飾，置甲煎沉香，無不異備。唐陳藏器曰：甲煎，以諸藥及美果花燒灰和臘治成，可作口脂。《釋名》曰：脂砥，著面柔滑，如砥石也。香澤者，人髮恆枯悴，以此濡澤之也。《鹽鐵論》曰：毛嬙天下之姣人也，待脂粉香澤而後容。《毛詩草木蟲魚疏》曰：蘭，香草也，其莖葉似藥草澤蘭，但

廣而長節，節中赤，高四五尺。漢諸池苑及許昌宮中皆種之。可著粉中。《神女賦》曰：沐蘭澤，含若芳。枚乘《七發》曰：被蘭澤。張銑曰：蘭澤，以蘭漬膏者也。

⑰《說文》曰：髻，總髮也。聲古詣切。鬢，頰髮也。聲必刃切。言美女對鏡插花，量度其髻鬢之長短也。

⑱《西京雜記》曰：武帝過李夫人，就取簪搔頭。自此後，宮人搔頭皆用玉，玉價倍貴焉。粉絮，即俗粉撲，用綿爲之也。言釵梁用粉絮拭之，其色光明也。

⑲補《東宮舊事》：皇太子納妃，有著衣大鏡。

⑳補《西京雜記》：宣帝繫獄，臂上猶帶史良娣合采婉轉絲繩，繫身毒國寶鏡一枚，大如八銖錢。《玉篇》曰：纈，綵纈也。

㉑補司馬光《類篇》曰：衣系曰襻。

鐙賦^①

庾信

倪璠注

  九龍將暝，三爵行棲^②。瓊鉤半上，若木全低^③。^[1]窗藏明於粉壁，柳助暗於蘭閨^④。翡翠珠被，流蘇羽帳^⑤。舒屈膝之屏風，掩芙蓉之行障^⑥。卷衣秦后之牀，送枕荊臺之上^⑦。乃有百枝同樹，四照連盤^⑧。香添然蜜，氣雜燒蘭。爐長宵久，光青夜寒。秀華掩映，蚖膏照灼^⑨。動鱗甲於鯨魚，斂光芒於鳴鶴^⑩。^[2]蛾飄則碎花亂下，風起則流星細落^⑪。^[3]況復上蘭深夜，中山醑清^⑫。楚妃留客，韓娥合聲^⑬。低歌著節，遊絃絕鳴^⑭。輝輝朱爐，焰焰紅榮。乍九光而連綵，或雙花而並明^⑮。寄言蘇季子，應知餘照情^⑯。^[4]

【箋注】

①《梁簡文帝集》中有《看鐙賦》，有《列鐙賦》。

②《山海經》曰：西北海之外有神，人面蛇身，而赤其眼，及晦，視乃明。不食不寢，是燭九陰，是謂燭龍。炬，可以照明。《禮記》曰：君子飲酒也，禮三爵而油油以退。

③瓊鉤，月也。若木，日也。謂月上日落也。鮑照《翫月詩》曰：始見城南樓，纖纖如玉鉤。《淮南子》曰：建木在廣都，若木在建木西，

---

[1] 烘染蘊藉。

[2] 音簡韻健。光采煥鮮。六朝中不可多得。

[3] 風致灑然。句法爲唐人所祖。

[4] 收束妙有含蓄。

木有十日，其華照地。補《楚辭》：折若木以拂日。

④《漢官典職》云：漢省中皆胡粉塗壁。宋玉《諷賦》有云：蘭房
之闥。

⑤《楚辭·招魂》云：翡翠珠被，爛齊光些。《漢書》曰：駙馬赤珥流
蘇。張衡《東京賦》曰：飛流蘇之騷殺。摯虞《決疑要注》曰：天子
帳以流蘇爲飾。羽帳，注見下文。

⑥陸翽《鄴中記》：石季龍作金銀鈕屈膝屏風，衣以白縑，畫義士、
仙人、禽獸之像，讚者皆二十二言。高施八尺，下施四尺，或施六尺，
隨意所欲也。梁簡文詩云：織成屏風金屈膝。是也。鮑照《行路難》
云：七綵芙蓉之羽帳。

⑦吳均歌曰：咸陽春草芳，秦女卷衣裳。《樂府題注》云：《秦王捲衣》，
言咸陽春景及宮闕之美人，秦王卷衣以贈所歡也。《高唐賦》云：楚襄
王與宋玉遊於雲夢之臺。玉曰：昔者先王嘗遊高唐，怠而晝寢，夢見
一婦人，曰：妾巫山之女也，爲高唐客。聞君遊高唐，願薦枕席。王
因幸之。《後漢書》邊讓《章華台賦》曰：楚靈王既遊雲夢之澤，息於
荊臺之上。

⑧補孫惠有《百枝燈賦》。又支曇《諦燈贊》：千燈同輝，百枝並
耀。《鄴中記》：石虎正旦會于殿前，設百二十枝燈。梁簡文帝《列燈
賦》：九微間吐，百枝交布。《山海經》：招搖之山有木，其花四照。
《東宮舊事》：太子納妃，有金塗連盤短燈二，金塗連盤鴨燈一。

⑨蚖，音元。

⑩《楚辭》：蘭膏明燭華燈錯。《淮南萬畢術》曰：取蚖脂爲燈，置火
中，即見諸物。《述異記》曰：南海有明珠，即鯨魚目瞳。鯨死而目
皆無精，夜可以鑒，謂之夜光。王子年《拾遺記》曰：昔秦始皇爲
塚，斂天下瓌異，於海中作玉象鯨魚，唧火珠爲星，以代膏燭，光出
墓中，精靈之偉也。王筠《咏燈檠詩》云：百華耀九枝，鳴鶴映冰池。
補《西京雜記》：南越王獻高帝蜜燭二百枝。《樹提伽經》：庶人然脂，

諸侯然蜜，天子然漆。張茂先《雜詩》曰：蘭膏坐自凝。《漢書·樂志》：金支秀華。

⑪崔豹《古今注》曰：飛蛾善拂燈，一名火花，一名慕光。

⑫顏師古《漢書注》曰：上蘭，觀名，在上林中。鄭康成《周禮注》曰：清酒，今之中山冬釀，接夏而成也。

⑬嵇叔夜《琴賦》曰：王昭、楚妃。李善《注》云：《歌錄》曰：石崇作《楚妃歎》。《列子》曰：韓娥東之齊，遺糧過雍門，鬻歌假食而去，餘響遶梁，三日不絕。雍門人至今善歌，效韓娥之遺聲也。

⑭嵇叔夜《琴賦》曰：鶤雞遊絃。

⑮《漢武內傳》云：七月七日，王母至，帝掃除宮內，然九光之燈。

⑯《戰國策》曰：甘茂亡秦且之齊，出關，遇蘇子曰：君聞夫江上之處女乎？蘇子曰：不聞。曰：夫江上之處女，有家貧而無燭者，處女相與語，欲去之。家貧無燭者將去矣，謂處女曰：妾以無燭故，常先至，掃舍布席，何愛於餘明之照四壁者！幸以賜妾，何妨於處女？妾自以為有益於處女，何為去我？處女相語，以為然而留之。今臣不肖，棄逐於秦而出關，願為足下掃室布席，幸無我逐也！蘇子乃西說秦王，與之上卿。

對燭賦^①

庾信

倪璠注

龍沙隃塞甲應寒，天山月沒客衣單^②。^[1]鐙前桁衣疑不亮，月下穿鍼覺最難。剌取鐙花持桂燭，還卻鐙檠下燭盤^③。鑄鳳銜蓮，圖龍並眠^④。燼高疑數翦，心溼暫難然。銅荷承淚蠟，鐵鋏染浮煙^[2]。本知雪光能映紙，復訝鐙花今得錢^⑤。蓮帳寒檠窗拂曙，筠籠熏火香盈架^{⑥ [3]}。旁垂細溜，上繞飛蛾^⑦。光清寒入，燄暗風過。楚人纓脫盡，燕君書誤多^⑧。夜風吹，香氣隨。鬱金苑，芙蓉池^⑨。秦皇辟惡不足道，漢武胡香何物奇^⑩？晚星沒，芳蕪歇。還持照夜遊，詎減西園月^⑪。

【箋注】

①梁簡文帝、元帝集中並有《對燭賦》。

②《後漢書·班超傳贊》曰：咫尺龍沙。《注》云：龍沙，沙漠也。郭璞《山海經注》曰：雁門山即北陵西隃，雁之所出，因以名云。在高柳北。《史記》曰：貳師將軍李廣利擊匈奴右賢王於祁連山。《索隱》曰：祁連山，一曰天山，亦曰白山，在張液、酒泉二郡界。祖孫登詩云：抽鞭上關路，誰念客衣單？蓋關塞苦寒之辭也。

③謂夫壻遠行，婦製征衣，須對燭也。桁，音下浪反，衣架，又曬衣竿也。王子年《拾遺記》曰：王母取綠桂之膏，然以照夜。《說文》

---

[1] 軒然而來。筆力峭秀。

[2] 清澈之調，復有藻語潤飾。故足凌跨一時。

[3] 蘭麝可渝，芳詞靡歇。駢枝家言。此焉高唱矣。

曰：綮，榜也，聲巨京切。**補**古樂府《東門行》：還視桁上無懸衣。

④**補**《西京雜記》：長安巧工丁緩者，爲恆滿燈，九龍五鳳，雜以芙蓉蓮藕之奇。

⑤任昉《爲蕭揚州作薦士表》曰：至乃集螢映雪。《注》引《孫氏世錄》曰：孫康家貧，常映雪讀書。清介，交游不雜。《西京雜記》云：陸賈應樊將軍曰：夫目瞤者，得酒食；燈火花，得錢財。乾鵲噪而行人至，蜘蛛集而百事喜。小既有徵，大亦宜然。**補**《拾遺記》：周穆王三十六年，春宵宮集諸方士，設常生之燈，列璠膏之燭；又有冰荷者出冰壑之中，取此花以覆燈七八尺，不欲使光明遠也。按：銅荷承蠟義起于此，欲以象之也。

⑥《鄴中記》曰：石虎造流蘇斗帳，頂安金蓮花，花中懸金箔織成腕囊，盛以異香；帳之四面皆作十二香囊，采色爛耀。筠籠，竹火籠也。《東宮舊事》曰：皇太子納妃，有漆畫手巾熏籠二，大被熏籠三，衣熏籠三。劉向《別錄》云：淮南王有《熏籠賦》。《方言》曰：南楚江、沔之間，籠謂之�，或謂之筊。陳、楚、宋、魏之間謂之庸君，今熏籠是也。《說文》曰：絮，敝綿也，聲息據切。

⑦旁，一作傍。王子年《拾遺記》曰：西王母與昭王遊於燧林之下，說炎帝鑽火之術，取綠桂之膏，燃以照夜。忽有飛蛾銜火，狀如丹雀，來拂於桂膏之上。此蛾出於員丘之穴，憑氣飲露，飛不集下，羣仙殺此蛾，以合九轉神丹。謝朓《詠燈詩》云：飛蛾三四繞。

⑧《說苑》曰：楚莊王賜羣臣酒，日暮燈燭滅，乃有人引美人之衣者，美人援絕其冠纓告王，趣火來上，視絕纓者。王曰：飲人酒，使醉失禮，奈何欲顯婦人之節而辱士乎！乃命左右曰：與寡人飲，不絕冠纓者不歡。羣臣百餘人皆絕去其冠纓而上火。《韓子》曰：郢人有遺燕相國書者，夜火不明，因謂持燭者曰舉燭云。而過書舉燭，舉燭非書意也。燕相受書而悅之，曰：舉燭者，尚明也；尚明也者，舉賢而任之。燕相白王，大悅，國以治；治則治矣，非書意也。今世學者多似此類。

⑨《魏略》曰：鬱金香，大秦國。二三月花如紅藍，四五月採之，其香十二葉，爲百草之英。魏文帝有《芙蓉池詩》。

⑩崔豹《古今注》曰：辟惡車，秦制也。按：辟惡，香名，當是香車也。《博物志》曰：漢武帝時，弱水西國有人乘毛車以渡弱水來獻香者，帝謂是常香，非中國之所乏，不禮其使。留久之。帝幸上林苑，西使至乘輿間，并奏其香。帝取之看，大如燕卵三枚，與棗相似。帝不悅，以付外庫。後長安中大疫，宮中皆疫病。帝不舉樂。西使乞見，請燒所貢香一枚，以辟疫氣。帝不得已聽之。宮中病者，登日並瘥。長安中百里，咸聞香氣，芳積九十餘日，香猶不歇。帝乃厚禮發遣餞送。一說漢制獻香不滿斤，西使臨去，乃發香氣如大豆者，拭著宮門，香氣聞長安數十里，經數月乃歇。

⑪《古詩》曰：晝短苦夜長，何不秉燭遊？魏文帝《芙蓉池詩》云：乘輦夜行遊，逍遙步西園。丹霞夾明月，華星出雲間。

六朝文絜箋注卷二

詔

敕條制禁奢靡詔①[1]

南齊武帝②

三季澆浮，舊章陵替③。吉凶奢靡，動違矩則④。或裂錦曳繡[2]，以競車服之飾⑤；塗金鏤石，以窮塋域之麗⑥。至斑白不婚，露棺累葉⑦。[3]苟相姱衒，罔顧大典⑧。可明爲條制，嚴勒所在，悉使畫一⑨。如復違犯，依事糾奏。

【箋注】

①蕭子顯《齊書》曰：武帝永明七年，冬十月己丑，下此詔。

②《齊書》曰：武帝諱賾，字宣遠。太祖長子也。建元四年，太祖崩，上即位。

③《國語》：郭偃曰：夫三季之王宜亡也。韋昭《注》曰：季，末也，三季王，桀、紂、幽王也。許慎《淮南子注》曰：澆，薄也。《尚書》曰：無作聰明，亂舊章。孔穎達《禮記正義》曰：陵，越也。《爾雅·釋言》：替，廢也。《左氏傳》：閔子馬曰：下陵上替，能無亂乎？

④《易》曰：定天下之吉凶。《爾雅》曰：矩則，法也。

⑤《史記》曰：周幽王后好聞裂繒聲。《尚書》曰：車服以庸。蔡邕

---

[1] 語質而厚，漢詔之遺。

[2] 諸選本並脫曳字，從舊刻《古文菀窺》補。

[3] 風俗之敝，古今一轍。讀此爲之慨然。

《協和婚賦》曰：車服照路，驂騑如舞。

⑥《說文》曰：塗，涂也。《金部》：錯，金涂也。謂以金措其上也。
《爾雅》曰：鏤，鋄也。郭璞《注》曰：刻鏤物爲鋄。《列女傳》曰：
霍光薨，夫人顯改更光時所造塋而侈大之，築神道，爲輦閣，幽閉良
人奴婢。又治第宅，作乘輿輦，盡繡絪軨，黃金塗爲薦輪。《水經注》
曰：黃水南有李剛墓，見其碑，有石闕、祠堂、石室三間，鏤石作椽。
《周禮·春官》：典祀掌外祀之兆守，皆有域。鄭玄《注》曰：域，兆
表之塋域。

⑦《禮記》曰：斑白者不提挈。左太沖《吳都賦》曰：雖累葉百疊，而
富強相繼。劉淵林《注》曰：葉，猶世也。

⑧顏師古《漢書注》曰：衒，行賣也。

⑨《漢書》曰：蕭何爲法，較若畫一。顏師古《注》曰：畫一，言整
齊也。

舉賢詔①

北魏孝文帝②[1]

炎陽爽節，秋零卷澍③。在予之責，實深悚慄④。故輟膳三晨，以命上訴⑤。靈鑒誠款，曲流雲液⑥。雖休弗休，寧敢恖怠⑦！將有賢人湛德，高士凝棲⑧。雖加詮采，末能招致⑨。其精訪幽谷，舉茲賢彦⑩。直言極諫，匡予不及⑪。[2]

【箋注】

①魏收《魏書》曰：太和二十年七月戊寅，帝以久旱，咸秩羣神。自癸未不食，至於乙酉，是夜澍雨大洽。丁亥，下此詔。

②《魏書》曰：孝文帝，諱宏，獻文帝長子。顯祖甚愛異之。皇興三年立爲皇太子。五年秋，即皇帝位。

③《漢書》：李尋曰：日初出，炎以陽。君登朝，佞不行。忠直進，不蔽障。爽節，言失時也。《說文》曰：零，徐雨也。又曰：澍，時雨也。所以澍生萬物也。

④《字林》曰：悚，惶遽也。毛萇《詩傳》曰：慄慄，懼也。

⑤輟，止也。《說文》曰：膳，具食也。《異苑》曰：管寧汎海遭風，船重傾沒。寧潛思良久曰：吾嘗一朝科頭，三晨晏起，今天怒威集，過恐在此。班固《東都賦》曰：下民號而上訴，上帝懷而降監。訴，通作愬。

⑥《廣雅》曰：款，誠也。嵇叔夜《琴賦》曰：蒸靈液以播雲。

⑦《尚書》曰：雖休勿休。《說文》曰：怠，過也。賈子《新書》曰：

---

[1] 魏帝能文章者，僅孝文爾。句法歷落，並無堆垛裝點。視南五朝蔑如矣。

[2] 文人之筆，帝王之度。只如此便佳。

反慎爲怠。

⑧《爾雅》曰：湛，厚也。王逸《楚辭注》曰：凝，止也。

⑨《通俗文》曰：擇言曰詮。

⑩《毛詩》曰：出自幽谷。《晉書》：嵇含曰：華池豐屋，廣延賢彥。

⑪《史記》： 文帝曰：舉賢良方正，能直言極諫者，以匡朕之不逮。

與太子論彭城王詔①[1]

北魏孝文帝

汝第六叔父勰②，清規懋賞，與白雲俱潔③。厭榮舍紱，以松竹爲心④。吾少與綢繆，提攜道趣⑤。每請解朝纓，恬真邱壑⑥。吾以長兄之重，未忍遠離。何容仍屈素業，長嬰世網⑦！吾百年之後，其聽勰辭蟬舍冕，遂其沖挹之性⑧。無使成王之朝，翻疑姬旦之聖。不亦善乎⑨？汝爲孝子⑩，勿違吾敕。[2]

【箋注】

①《魏書》曰：太和二十年正月壬辰，改封始平王勰爲彭城王。二十一年正月丙申，立皇子恪爲皇太子。

②《北史》曰：勰，字彥和。少而岐嶷，姿性不羣，雅好屬文；長直禁內，參決大政。

③梁武帝《請徵補謝朏等表》曰：清規雅裁，兼擅其美。《尚書》曰：功懋懋賞。

④《博雅》曰：紱，綬也。

⑤《毛詩》曰：綢繆牖戶。《禮記》曰：長者與之提攜。

⑥《說文》曰：纓，冠系也。郭璞《爾雅注》曰：地自然生曰邱。又曰：壑，谿壑也。

⑦董仲舒賦曰：孰若反身于素業兮，莫隨世而輪轉。嵇康《養生論》曰：奉法循理，不絓世網。陸士衡詩曰：世網嬰吾身。《說文》曰：嬰，繞也。

---

[1] 高祖不豫，託勰國事。勰苦辭求退。世宗爲太子，高祖手詔言之。

[2] 訓子全弟，具是數言。深致亮懷，藹乎如見。

⑧《古今注》曰，貂蟬，胡服也。貂者，取其有文采而不炳煥，外柔易而內剛勁也；蟬，取其清虛識變也。《說文》曰：冕，大夫以上冠也。《字書》曰：沖，虛也。楊倞《荀子注》曰：挹，亦退也。

⑨孔穎達《毛詩疏》曰：武王既崩，周公設政。管蔡流言以毀周公。成王仍惑管蔡之言，未知周公之志，疑其將篡，心益不悅。故公乃作詩，言不得不誅管蔡之意，以貽成王。

⑩《毛詩》曰：君子有孝子。

禁浮華詔①

北齊文宣帝②

頃者風俗流宕，浮競日滋③。家有吉凶，務求勝異。婚姻喪葬之費，車服飲食之華。動竭歲資，以營日富④。又奴僕帶金玉，婢妾衣羅綺⑤。始以刱出爲奇，後以過前爲麗。上下貴賤，無復等差⑥。[1]今運屬維新，思蠲往弊⑦。反樸還淳，納民軌物⑧。可量事具立條式，使儉而獲中。[2]

【箋注】

①李百藥《北齊書》曰：文宣帝改武定八年爲天保元年。六月辛巳，下此詔。

②《北齊書》曰：文宣帝，諱洋，字子進。高祖第二子。武定八年即皇帝位。

③《漢書·地理志》曰：民函五常之性，而其剛柔、緩急，音聲不同，繫水土之風氣，故謂之風；好惡、舍取，動靜亡常，隨君上之情欲，故謂之俗。《說文》曰：宕，過也。鄭玄《毛詩箋》曰：競，逐也。

④《儀禮》曰：問歲月之資。鄭玄《注》曰：資，行用也。《說文》曰：資，貨也。《毛詩》曰：彼昏不知，壹醉日富。

⑤《史記》：李同說平原君曰：君之後宮以數百，婢妾被綺縠，餘粱肉。《晉書》曰：謝石紈綺盡于婢妾，財用糜於絲桐，不可謂惜力。左太沖《魏都賦》曰：錦繡襄邑，羅綺朝歌。

---

[1] 洞徹末流惡習，大似箴銘格言。誰謂齊梁間盡靡靡之奏邪？今之士大夫，當書此於門屏几席，可與起廢疾，鍼膏肓矣。

[2] 陡往絕奇。

⑥孔穎達《禮記疏》曰：王之子弟，有三等之差。

⑦《尚書》曰：舊染污俗，咸與維新。《毛詩》曰：周雖舊邦，其命維新。《廣雅》曰：蠲，除也。

⑧《左氏傳》曰：君將納民於軌物者也。

敕

與臧燾敕^①[1]

宋武帝^②

頃學尙廢弛，後進頹業^③。衡門之內，清風輟響^④。良由戎車屢警，禮樂中息^⑤。浮夫近志，情與事染。豈可不敷崇墳籍，敦厲風尙！此境人士，子姪如林^⑥。明發搜訪，想聞令軌^⑦。然荆玉含寶，要俟開瑩^⑧；幽蘭懷馨，事資扇發^⑨。[2]獨習寡悟，義著周典。今經師不遠，而赴業無聞^⑩。非唯念學者鮮，或是勸誘未至邪^⑪？想復弘之。

【箋注】

①李延壽《南史》曰：燾，字德仁，東莞莒人。宋武敬皇后兄也。少好學，善三禮，貧約自立，操行爲鄉里所稱。武帝受命，拜太常。永初三年致事，拜光祿大夫，加金章紫綬。卒。少帝贈左光祿大夫。

②《南史》曰：武帝，諱裕，字德輿，彭城縣綏輿里人。姓劉氏，漢楚元王交之二十一世孫也。帝風骨奇偉，不治廉隅小節。元熙二年，晉帝禪位，改元熙爲永初元年。夏六月丁卯，即皇帝位。

③郭璞《爾雅注》曰：弛，放也。《論語集解》：後進，謂後輩也。頹，廢也。

④《毛詩》曰：衡門之下，可以棲遲。又曰：吉甫作誦，穆如清風。

⑤《周禮・夏官》：戎僕掌馭戎車。《晉書・輿服志》曰：戎車，駕四

---

[1] 燾爲太學博士，參右將軍何無忌軍事，隨府轉鎭南將軍。高祖鎭京口，與燾敕。
[2] 麗詔能模，儁語能淳。忘其騈偶。詔敕之文如此，柰何輕議六朝。

馬，天子親戎所乘也。顏師古《漢書注》曰：警者，戒肅也。

⑥《毛詩》曰：彼都人士。又曰：殷商之旅，其會如林。《呂氏春秋》曰：梁國之北，地名黎邱，有奇鬼焉，善效人之子姪昆弟之狀。子姪之稱，蓋始於此。

⑦孔穎達《毛詩疏》曰：從明而至夜則地闇，至旦而明則地開發。張揖《廣雅》曰：軌，迹也。

⑧曹植《與楊德祖書》曰：人人自謂握靈蛇之珠，家家自謂抱荆山之玉。孫綽《賀循像贊》曰：質與荆玉參貞，鑒與南金等照。《蒼頡篇》曰：瑩，治也。

⑨嵇康詩曰：二子贈嘉詩，馥如幽蘭馨。曹植《誥咎文》曰：至若炎旱赫羲，颺風扇發。

⑩袁宏《後漢紀》曰：永平中，崇尙儒學，自皇太子諸王侯及功臣子弟，莫不受經；又爲外戚樊氏、郭氏、陰氏、馬氏諸子弟立學，號四姓小侯，置五經師。以非列侯，故曰小侯。《爾雅》曰：赴，至也。

⑪《說文》曰：勸，勉也。《爾雅》曰：誘，進也。

爲武帝與謝朏敕①[1]

沈約

　　吾以菲德，屬當期運②。鑒與吾賢，思隆治道③。而明不遠燭，所蔽者多④。實寄賢能，匡其寡闇⑤。嘗謂山林之志，上所宜弘。激貪厲薄，義等爲政⑥。自居元首，臨對百司⑦。雖復執文經武，各修厥職⑧。羣才競爽，以致和美⑨。而鎮風靜俗，變教論道⑩。自非箕潁高人，莫膺茲寄⑪。是用虛心側席，屬想清塵⑫。不得不屈茲獨往，同此濡足⑬。便望釋蘿襲袞，出野登朝⑭。必不以湯有慙德，武未盡善。不降其身，不屈其志⑮。使璧帛虛往，蒲輪空歸⑯。傾首東路，望兼立表⑰。羲軒邈矣，古今殊事⑱！[2]不獲總駕崆峒，依風問道⑲。今方復引領雲臺，虛己宣室⑳。紆賢之媿[3]，載結寢興㉑。

【箋注】

①《南史》曰：謝朏，字敬沖，莊之子。十歲能屬文。琅邪王景文謂莊曰：賢子足稱神童，復爲後來特達。莊撫朏背曰：真吾家千金。建武中，與何胤并徵不出。高祖踐祚，再徵，又不至。遣王果敦譬朏。朏謀於胤。胤曰：興王之世，何可久處！朏遂出。詔爲司徒尚書令，後改授中書監司徒衛將軍。卒時年六十六。謚曰靖孝。
②蔡邕《陳太丘碑文》曰：含元精之和，應期運之數。

[1] 天監初，朏與何亦、何點並徵不至，逃竄年餘。一旦輕舟自詣闕下，時即以爲司徒尚書令，乃復不省職事。衆頗失望。然則朏蓋守節不終者，既拜新命，且不稱職，亦何足當此敕邪。
[2] 宕起極有意致，令人不可捉摸。
[3] 紆，詘也，見《說文解字》。

③《禮記》曰：禮樂刑政，其極一也，所以同民心，而出治道也。

④《尚書》曰：視遠惟明。揚子《法言》曰：或問仁、義、禮、智、信之用。曰：仁，宅也；義，路也；禮，服也；智，燭也；信，符也。處宅、由路、正服、明燭、執符，君子不動，動斯得矣。高注《淮南子》曰：蔽，闇也。

⑤《尚書》曰：建官惟賢，位事惟能。《爾雅》曰：匡，正也。

⑥《晉書·隱逸傳贊》曰：激貪止競，永垂高躅。《後漢書》曰：永平中，四姓小侯，皆令入學，所以矯俗厲薄，反之忠孝。《論語》：子曰：施於有政，是亦爲政。

⑦《尚書》曰：元首明哉！又曰：百司庶府。

⑧《左氏傳》曰：兼弱攻昧，武之善經也。子姑整軍而經武乎？阮籍《咏懷詩》曰：才非允文，器非經武。《周禮·天官》：小宰令於百官府曰：各修乃職，考乃法，待乃事，以聽王命。

⑨《左氏傳》曰：齊公孫竈卒，司馬竈見晏子曰：又喪子雅矣。晏子曰：二惠競爽猶可，又弱一个焉，姜其危哉！杜預《注》曰：競，彊也。爽，明也。《論語》曰：禮之用，和爲貴。先王之道，斯爲美。

⑩《玉篇》曰：鎮，安也。《戰國策》曰：變古之教，易古之道。《尚書》曰：立太師、太傅、太保，茲惟三公，論道經邦，變理陰陽。官不必備，惟其人。《考工記》曰：坐而論道，謂之三公。

⑪《高士傳》曰：堯讓天下於許由，由不受而逃去，於是遁耕於中岳潁水之陽，箕山之下。堯召爲九州長。由不欲聞之，洗耳於潁水濱。時其友巢父牽犢欲飲之，見由洗耳，問其故。對曰：堯欲召我爲九州長，惡聞其聲，是故洗耳。巢父曰：子若處高岸深谷，人道不通，誰能見子？子故浮游欲聞，求其名譽，污吾犢口，牽犢上流飲之。許由沒，葬箕山之巔。亦名許由山，在陽城之南十餘里。孔安國《尚書傳》曰：膺，當也。

⑫《老子》曰：聖人虛其心，實其腹。《禮記》曰：有憂者，側席而坐。《後漢書注》曰：側席，謂不正坐，所以待賢良也。《楚辭·遠遊》

曰：聞赤松之清塵。

⑬《後漢書》曰：崔駰以典籍爲業，未遑仕進之事，時人或譏其太玄靜。答曰：與其有事則褰裳濡足，冠挂不顧，人溺不拯，則非仁也。《鹽鐵論》曰：孔子思堯舜之道，東西南北，灼頭濡足，庶幾世主之悟。

⑭《晉書·謝安傳論》：褪薜蘿而襲朱組，去衡泌而踐丹墀。

⑮《尙書》曰：成湯放桀於南巢，惟有慙德。《論語》曰：謂武盡美矣，未盡善也。武指樂，此言武王。《論語》：子曰：不降其志，不辱其身。揚子《法言》曰：谷口鄭子真不屈其志，而耕於巖石之下。

⑯《高士傳》曰：老萊子耕於蒙山之陽。或言於楚王，王使人聘以璧帛。《漢書》曰：武帝詔遣使者安車蒲輪，束帛加璧，徵魯申公。

⑰《晉書》：羊祜嘗與從弟琇書曰：既定邊事，尙角巾東路，歸故里。曹植《洛神賦》曰：命僕夫而就駕，吾將歸乎東路。《史記》：穰苴與莊賈約曰：旦日日中，會於軍門。穰苴先馳至軍，立表下漏，待賈，日中而賈不至。陸機《思歸賦》曰：願靈暉之促景，恆立表以望之。

⑱羲，太昊伏羲氏；軒，黃帝軒轅氏，皆古帝號。《文子》曰：三皇五帝。三王殊事而同心，異路而同歸。

⑲謝靈運詩曰：總駕越鍾陵，還顧望京畿。《莊子》曰：黃帝立爲天子，十九年，令行天下，聞廣成子在於空同之上，故往見之，曰：我聞吾子達於至道，敢問至道之精？

⑳《左氏傳》：呂相絕秦曰：及君之嗣也，我君景公引領西望曰：庶撫我乎？《後漢書》曰：永平中，顯宗追感前世功臣，乃圖畫二十八將於南宮雲臺。又《賈逵傳》：肅宗詔逵入講北宮白虎觀、南宮雲臺。帝善逵說。《前漢書·五行志》曰：周克殷，以箕子歸，武王親虛己而問焉。《史記》曰：賈生徵見，文帝方受釐，坐宣室。上因感鬼神事，而問鬼神之本。《三輔黃圖》曰：宣室，未央前殿正室也。《淮南子》曰：周武王殺紂於宣室，漢取舊名也。

㉑《毛詩》曰：乃寢乃興。又曰：載寢載興。

六朝文絜箋注卷三

令

與湘東王論王規令^①[1]

梁簡文帝^②

　　威明昨宵，奄復殂化，甚可痛傷^③。其風韻遒上，神采標映^④。千里絕跡，百尺無枝^⑤。文辨縱橫，才學優贍^⑥。跌宕之情彌遠，濠梁之氣特多。斯實俊民也^⑦。一爾過陳，永歸長夜^⑧。金刀掩芒，長淮絕涸^⑨。去歲冬中，已傷劉子；今茲寒孟，復悼王生^⑩。俱往之傷，信非虛說。

【箋注】

①《梁書》曰：世祖元皇帝，諱繹，高祖第七子。初封湘東王。

②《梁書》曰：太宗簡文皇帝，諱綱，字世纘，高祖第三子，昭明太子母弟也。天監二年十月丁未，生於顯陽殿。五年，封晉安王。中大通三年，立爲皇太子。四年，移還東宮。太清三年五月丙辰，高祖崩，辛巳，即皇帝位。

③奄，忽也。《說文》曰：殂，往死也。《尚書》曰：帝乃殂落。

④上，一作正。遒，勁也。標，表也。

⑤曹植《與楊修書》曰：飛軒絕迹，一舉千里。枚乘《七發》曰：龍門之桐，百尺無枝。

---

[1]　規字威明。簡文爲晉安王，規爲長史。及立爲太子，規爲太子中庶子。大同二年卒，簡文出臨哭，與湘東王此令。劉子謂中庶子遵也，先規一年卒。諸選本以簡文爲昭明，劉爲孝綽，並誤。

⑥《史記》：秦王曰：知一縱一橫，其說何小？《爾雅》曰：贍，足也。

⑦揚雄《自叙》曰：雄爲人跌宕。《公羊注》曰：跌，過度。《莊子》曰：莊子與惠子遊於濠梁之上。《尚書》曰：俊民用章。又曰：明我俊民。

⑧陳，古文隙字也。《禮記》曰：君子三年之喪，若駟之過隙。陸雲《歲暮賦》曰：揮促節於短日兮，振修策於長夜。

⑨《西京雜記》曰：東海人黃公，少時能幻，制龍御虎，佩赤金刀。《說文》曰：淮水出南陽平氏桐柏大復山，東南入海。《爾雅》曰：涸，竭也。《禮記》曰：仲秋之月水始涸。

⑩《玉篇》曰：孟，始也，四時之首月曰孟月。悼，傷也。《毛詩》曰：中心是悼。王生，即王規也。

答羣下勸進初令^① [1]

梁元帝

　　孤以不德，天降之災^②。枕戈飲膽，扣心泣血^③。風樹之酷，萬始莫追^④；霜露之哀，百憂總萃^⑤。甫聞伯升之禍，彌切仲謀之悲^⑥。若封豕既殲，長蚍即戮^⑦。方欲追延陵之逸軌，繼子臧之高讓^⑧。豈資秋亭之壇，安事繁陽之石^⑨？侯景，項籍也；蕭棟，殷辛也^⑩。[2]赤泉未賞，劉邦尚曰漢王^⑪；白旗弗縣，周發猶稱太子^⑫。飛龍之位，孰謂可躋^⑬！附鳳之徒，既聞來儀^⑭。羣公卿士，其喻孤之志^⑮。無忽。

【箋注】

①《梁書》曰：大寶二年，太宗崩，羣下奉表勸進。元帝奉諱，大臨三日，百官縞素。乃答之。

②《尚書》曰：古有夏先后，方懋厥德，罔有天災。

③劉琨《與親故書》曰：吾枕戈待旦，志梟逆虜，常恐祖生先吾著鞭耳！《史記》曰：句踐反國，乃苦身焦思，置膽於坐，坐臥即仰膽，飲食亦嘗膽也。李陵《答蘇武書》曰：此陵所以仰天椎心而泣血也。

④《韓詩外傳》曰：皋魚被褐擁鐮，哭於道旁。孔子曰：子何哭之？對曰：樹欲靜而風不定，子欲養而親不待也。吾請從此辭矣。

⑤《禮記》曰：霜露既降，君子履之，必有悽愴之心。《毛詩》曰：我生之後，逢此百憂。郭璞《穆天子傳注》曰：萃，集也。

---

[1]　元帝性好矯飾。始居文宣太后憂，依丁蘭作木母。及武帝崩，祕喪踰年，乃發凶問。狡人好語，固不足信也。

[2]　引古立案，搆思精而撰語陗。

⑥《後漢書》曰：光武帝長兄伯升，素結輕客，必舉大事。時王莽敗亡已兆，天下方亂，光武遂與定謀。更始元年正月，伯升破王莽納言將軍嚴尤、秩宗將軍陳茂於清陽，進圍宛城。二月辛巳，立劉聖公爲天子，伯升爲大司徒。五月，伯升拔宛，未幾爲更始所害。光武追謚曰齊武王。《吳志》：孫權，字仲謀。兄策既定諸郡，時權年十五，以爲陽羨長。郡察孝廉，州舉茂才，行奉義校尉。漢以策遠修職貢，遣使者劉琬加錫命。琬語人曰：吾觀孫氏兄弟，雖各才秀明達，然皆祿祚不終，惟中弟年最壽爾。建安五年，策薨，以事授權，權哭未及息。

⑦《左氏傳》曰：昔有仍氏有女，后夔娶之，生伯封，貪婪無厭，謂之封豕。又：申包胥曰：吳爲封豕長蛇，以薦食上國，虐始於楚。杜預《注》曰：吳貪害如蛇豕。

⑧《左氏傳》曰：吳氏諸樊既除喪，將立季札。季札辭曰：曹宣公之卒也，諸侯與曹人不義曹君，將立子臧。子臧去之，遂弗爲也，以成曹君。君子曰：能守節，君義嗣也。誰敢奸君？有國非吾節也，札雖不才，願附於子臧，以無失節。曹植詩曰：子臧讓千乘，季札慕其賢。

⑨《東觀漢記》曰：諸將請上尊號皇帝，於是乃命有司設壇場於鄗之陽千秋亭五成陌，皇帝即位。《漢書·地理志》：魏郡縣繁陽。應劭曰：在繁水之陽。張晏曰：其界爲繁淵。《魏志》曰：漢帝以眾望在魏，乃召羣公卿士告祠高廟，使兼御史大夫張音持節奉璽綬禪位。乃爲壇於繁陽，庚午，王升壇即阼，百官陪位。事訖，降壇，視燎成禮而反。

⑩《梁書》曰：侯景，字萬景，朔方人。驍勇有旅力，善騎射。始爲齊神武所用。神武疾篤，其世子澄爲書召景。景慮禍，表請降梁。後遂覆陷都邑。《史記》曰：項籍，下相人，字羽，初起時，年二十四。長八尺餘，力能扛鼎，才氣過人。三年，滅秦，自立爲西楚霸王。五年，卒亡其國，身死東城。《南史》曰：蕭棟，字元吉。簡文見廢，侯景奉以爲主。年號天正。未幾，矯棟詔行禪讓禮。封蕭棟爲淮陰王。《史記》曰：殷衰，帝乙崩，子辛立，是爲帝辛，天下謂之紂。

⑪《史記》曰：赤泉侯爲騎將，追項王。項王瞋目叱之，赤泉侯人馬俱驚，辟易數里。赤泉侯即楊喜也，項羽滅，高帝封之。

⑫《史記》曰：武王伐殷，斬紂頭，懸之白旗。《尚書大傳》曰：唯四月，太子發上祭於畢，下至于孟津之上。鄭玄曰：四月，周四月也。發，周武王也，卒父業，故稱太子也。

⑬《易》曰：飛龍在天，利見大人。毛萇《詩傳》曰：躋，升也。

⑭儀，一作議。《後漢書》曰：光武諸將議上尊號，耿純進曰：天下士大夫捐親戚，棄土壤，從大王於矢石之間者，其計固望攀龍鱗，附鳳翼，以成其所志耳！

⑮喻，一作諭。

教

建平王聘隱逸教 [1]

江淹

府、州、國紀綱①：夫嬀夏已沒，大道不行②。雖周惠之富，猶有漁潭之士③；漢教之隆，亦見樓山之夫④。迹絕雲氣，意負青天⑤。皆待絳螭驥首，翠虬來儀⑥。[2]是以遺風獨扇百代，餘烈激厲後生⑦。斯乃王教之助，古人之意焉。吾稅駕舊楚，憩乘汀潭⑧。挹於陵之操，想漢陰之高⑨。而山川邈久，流風亡沫⑩。養志數人，並未徵采。善操將棄，良用慨然⑪。宜速詳舊禮，各遣纁招⑫。庶暢此幽襟，以旌蓬華⑬。

【箋注】

①李善《宋公修張良廟教注》曰：綱紀，謂主簿之官也。教，主簿宣之，故曰綱紀，猶今詔書稱門下也。虞預《晉書》：東平主簿王豹白事齊王曰：況豹雖陋，故大州之綱紀也。

②嬀，謂舜也。孔安國《尚書傳》曰：舜所居嬀水之內也。夏，謂禹也。《禮記》曰：大道之行也，天下爲公。選賢與能，講信修睦。

③劉淵林《魏都賦注》曰：潭，淵也。屈平《卜居》曰：橫江潭而漁。揚子雲《解嘲》曰：或橫江潭而漁。《漢書注》亦引劉《注》。龔子

---

[1] 宋建平王景素，文帝第七子宏之子也。位南徐州刺史加都督。好文章書籍，招集才异之士。時廢帝不道，內外皆屬意景素。而楊運長等深忌之。元徽四年，或告景素臺城已潰。景素即舉兵，爲臺軍所殺。

[2] 處處矜鍊窅邈，絕非肥艷濃香。故妙。

曰：觀淵林之所引，則知子雲之言，實本於原也；然今《卜居》無此語，豈今《楚辭》非古全本也。

④《後漢書》曰：嚴光少有高名，與光武同遊學。及光武即位，光乃變姓名，隱身不見。帝令以物色訪之。齊國上言：有一男子，披羊裘，釣大澤中。帝疑其光，乃備安車遣使聘之，三反而後至。車駕即日臨其館。光臥不起。帝即其臥而撫光腹曰：咄咄子陵！不可相助為理耶？光曰：士故有志，何至相迫乎？復引入，論道舊故，因共偃臥。光以足加帝腹上。明日，太史奏：客星犯帝座甚急。帝笑曰：朕故人嚴子陵共臥耳。除為諫議大夫，不屈，乃耕於富春山。

⑤《莊子》曰：絕雲氣，負青天。

⑥顏師古《漢書注》曰：螭似龍，一名地螻。虯即龍之無角者。揚雄《解難》曰：獨不見夫翠虯絳螭之將登乎天。虯，通作虬。

⑦獨，一本無獨字。厲，一本無厲字。《典引》曰：扇遺風，布芳烈。久而愈新，用而不竭。《春秋元命苞》曰：文王積善所潤之餘烈。

⑧《史記》：李斯曰：物極則衰，吾未知所稅駕也。《方言》曰：舍車曰稅，脫與稅古字通。陸士衡《高祖功臣頌》曰：舊楚是分。毛萇《詩傳》曰：憩，息也。《玉篇》曰：汀，水際平沙也。顏師古《漢書注》曰：潭，音尋，旁深也。

⑨《孟子》曰：陳仲子豈不誠廉士哉！居於陵。《漢書・藝文志》：於陵欽。劉向《上〈於陵子〉序》：於陵仲子為人灌園，著書十二篇。《莊子》曰：子貢南游於楚。反於晉，過漢陰，見一丈人，方將為圃畦。鑿隧而入井，抱甕而出灌。

⑩《說文》曰：遐，遠也。《孟子》曰：其故家遺俗，流風善政，猶有存者。沫，已也。

⑪《後漢書》：梁竦曰：閒居可以養志，詩書足以自娛。《莊子》曰：養志者忘形，養形者忘利。《說文》曰：徵，召也。顏師古《漢書注》曰：操，所謂執持之志行也。

⑫《說文》曰：纁，淺絳也。古用玄纁以進賢。

⑬賈逵《國語注》曰：旌，表也。蓽，通作篳。《禮記》曰：篳門圭窬。鄭玄《注》曰：篳門，荊竹織門也。《晉書·皇甫謐傳贊》曰：士好安逸，栖心蓬篳。

永嘉郡教 [1]

丘遲①

　　貴郡控帶山海，利兼水陸②。實東南之沃壤，一都之巨會③。而曝背拘牛，屢空於畎畝④；績麻治絲，無聞於窐巷⑤。[2] 其有耕灌不修，桑榆靡樹⑥。遨遊鄽里，酣醺卒歲⑦。越伍乖隣，流宕忘返⑧。才異相如，而四壁獨立⑨；高慙仲蔚，而三徑沒人⑩。雖謝文翁之正俗⑪，庶幾龔遂之移風⑫。[3]

【箋注】

①《梁書》曰：遲，字希範，吳興烏程人也。八歲便屬文，父靈鞠常謂氣骨似我。高祖著《連珠》，詔羣臣繼作者數十人，遲文最美。天監三年，出爲永嘉太守，不稱職，爲有司所糾。

②《晉書·張華傳》：馮紞曰：善政者，必審官方控帶之宜。《史記·吳王濞傳贊》曰：吳王之王由父省也。能使其衆，以擅山海利。左思《蜀都賦》曰：水陸所湊，兼六合而交會焉。

③潘岳《秋興賦》曰：耕東皋之沃壤兮，輸黍稷之餘稅。《史記·貨殖傳》：邯鄲亦漳河之間一都會也。《玉篇》曰：巨，大也。

④《蜀志》：秦宓曰：僕得曝背乎隴畝之中，誦顏氏之簞瓢，咏原憲之蓬戶。曝亦作暴。《新序》曰：百姓飽牛而耕，暴背而耘。

⑤《毛詩》曰：不績其麻，市也婆娑。《左氏傳》曰：猶治絲而棼之也。窐，於交切，或作窪，同注。《玉篇》曰：深也。

---

[1] 武帝時遲爲永嘉太守，今浙江溫州府。
[2] 鍾嶸評其詩點綴映媚，似落花依草。觀此益信。
[3] 典質既勝，不事麗采。近人何從夢見。

⑥孔穎達《毛詩疏》曰：流泉所以灌溉，故觀其浸潤所及而耕之。《漢書》曰：龔遂勸民農桑，令口種一樹榆。

⑦《毛詩》曰：以遨以遊。鄺本作廛。《周禮·地官》：載師以廛里任國中之地。《玉篇》曰：酤，樂酒也。《說文》曰：酺，王德廣布，大飲酒也。《史記·秦始皇紀》：天下大酺。

⑧《周禮》曰：五人爲伍。《說文》曰：相參伍也。《晉書·石崇傳論》：撞鐘舞女，流宕忘歸。

⑨《史記》曰：司馬相如，字長卿，蜀郡成都人也。少時好讀書，學擊劍，故其親名之曰犬子。既學，慕藺相如之爲人也，更名相如。時卓王孫有女文君，新寡，好音，故相如繆與令重，而以琴心挑之。相如之臨邛，從車騎雍容閒雅甚都。及飲卓氏，弄琴。文君竊從戶窺之，心悅而好之，恐不得當也。既罷，相如乃使人重賜文君侍者，通殷勤。文君夜亡奔相如。相如乃與馳歸，家居徒四壁立。

⑩《三輔決錄》曰：張仲蔚，平陵人也。少與同郡魏景卿隱身不仕，所居蓬蒿沒人。

⑪《漢書》曰：文翁少好學，通《春秋》。爲蜀郡守，見蜀地僻陋，欲誘進之。選郡縣小吏開敏有材者，遣詣京師受業博士，或學律令；又修起學官，招下縣子弟，以爲弟子。由是大化，比齊魯焉。至武帝時，乃令天下郡國皆立學校官，自文翁爲之始云。《禮記》曰：教訓正俗，非禮不備。

⑫《漢書》曰：龔遂，字少卿，山陽南平陽人也。以明經爲官，至昌邑郎中令。宣帝即位，以爲渤海太守。渤海盜賊悉平，民安居樂業。

六朝文絜箋注卷四
策問

永明九年策秀才文 [1]

王融 ①

李善注

問：昔周宣惰千畝之禮，虢公納諫②；漢文缺三推之義，賈生置言③。良以食惟民天，農爲政本④。金湯非粟而不守，水旱有待而無遷⑤。朕式照前經，寶茲稼穡⑥。祥正而青旗肅事，土膏而朱紘戒典⑦。將使杏花菖葉，耕穫不愆⑧；清畎泠風，述遵無廢⑨。[2]而釋耒佩牛，相沿莫反⑩；兼貧擅富，浸以爲俗⑪。若爰井開制，懼驚擾愚民⑫；鳥鹵可腴，恐時無史白⑬。興廢之術，矢陳厥謀⑭。

【箋注】

①蕭子顯《齊書》曰：王融，字元長，琅邪人也。少而神明警惠，博涉有文才。晉安王版行軍參軍，遷中書郎。世祖疾，融欲立竟陵王子良，下廷尉，於獄賜死。

②《國語》曰：宣王即位，不藉千畝。虢文公諫曰：夫民之大事在農。

③置，一作直。《禮記》曰：躬耕帝籍，天子三推。《漢書》曰：文帝即位，賈誼說上曰：一夫不耕，或受之飢；一女不織，或受之寒。上

---

[1] 此專以勸農爲主。援古證今，立言不苟，開唐宋人表、啓、碑、序法門。

[2] 秀語。

感誼言，始開籍田，躬耕以勸百姓。

④惟，一作爲。《漢書》：酈食其說漢王曰：臣聞王者以民爲天，民以食爲天。《尚書》：八政：一曰食。孔安國曰：勤農業也。《漢書》：文帝詔曰：農，天下大本也，民所恃以生也。

⑤《漢書》：蒯通說武信君曰：皆爲金城湯池，不可攻也。《氾勝之書》曰：神農之教：雖有石城湯池，帶甲百萬，而無粟者弗能守也。《禮記》曰：雖有凶旱水溢，民無菜色。

⑥《范子計然》曰：五穀者，萬民之命，國之重寶也。

⑦《東京賦》曰：及至農祥晨正，土膏脈起。薛《注》：農祥天駟，即房屋也。晨，時正中也，謂正月初也。善《注》：《國語》虢文公曰：太史順時視土，農祥晨正，土乃脈發。太史告稷曰：土膏其動。韋昭曰：農祥，房星也。晨正，謂立春之日，晨中於午也。膏，土潤也。《禮記》曰：孟春之月，天子駕蒼龍，載青旗，躬耕帝籍。又曰：昔天子爲籍田千畝，冕而朱紘，躬耕秉耒。鄭玄《周禮注》曰：朱紘，以朱組爲紘，一條屬兩端也。

⑧《氾勝之書》曰：杏始華榮，輒耕輕土、弱土；望杏花落，復耕之，輒藺之。此謂一耕而五種。《呂氏春秋》曰：冬至五旬七日，菖始生。菖者，草之先者也。於是始耕。高誘曰：菖，菖蒲，水草也。

⑨《呂氏春秋》：后稷曰：凡耕之道，畝欲廣以平，甽欲小以清。又曰：正其行，通其風，夬必中央，師爲泠風。高誘曰：泠風，和風，所以成穀也。夬，決也，必於苗中央師師然蕭泠風以搖長也。

⑩《鹽鐵論》曰：儒者釋耒耜而學不驗之語。《漢書》曰：龔遂爲渤海太守，民有帶持刀劍者，使賣劍買牛，賣刀買犢，何爲帶牛佩犢！杜預《左氏傳注》曰：沿，緣也。

⑪寖，一作浸。《漢書》曰：兼并之塗。李奇曰：謂大家兼役小人，富者兼役貧民。《說文》曰：擅，專也。《風俗通》曰：子不以從令爲孝，後主固宜是革，浸以爲俗，豈不謬哉！

⑫《漢書》曰：民爰：上田夫百畮，中田夫二百畮，下田夫三百畮。歲耕種者，爲不易上田；休一歲者爲一易中田；休二歲者爲再易下田；休三歲更耕之，自爰其處。賈逵《國語注》曰：爰，易也。《周禮》曰：畮百爲夫，夫三爲屋，屋三爲井也。

⑬舃，一作潟。《史記》曰：史起引漳水漑田。鄴民歌之曰：決漳水兮灌鄴旁，終古舃鹵兮生稻粱。又曰：秦中大夫白公復爲秦穿涇水注渭，漑田四千餘頃，因曰白渠也。

⑭《尚書序》曰：咎繇矢厥謨。孔安國曰：矢，陳也。

天監三年策秀才文①[1]

任昉②

李善注

問：朕本自諸生，弱齡有志③。閉戶自精，開卷獨得④。九流《七略》，頗嘗觀覽；六藝百家，庶非牆面⑤。雖一日萬機，早朝晏罷⑥，聽覽之暇，三餘靡失⑦。上之化下，草偃風從⑧。惟此虛寡，弗能動俗⑨。昔紫衣賤服，猶化齊風⑩；長纓鄙好，且變鄒俗⑪。雖德慙往賢，業優前事。且夫搢紳道行，祿利然也⑫。朕傾心駿骨，非懼真龍⑬，輻輳青紫，如拾地芥⑭。[2]而惰游廢業，十室而九⑮。鳴鳥蔑聞，《子衿》不作⑯。弘獎之路，斯既然矣⑰。猶其寂寞，應有良規⑱。

【箋注】

①何之元《梁典》曰：天監，武帝年號也。

②劉璠《梁典》曰：任昉，字彥昇，樂安人。四歲誦古詩數十篇，十六舉秀才第一，辭章之美，冠絕當時。爲寧朔將軍新安太守卒。

③《鍾離意別傳》曰：嚴遵與光武皇帝俱爲諸生。《禮記》：孔子曰：大道之行也，與三代之英，丘未之逮，而有志焉。

④《楚國先賢傳》曰：孫敬入學，閉戶牖，精力過人，太學謂曰閉戶生；入市，市人相語：閉戶生來。不忍欺也。晉陶淵明《與子儼等疏》曰：開卷有得，便欣然忘食。

---

[1]　此專以訓學爲主。蕭老公喜事鋪張，故其臣亦每爲夸飾。

[2]　宕逸泓蔚，雅有真致。

⑤《漢書》曰：九流，有儒家流、道家流、陰陽家流、法家流、名家流、墨家流、從橫家流、雜家流、農家流。又曰：劉歆總羣書而奏其《七略》。故有《輯略》，有《六藝略》，有《諸子略》，有《詩賦略》，有《兵書略》，有《數術略》，有《方技略》。《廣雅》曰：頗，少也。《周禮》：保氏養國子以道，乃教之六藝：一曰五禮，二曰六樂，三曰五射，四曰五御，五曰六書，六曰九數。《淮南子》曰：百家異說，各有所出。《論語》：子謂伯魚曰：汝爲《周南》《召南》矣乎？人而不爲《周南》《召南》，其猶正牆面而立也與！補孫志祖曰：趙云：六藝，六經也。《書》曰：不學牆面。

⑥《尚書》曰：兢兢業業，一日二日萬機。《墨子》曰：早朝晏罷，斷獄治政也。

⑦《上林賦》曰：朕以覽聽餘閑，無事棄日。《魏略》曰：董遇，字季真，善《左氏傳》。從學者云：若渴無日。遇言：當以三餘。或問三餘之意。遇言：冬者歲之餘，夜者日之餘，陰雨者時之餘。

⑧《論語》：子曰：君子之德風，小人之德草，草上之風必偃。

⑨蔡邕《姜肱碑》曰：至德動俗，邑中化之。

⑩《韓子》曰：齊桓公好服紫，一國盡服紫，當時十素不得一紫。公患之，告管仲。管仲曰：君欲止之，何不自誠勿衣也！謂左右曰：甚惡紫臭。公曰：諾。於是郎中莫衣紫，其明日，國中莫有衣紫，三日，境內莫衣紫。

⑪《韓子》曰：鄒君好長纓，左右皆服長纓，甚貴。鄒君患之，問左右。左右對曰：君好服之，百姓亦多服，是故貴。鄒君因先自斷其纓而出，國中皆不服長纓。

⑫《封禪書》曰：因雜搢紳先生之略術。班固《漢書贊》曰：大師衆至千餘人，蓋祿利之路然也。

⑬《新序》曰：郭隗謂燕王曰：古之君有以千金市千里馬者，三年不得。人請求之。三月得馬，已死矣，買其骨以五百金。君大怒之。人

曰：死馬骨且市之，況生馬乎？天下必以王爲好馬矣！於是不能朞年，千里馬至者二。今王誠願致士，請從隗始，隗且見事，況賢於隗者乎？又：子張見魯哀公。哀公不禮。去，曰：君之好士，有似葉公子高之好龍也。葉公好龍，室屋雕文，盡以寫龍。於是天龍聞而下之，窺頭於牖，拖尾於堂。葉公見之，棄而退走，失其魂魄，五色無主。是葉公非好真龍也，好夫似龍而非龍者也。今君之好士也，好夫似士而非士者也！

⑭范曄《後漢書》曰：袁紹，賓客所歸，輜軿紫轂，填接街陌。《說文》曰：軿，車前衣，車後爲輜。《漢書》曰：夏侯勝每講授，常謂諸生曰：士病不明經，經術苟明，其取青紫如俛拾地芥爾！言好學明經術，以取貴位之服，如似車載之多也。取之易也，如拾地草。

⑮《禮記》曰：垂緌五寸，游惰之士。鄭玄曰：惰游，罷人也。《抱朴子》曰：秦降及季杪，天下欲反，十室而九。

⑯言古者收教不及於道者，故天下太平，而鳳凰至；學校廢則作《子衿》以刺之，而人感思學。今則不然，言不如古也。《尚書》：周公曰：攸罔勖，弗及者，造德弗降我，則鳴鳥不聞。毛萇《詩傳》曰：蔑，無也。《詩序》曰：《子衿》刺學廢也。《兩都賦序》曰：王澤竭而詩不作。

⑰《小爾雅》曰：獎，勸也。

⑱《魏志》：明帝報王朗詔曰：欽納至言，思聞良規。

六朝文絜箋注卷五
表

爲宋公至洛陽謁五陵表①

傅亮②

李善注

臣裕言：近振旅河湄，揚旌西邁③。將屆舊京，威懷司雍④。[1]河流遄疾，道阻且長⑤。加以伊洛榛蕪，津塗久廢⑥。伐木通徑，淹引時月⑦。[2]始以今月十二日，次故洛水浮橋。山川無改，城闕爲墟。宮廟隳頓，鐘簴空列。觀宇之餘，鞠爲禾黍⑧。閭里蕭條，雞犬罕音⑨。感舊永懷，痛在心目⑩。以其月十五日，奉謁五陵⑪。墳塋幽淪，百年荒翳。天衢開泰，情禮獲申。故老掩涕，三軍悽感。瞻拜之日，憤慨交集。[3]行河南太守毛脩之等⑫，既開翦荊棘，繕修毀垣⑬。職司既備，蕃衞如舊。伏惟聖懷，遠慕兼慰。不勝下情。謹遣傳詔殿中中郎臣某，奉表以聞。

【箋注】

①《晉書》曰：義熙十二年，洛陽平。裕命修晉五陵，置守備。

②沈約《宋書》曰：傅亮，字季友，北地人也。博涉經史，尤善文辭。

---

[1] 雍，於用切。司雍，司州、雍州也。

[2] 以深婉之思，寫悲凉之態。低佪百折，直令人一讀一擊節也。

[3] 不甚斷削，然曲折有勁氣。六朝章奏，季友不媿專門。

初爲建威參軍，稍遷至散騎常侍。後太祖收亮，付廷尉，伏誅。

③《左氏傳》：季文子曰：中國不振旅，蠻夷入伐。《詩》曰：居河之湄。

④《左氏傳》：魏絳曰：戎狄事晉，諸侯威懷。又曰：晉郤缺言于趙宣子曰：叛而不討，何以示威？服而不柔，何以示懷？非威非懷，何以示德？非德何以主盟？《太康地記》曰：司州，司隸校尉治，漢武帝初置。其界本西得雍州之地，今以三輔爲雍州。

⑤《詩》曰：遡迴從之，道阻且長。

⑥《蜀志》許靖《與曹公書》：曰：袁術方命圮族，津塗四塞。

⑦《東觀漢記》曰：岑彭伐樹木開道，直出黎丘。

⑧《毛詩》曰：踧踧周道，鞫爲茂草。毛萇曰：鞫，窮也。《毛詩序》曰：過故宗廟宮室，盡爲禾黍。

⑨《楚辭》曰：山蕭條而無獸。《東觀漢記》：北夷寇作，無雞鳴犬吠之聲。

⑩劉琨《答盧諶詩》曰：哀我皇晉，痛在心目！

⑪郭緣生《述征記》曰：北邙，東則乾脯山，山西南晉文帝崇陽陵，陵西武帝峻陽陵；邙之東北宣帝高原陵、景帝峻平陵；邙之南，則惠帝陵也。

⑫沈約《宋書》曰：毛脩之，字敬文，滎陽人也。高祖將伐羌，爲河南、河內二郡太守，戍洛陽。

⑬《左氏傳》：戎子駒支曰：驅其狐貍，蜩其荊棘。《西京賦》曰：步毀垣而延竚。

爲蕭拜太尉揚州牧表 [1]

江淹

玄文既降，雕牒增輝①。禮藹前英，寵華昔典②。仰震威容，俯慙陋識。心魂戰慄，若殞若殞③。臣景能驗才，無假外鏡④；撰已練志，久測內涯⑤。[2]故讓不飾迹，辭非謙距。寸亮尺素，頻觸瑤纊⑥；丹情實理，備塵珠冕⑦。[3]而神居寂阻，九重嚴絕⑧。徒懷漢臣伏闕之誠，竟無魯人迴日之感⑨。所以迴懼鴻威，後奔殊令者也。既而永鑒隆魏，緬思宏晉。國之大政，在功與位。故靜民紐亂[4]，不處輿臺之下⑩；去勳舍德，寧班袞司之上⑪。咸以休對性業，裁成器靈。詎有移風變範，克耀倫序者乎⑫？今臣績不炤民，忠豈宜國！名爵赫曦⑬，俷俛優忝。陛下久超異禮之榮，越次殊常之秩⑭。雖寢寐矜戰，曲垂哀亮；而璽册冲正，愈賜砥礪⑮。[5]今便蕭順天誥，恭聞睿典⑯。審躬酌私，必跋危撓⑰。將恐氓俗由此方擾，軌訓以之交蕪⑱。臣豈不勉智罄忠⑲，未知所以報奉淵聖，輸感霄極。[6]取諸微躬，長爲慙荷。

【箋注】

①《廣雅》曰：牒，版也。顏師古《漢書注》：小簡曰牒。

---

[1] 太尉，齊明帝蕭鸞也，高帝猶子。嘗爲揚州刺史。
[2] 琢采秀削，別開奧突。昔人譏其句句生澀，余謂醴陵佳處，即在生澀上。
[3] 寸亮四句，言其重讓不允也。
[4] 紐，擘也，見《廣雅·釋言》。
[5] 奧思奇兀，獨具鑪錘。
[6] 造句精絕。

②《廣雅》曰：藹，盛也。

③《玉篇》曰：殂，歾也。《說文》曰：殯，死在棺，將遷葬柩，賓遇之。

④鄭玄《毛詩箋》曰：景，明也。《玉篇》曰：驗，證也。

⑤鄭玄《禮記注》曰：撰，猶持也。

⑥謝靈運詩曰：寸心若不亮。古詩曰：中有尺素書。孔安國《尚書傳》曰：瑤，美玉。又曰：纊，細綿。

⑦《說文》曰：冕，大夫以上冠也。古黃帝初作冕。

⑧《楚辭》曰：君之門兮九重。

⑨《淮南子》曰：魯陽公與韓遘難，戰酣方暮，援戈而麾之，日爲之反三舍。

⑩《左氏傳》曰：天有十日，人有十等：王臣公，公臣大夫，大夫臣士，士臣皁，皁臣輿，輿臣隸，隸臣僚，僚臣僕，僕臣臺。

⑪褚淵表曰：雖秩輕於衮司，而任重於百辟。

⑫《爾雅》曰：範，常也。班固《薦謝夷吾表》曰：方之古賢，實有倫序。

⑬張平子《思玄賦》舊注曰：赫戲，盛也。曦，與戲同。

⑭鄭玄《周禮注》曰：秩，祿廩也。賈公彥《疏》曰：謂依班秩受祿。

⑮《說文》曰：璽，王者印也。又曰：册，符命也，諸侯進受於王者也。象其札，一長一短，中有二編之形。《禮記》曰：近文章，砥礪廉隅。

⑯《玉篇》曰：睿，聖也。

⑰張晏《漢書注》曰：跋，躐也。

⑱陸雲《泰伯碑》曰：內修訓範，外陶氓俗。賈逵《國語注》曰：軌，法也。

⑲毛萇《詩傳》曰：罄，盡也。

爲蕭驃騎謝被侍中慰勞表 [1]

江淹

臣某言：即日侍中祕書監臣戢至，奉宣詔旨慰勞。便受轂中帷，練甲外壘①。旍旄蔽景，輿徒競氣②。人懷秋嚴，士蓄霜斷③。晦魂已掩，氣竪未縣④。稽鉞竚威，寢興震慨⑤。[2]今王人臨郊，皇華降庭⑥。煇耀望實，將激威武⑦。載鷁之夫，迎光蹀恩⑧；投石之師，攀炤竦惠⑨。楚纊越醪，方茲懃潤⑩。臣忝屬闈私，彌抱渥洽。不任下情⑪。

【箋注】

①《漢書》：馮唐曰：臣聞上古王者遣將也，跪而推轂。《三禮圖》曰：四旁及上曰帷，《漢書》：高帝曰：運籌帷幄之中，決勝千里之外。馬融《左氏傳注》曰：被練爲甲裏也。《韓非子》：陳軫曰：秦得韓之都而驅其練甲，秦韓爲一，以南鄉楚。《說文》曰：壘，軍壘也。

②旍，一作麾。旍本作旌。《說文》曰：析羽注旌首，所以進士卒。又曰：旄，幢也。鄭玄《周禮注》曰：旄，牛尾，舞者所持以指麾。摯虞《太康頌》曰：耀武六旬，輿徒不疲。

③《春秋繁露》曰：春氣愛，秋氣嚴，夏氣樂，冬氣哀。《宋書·蕭思話傳》：伏承司徒英圖電發，殿下神武霜斷。

④氣，一作氛。《說文》曰：晦，月盡也。《黃庭內景經注》曰：月中夫人，字曰月魂。《史記》曰：寒者利裋褐。趙岐曰：裋，一音豎，謂

---

[1] 齊明帝常爲驃騎大將軍。
[2] 用筆深刻，布采陸離。或謂其琢削過甚，少瀟達之風。然此乃作者結搆苦心，非好爲艱深也。

褐布豎，裁爲勞役之衣，短而且狹，故謂之短褐，亦曰豎褐。

⑤韋昭《國語注》曰：稽，棨戟也。崔豹《古今注》曰：棨戟，殳之遺象也，前驅之器，以木爲之，後世以赤油韜之，謂之油戟，亦謂之棨戟。王公以下通用之以前驅。《廣雅》曰：鉞，斧也。王逸《楚辭注》曰：竚，立貌也。《毛詩》曰：載寢載興。

⑥《爾雅》曰：邑外謂之郊。《說文》曰：距國百里爲郊。《毛詩》曰：皇皇者華。毛萇《傳》曰：皇皇，煌煌也。華，草木之華也。

⑦《晉書》：王導曰：求之望實，懼非良計。又《王敦傳論》：歷官中朝，威名夙著；作牧淮海，望實逾隆。《爾雅》曰：出爲治兵，尚威武也。

⑧《東京賦》曰：武夫戴鶡。李善《注》曰：鶡，鷙鳥也，鬭至死乃止，令武士戴之，取猛也。司馬彪《續漢書》曰：虎賁騎皆鶡冠。《楚辭》曰：衆蹀躞而日進兮。王逸《注》曰：蹀躞，行貌。

⑨《史記》曰：王翦擊荊，荊悉國中兵以拒秦。翦堅壁而守。久之，使人問軍中戲乎？對曰：方投石超距。《說文》曰：竦，敬也。《方言》曰：西漢間相觀曰聳。竦與聳古字通。

⑩《左氏傳》曰：楚子伐蕭，師人多寒。王巡三軍，拊而勉之。三軍之士，皆如挾纊。《列女傳》曰：子不聞越王句踐之伐吳耶，客有獻醇酒一器者，王使人注上流，使士卒飲下流，味不加喙而卒戰自五也。《說文》曰：醪，汁滓酒也。

⑪宋玉《九辯》曰：常被君之渥洽。

經通天臺奏漢武帝表^①[1]

沈炯^②

臣聞橋山雖掩，鼎湖之竈可祠^③；有魯遂荒，大庭之迹無泯^④。伏惟陛下，降德猗蘭，纂靈豐谷^⑤。漢道既登，神仙可望。射之罘於海浦，禮日觀而稱功^⑥；橫中流於汾河，指柏梁而高宴^⑦。[2]何其甚樂！豈不然與？既而運屬上仙，道窮晏駕^⑧。甲帳珠簾，一朝零落^⑨。茂陵玉盌，遂出人間^⑩。淩雲故基，與原田而臘臘^⑪；扶風餘趾，帶陵阜而芒芒^⑫。羈旅縲臣，能不落淚^⑬！昔承明既厭，嚴助東歸^⑭；駟馬可乘，長卿西返^⑮。恭聞故實，竊有愚心^⑯。黍稷非馨，敢望徼福^⑰。但雀臺之弔，空愴魏君^⑱；雍邱之祠，未光夏后^⑲。瞻仰煙霞，伏增悽戀^⑳。

【箋注】

①《三輔黃圖》曰：武帝元封二年，作甘泉通天臺，去地百餘丈，以候天神。元鳳間自毀。

②《南史》曰：沈炯，字初明，吳興武康人也。少有雋才，爲當時所重。初，高祖嘗稱炯宜居王佐，軍國大政，多預謀謨。文帝又重其才用，欲寵貴之。會王琳入寇大雷，留異擁據東境，帝欲使炯因是立功，乃解中丞，加明威將軍遣還鄉里，收合衆徒。以疾卒於吳中。

③橋，一作喬。竈，一作靈。《史記·封禪書》曰：北巡朔方，還，祭

[1] 荆州陷，炯爲西魏所虜。以母老在東，恆思歸國。嘗獨行經漢武帝通天臺，爲表奏之，陳己思歸之意。其夜，夢有宮禁之所，兵衞甚嚴，便以情事陳訴。聞有人言，甚不惜放卿還，幾時可至。少日，果與王克等並獲東歸。

[2] 漢武闢體開宇，宏拓郡縣，厥功甚偉。而後世以神仙征伐之事概沒其蹟，獨此文可稱知己。

黄帝塚橋山。又曰：黄帝采首山銅鑄鼎于荆山下，鼎既成，黄帝已
上天。後世因名其處曰鼎湖。《括地志》曰：湖水原出虢州湖城縣南
三十五里夸父山，北流入河，即鼎湖也。《史記·封禪書》曰：李少君
以祠竈穀道卻老方見上，言：祠竈皆可致物，致物而丹沙可化爲黄金，
黄金成，以爲飲食器則益壽，益壽而海中蓬萊仙者，迺可見之。以封
禪，則不死，黄帝是也，於是天子始親祠竈。

④《漢書·地理志》曰：周興，以少昊之墟曲阜封周公子伯禽，爲魯
侯。杜預《左氏傳注》曰：大庭氏，古國名，在魯城内，魯於其處
作庫。

⑤《洞冥記》曰：漢武帝未誕時，景帝夢一赤彘從雲中直下入崇蘭閣。
帝覺而坐於閣上，果見赤龍如煙霧來蔽戶牖，望上有丹霞蓊鬱而起，
乃改崇蘭閣爲猗蘭殿。後王夫人誕武帝於此殿。《爾雅》曰：纂，繼
也。《宋書》順帝詔：朕襲運金樞，纂靈瑶極。陸機《漢高祖功臣
頌》：龍興泗濱，虎嘯豐谷。李善云：《漢書》曰：高祖居沛豐。

⑥包咸《論語注》曰：道，治也。孔安國《尚書傳》曰：登，成也。
《漢書》曰：武帝太始三年，幸琅邪，禮日成山；登之罘，浮大海。晉
灼曰：《地理志》云：東萊腄縣有之罘山祠。師古：罘，音浮。腄，
音直瑞反。司馬長卿《子虛賦》：觀乎成山，射乎之罘。浮渤澥，
遊孟諸。《西京賦》曰：囂聲振海浦。薛綜曰：海浦，四瀆之口。《尸
子》曰：泰山上有三峰，東曰日觀，雞鳴時見日出；西曰秦觀，可望
長安，始皇登此西望，故名；又西曰越觀，可望會稽，一名月觀，以
與日觀相對。

⑦漢武帝《秋風辭》曰：泛樓船兮濟汾河，橫中流兮揚素波。《漢書》
曰：武帝元鼎二年春，起柏梁臺。《三輔舊事》曰：柏梁臺以香柏爲梁
也。《三輔黄圖》曰：帝常置酒柏梁臺上，詔羣臣和詩。

⑧《史記》：王稽謂范雎曰：宮車一日晏駕，是事之不可知也。韋昭
曰：凡初崩爲晏駕者，臣子之心，猶謂宮車當駕而晚出。應劭曰：天

子當晨起早作，如方崩殂，故稱晏駕。

⑨甲帳，一作翠幕。《漢書·西域傳贊》曰：孝武之世，廣開上林，營千門萬戶之宮，立神明通天之臺，興造甲乙之帳。顏師古《注》曰：其數非一，以甲乙次第名之也。《拾遺記》曰：石虎於太極殿前起樓高四十丈，結珠爲簾，垂五色玉佩，鏗鏘和鳴。《禮記》曰：草木零落然後入山林。孔融《與曹操書》曰：海内知己，零落殆盡。

⑩盌，一作椀。《漢書》曰：武帝建元二年初置茂陵。又《地理志》曰：右扶風縣茂陵。顏師古《注》曰：《黃圖》云：本槐里之茂鄉。《漢武故事》：鄠縣有一人於市貨玉杯，吏疑其御物，欲捕之，因忽不見。縣送其器推問，乃茂陵中物也。霍光自呼吏問之。說市人形貌如先帝。

⑪劉義慶《世說》曰：淩雲臺樓觀精巧，先稱平衆木輕重，然後造構，乃無錙銖相負揭。臺雖高峻，常隨風搖動，終無傾倒之理。魏明帝登臺，懼其勢危，以大材扶持之，樓即頹壞。論者謂輕重力偏故也。《左氏傳》曰：原田每每，舍其舊而新是謀。《毛詩》曰：周原膴膴，菫荼如飴。

⑫扶，一作別。芒芒，一作茫茫，《漢書·地理志》曰：故秦内史，武帝更名主爵都尉爲右扶風。《爾雅》曰：大阜曰陵，大陸曰阜。《毛詩》曰：宅殷土芒芒。《左氏傳》曰：芒芒禹跡，畫爲九州。

⑬《左氏傳》：陳敬仲曰：羈旅之臣。又曰：不以纍臣釁鼓，使歸就戮於秦。

⑭既厭，一作見罷。《漢書》曰：嚴助拜爲會稽太守，數年不聞問。上賜書曰：君厭承明之廬，勞侍從之事，懷故土。張晏曰：承明廬在石渠門外。

⑮《成都記》曰：司馬長卿，成都人。初，西去，過昇仙橋，題柱曰：大丈夫不乘駟馬高車，不復過此橋！後爲中郎將，建節使蜀。太守以下郊迎，縣令負弩前驅。

⑯《周語》：樊穆仲曰：賦事行刑，必問於遺訓而咨於故實。《漢書》：貢禹曰：臣禹不勝拳拳，不敢不盡愚心。

⑰《尚書》曰：黍稷非馨，明德惟馨。《左氏傳》曰：君惠徼福於敝邑之社稷，敢辱寡君。

⑱《魏志》曰：建安十五年，太祖乃於鄴作銅雀臺。《鄴中記》曰：鄴城西北立臺，皆因城爲基址，中央名銅雀臺。陸士衡《弔魏武帝文》曰：登雀臺而羣悲，貯美目其何望！《說文》曰：愴，傷也。

⑲《後漢書·郡國志》曰：陳留郡雍邱本杞國。《陳留風俗記》曰：雍邱縣有夏后祠。

⑳煙霞，一作徽猷。

爲陳六宮謝表①

江總②

鶴籥晨啓③，雀釵曉映④。恭承盛典，肅荷徽章。步動雲袿，香飄霧縠⑤。媿纏豔粉，無情拂鏡⑥；愁縈巧黛，息意臨窗⑦。妾聞漢水贈珠，人間絕世⑧；洛川拾翠，仙處無雙⑨[1]。或有風流行雨，窈窕初日⑩。聲高一笑，價起兩環⑪。[2]乃可桂殿迎春⑫，蘭房侍寵⑬。借班姬之扇，未掩驚羞⑭；假蔡琰之文，寧披悚戴⑮。

【箋注】

①鄭玄《周禮注》曰：六宮，謂后也。婦人稱寢曰宮。宮，隱蔽之言。后象王，立六宮而居之，亦正寢一，燕寢五。

②《南史》曰：總，字總持，濟陽考城人也。陳宣帝時，爲太子詹事。總性溫裕，工詩，溺於浮靡。及爲宮端，與太子爲長夜之飲，養良娣陳氏爲女，太子亟微行遊總家。宣帝聞，遂怒，免之。後又歷侍中左戶尚書。後主即位，歷吏部尚書、僕射、尚書令。不持政務，日與後主遊宴後庭，多爲豔詩，與陳暄、孔範等十餘人，當時謂之狎客。以至於亡。入隋，拜上開府。開皇十四年卒。

③鄭玄《禮記注》曰：籥，如笛，三孔。

④曹植《美女篇》曰：頭上金爵釵，腰珮翠琅玕。何遜詩曰：雀釵橫曉鬢。爵，通雀。

⑤《釋名》曰：婦人上衣曰袿。顏師古《漢書注》曰：霧縠，言輕細若

---

[1] 一意雕繪，語語精絕。恨不喚起十三行妙手，玉版書之。

[2] 長其聲價，固當一字一縑。

雲霧也。宋玉《神女賦》曰：動霧縠以徐步。

⑥《說文》曰：纏，繞也。

⑦《珠叢》曰：縈，卷之也。《說文》曰：黛，畫眉也。《釋名》曰：代也，滅眉毛去之，以此畫代其處也。

⑧劉向《列仙傳》曰：鄭交甫將南適楚，遵彼漢皋臺下，乃遇二女，佩兩珠，大如荊雞之卵。交甫與之言曰：欲子之佩。二女解與之。既行，返顧。二女不見，佩亦失矣。

⑨曹植《洛神賦》曰：容與乎陽林，流盼乎洛川。又曰：或采明珠，或拾翠羽。

⑩宋玉《高唐賦》曰：旦爲朝雲，暮爲行雨。《毛詩》曰：窈窕淑女。宋玉《神女賦》曰：其始來也，耀乎若白日初出照屋梁。

⑪《登徒子好色賦》曰：嫣然一笑，惑陽城，迷下蔡。《左氏傳》曰：宣子有二環，其一在鄭商。

⑫《三輔黃圖》曰：昆明池中有靈波殿，皆以桂爲殿柱，風來自香。又引《西京雜記》曰：溫室殿香桂爲柱。庾肩吾詩曰：桂殿月偏來，留光引上才。

⑬《三輔黃圖》曰：趙皇后居昭陽殿。有女弟俱爲婕妤，貴傾後宮。昭陽舍蘭房椒壁。

⑭班婕妤《怨詩》曰：新裂齊紈素，鮮潔如霜雪。裁成合歡扇，團團似明月。

⑮《後漢書》曰：陳留董祀妻者，同郡蔡邕之女也。名琰，字文姬。博學有才辨，又妙於音律。適衞仲道。爲胡騎所獲，沒於南匈奴。曹操贖之而重嫁於祀。感傷亂離，追懷悲憤，作詩二章。

疏

與趙王倫薦戴淵疏①[1]

陸機②

蓋聞繁弱登御，然後高墉之功顯③；孤竹在肆，然後降神之曲成④。是以高世之主，必假遠邇之器；蘊匱之才，思託大音之和⑤。伏見處士廣陵戴若思，年三十。清沖履道，德量允塞⑥。思理足以研幽，才鑒足以辨物⑦。安窮樂志，無風塵之慕⑧；砥節立行⑨，有井渫之潔⑩[2]。誠東南之遺寶，宰朝之奇璞也⑪。若得託迹康衢，則能結軌驥騄⑫；曜質廊廟，必能垂光璵璠矣⑬。惟明公垂神采察⑭，不使忠允之言，以人而廢。

【箋注】

①《晉書》曰：趙王倫，字子彝，宣帝第九子也。母曰柏夫人。魏嘉平初，封安樂亭侯。五等建，改封東安子，拜諫議大夫。武帝受禪，封琅邪郡王……咸寧中，改封於趙。

②《晉書》曰：機，字士衡，吳郡人。祖遜，吳丞相。父抗，吳大司馬。機少襲，領父兵，爲牙門將軍。年二十而吳滅。退臨舊里，與弟雲勤學，積十一年，譽流京華，聲溢四表，被徵爲太子洗馬。至太康末，與弟雲俱入洛。太常張華表重其名，如舊相識。嘗謂之曰：人之爲文，常恨才少；而子，更患其多。天才秀逸，辭藻宏麗，一代之絕。

---

[1] 戴淵少時游俠，不治行檢。陸機赴假還洛，輜重甚盛。淵使少年掠劫。淵在岸上，據胡牀指麾左右，皆得其宜。機於船屋上遙謂之曰，卿才如此，亦復作劫邪。淵便泣涕投劍歸機。機彌重之，定交，作牋薦焉。

[2] 寥寥數語，大旨已得。不似後人鋪張揚厲，稱過其實。以此益見晉人之高。

③杜預《左氏傳注》曰：繁弱，大弓名。《後漢書》曰：垂氏興政於巧工，造父登御於騄驪。《周易》曰：公用射隼於高墉之上。鄭玄《禮記注》曰：小城曰墉。

④《周禮·春官·大司樂》：孤竹之管，雲和之琴瑟。鄭玄《注》曰：孤竹，竹特生者。《漢書》曰：叔孫通因秦樂人制宗廟樂。太祝迎神於廟門，奏《嘉至》。猶古降神之樂也。

⑤匵，一作櫝。陸賈《新語》曰：道術蓄積而不舒，美玉韞匵而深藏。蘊，與韞同。《管子》曰：昔黃帝以其緩急，作五聲以正五鐘，其一曰清鐘大音。《老子》曰：大音希聲。

⑥《史記》曰：江都王建，國除，地入於漢，爲廣陵郡。《漢書·地理志》：廣陵，景帝四年更名江都，武帝元狩間更名廣陵。《晉書》曰：淵，字若思。《字書》曰：沖，虛也。《周易》曰：履道坦坦，幽人貞吉。《尚書》曰：溫恭允塞。

⑦《周易》曰：君子以類族辨物。

⑧《禮記》曰：獨樂其志，不厭其道。

⑨蔡邕《郭有道碑》曰：砥節勵行，直道正辭。

⑩《周易》曰：井渫不食。王弼《注》曰：渫，不停污之謂也。

⑪李善《南都賦注》曰：璞，玉之未理者。司馬彪《贈山濤詩》：卞和潛幽冥，誰能證奇璞。

⑫《爾雅》曰：五達謂之康，四達謂之衢。《廣雅》曰：軌，迹也。《說文》曰：驥，千里馬。孫陽所相者。按：孫陽即伯樂。《玉篇》曰：騄馬，駿馬。周穆王八駿之一。魏文帝《典論》曰：咸以自騁驥騄于千里，仰齊足而並馳。

⑬《說文》曰：廊，東西序也。《玉篇》曰：廡下也。杜預《左傳注》曰：瓀璠，美玉。

⑭采，同採。

啓

爲卞彬謝修卞忠貞墓啓①[1]

任昉

李善注

臣彬啓：伏見詔書，并鄭義泰宣敕，當賜修理臣亡高祖晉故驃騎大將軍②、建興忠貞公壼墳塋。臣門緒不昌，天道所昧。忠搆身危，孝積家禍③。名教同悲，隱淪惆悵④。而年世貿遷，孤裔淪塞⑤。遂使碑表蕪滅，邱樹荒毀，狐兔成穴，童牧哀歌⑥[2]。感慨自哀，日月纏迫⑦。陛下弘宣教義，非求效於方今⑧；壼餘烈不泯，固陳力於異世⑨。但加等之渥，近闕於晉典⑩；樵蘇之刑，遠流於皇代⑪。臣亦何人，敢謝斯幸！不任悲荷之至，謹奉啓事以聞。謹啓。

【箋注】

①蕭子顯《齊書》曰：卞彬，字士蔚。官至綏建太守卒。

②補《晉書·卞壼傳》：改贈壼侍中、驃騎將軍、開府儀同三司。

---

[1] 忠貞，名壼，字望之。晉尚書令。永嘉中，蘇峻稱兵，六軍敗績。壼赴賊，二子眕、盱隨從，俱爲賊所害。贈侍中、開府，謚忠貞。後七十餘年，盜發其墓，尸僵如生，鬚髮蒼然，爪甲穿手背。安帝賜錢十萬封之。入梁復毀，武帝又加修治。

[2] 彥昇文簡鍊入韻，絕無畦町可窺。所謂秀采外揚，深衷內朗。其體格當在休文之上。

③搆，一作遘。

④王隱《晉書述》曰：壺及二子死，徵士翟湯聞而歎曰：父爲忠臣，子爲孝子，忠孝之道，萃於一門，可謂賢哉！名敎謂王隱，隱淪謂翟湯。《世說》：樂廣曰：名敎中自有樂地。桓子《新論》曰：天下神人五：……二曰隱淪。

⑤《廣雅》曰：貿，易也。

⑥桓子《新論》曰：雍門周以琴見孟嘗君，曰：臣切悲千秋萬歲後，墳墓生荆棘，狐兔穴其中，樵兒牧豎，躑躅而歌其上也。

⑦劉公幹《贈五官中郎詩》曰：感慨以長歎！

⑧杜預《左氏傳序》曰：弘宣祖業。仲長子《昌言》曰：引之於敎義。《說苑》曰：聖王布德施惠，非求報於百姓也。

⑨《春秋元命苞》曰：文王積善所潤之餘烈。《論語》：子曰：周任有言曰：陳力就列，不能者止。

⑩《左氏傳》曰：凡諸侯薨於朝會，葬，加一等；死王事，加二等。

⑪《戰國策》：顏斶謂齊王曰：秦攻齊，令曰：敢有去柳下季壟五十步樵採者，罪死不赦。

送橘啓①

劉孝標②

　　南中橙甘③，青鳥所食④。始霜之旦，采之風味照座⑤，劈之香霧噀人。[1]皮薄而味珍，脈不黏膚，食不留滓⑥。甘踰萍實，冷亞冰壺⑦。可以熏神，可以芼鮮，可以漬蜜⑧。氈鄉之果，寧有此邪⑨？

【箋注】
①《說文》曰：橘果出江南，樹碧而冬生。
②《梁書》曰：峻，字孝標。好學。家貧，寄人廡下，自課讀書。嘗燎麻炬，從夕達旦。或昏睡爇其髮，既覺復讀，終夜不寐，其精力如此。居東陽，吳會人士，多從其學。歷普通二年卒，時年六十。門人謚曰：玄靖先生。
③謝朓詩曰：南中榮橘柚。《說文》曰：橙，橘屬也。甘，通作柑，《上林賦》曰：黃甘橙楱。
④《伊尹書》曰：箕山之東，青鳥之所有，盧橘夏熟。
⑤采，一作採。
⑥《春秋繁露》曰：至於季秋而始霜，至於孟冬而始大寒。《埤蒼》曰：劈，剖也。噀，本作潠。《三蒼》曰：潠，噴也。滓，謂汁滓也。
⑦《家語》曰：楚昭王渡江。江中有物大如斗，圜而赤，直觸王舟。舟人取之。王大怪之，徧問羣臣，莫之能識。王使使聘於魯，問於孔子。孔子曰：此爲萍實也，可剖而食。吉祥也，惟霸者爲能獲焉。鮑明遠《樂府詩》曰：清如玉壺冰。

---

[1]　結畫短篇。朗潤芬烈，讀之覺生香如挹紙上。

⑧薛綜《東京賦注》曰：熏，和悅貌。《毛詩》曰：左右芼之。毛萇曰：芼，擇也。《爾雅》曰：芼，搴也。郭《注》謂拔取菜。孫炎曰：擇菜也。《通俗文》曰：水浸曰漬。

⑨鮑照《瓜步山揭文》曰：北眺氈鄉，南矖炎國。

謝始興王賜花紈簟啓 [1]

劉孝儀①

麗兼桃象，周洽昏明②。便覺夏室已寒，冬裘可襲③。雖九日煎沙④，香粉猶棄⑤；三旬沸海⑥，團扇可捐⑦。[2]

【箋注】

①《梁書》曰：潛，字孝儀。秘書監孝綽弟也。幼孤。與兄弟相勵勤學，並工屬文。孝綽常曰：三筆六詩。三，即孝儀；六，孝威也。大寶元年病卒，時年六十七。有文集二十卷行於世。

②左思《吳都賦》曰：桃笙象簟，韜於筒中。劉淵林《注》曰：桃笙，桃枝簟也。吳人謂簟爲笙；又折象牙以爲簟也。

③謝朓詩曰：珍簟清夏室，輕扇動涼颸。《國語》曰：隕霜而冬裘具。《玉篇》曰：襲，重衣也。

④曹植《大暑賦》曰：映扶桑之高熾，燎九日之重光。《說苑》曰：湯之時大旱七年，雒坼川竭，煎沙爛石。《易林》曰：煎沙盛暑，鮮有不朽。

⑤《齊民要術》曰：作香粉法唯多著丁香於粉合中，自然芳馥。

⑥《陰陽書》曰：三伏，曹植謂之三旬。傅咸《感涼賦》曰：赫融融以彌熾，乃沸海而焦陵！

⑦《說文》曰：捐，棄也。

---

[1] 蕭憺，字僧達，武帝第十一子。天監元年，封始興郡王。
[2] 綺藻宣茂，不滯於俗。

謝東宮賚內人春衣啓 ①

庾肩吾 ②

　　階邊細草，猶推綟葉之光③；戶前桃樹，翻訝藍花之色④。遂得裾飛合鷰，領鬭分鸞⑤。[1]試顧采薪，皆成留客⑥。

【箋注】

①《說文》曰：賚，賜也。王融詩曰：嚬容入朝鏡，思淚點春衣。

②《南史》曰：肩吾，字慎之。八歲能賦詩，爲兄於陵所友愛。初爲晉安王國常侍，被命與劉孝威等十人抄撰衆籍，號爲高齋學士。王爲太子，兼東宮通事舍人。太宗即位，以爲度支尚書。侯景矯詔，遣喻當陽公大心，因逃入東。後間道奔江陵，仕至中書令卒。文集行於世。

③顏師古《急就篇注》曰：綟，蒼艾色。東海有草，其名曰莀，以染此色，因名綟云。

④《說文》曰：藍，染青草也。鄭玄《毛詩箋》曰：藍，染草也。《史記·貨殖傳注》：徐廣曰：茜，一名紅藍，其花染繒赤黃也。

⑤《方言》曰：袿，謂之裾。張衡《舞賦》曰：裾似飛鷰，袖如迴雪。《釋名》曰：領，頸也，以壅頸也。亦言總領衣體，爲端首也。《廣雅》曰：鸞鳥，鳳凰屬也。《山海經》曰：女牀山有鳥五采，名曰鸞。

⑥《楚辭·大招》曰：長袖拂面，善留客只。

---

[1]　窮狀物之妙，盡攄詞之致。

謝明皇帝賜絲布等啓 [1]

庾信

倪璠注

　　臣某啓：奉敕垂賜雜色絲布綿絹等三十段，銀錢二百文。某比年以來，殊有缺乏。白社之内，拂草看冰①；靈臺之中，吹塵視甑②。[2]慰妻狠妾，既嗟且憎；瘠子羸孫，虚恭實怨。王人忽降，太賚先臨。天帝賜年，無踰此樂；仙童贈藥，未均斯喜。張袖而舞，玄鶴欲來③；撫節而歌，行雲幾斷④。所謂舟檝無岸，海若爲之反風⑤；蕎麥將枯，山林爲之出雨⑥。況復全抽素繭，雲版疑傾⑦；併落青鳧，銀山或動⑧。[3]是知青牛道士，更延將盡之命⑨；白鹿真人，能生已枯之骨⑩。雖復拔山超海，負德未勝⑪；垂露懸鍼，書恩不盡⑫。蓬萊謝恩之雀，白玉四環⑬；漢水報德之虵，明珠一寸⑭。[4]某之觀此，寧無媿心！直以物受其生，於天不謝。謹啓。

【箋注】

①《晉書》曰：董京常宿白社中，時乞於市。

②《三輔決錄注》曰：第五頡，字子陵。爲郡功曹，位至諫議大夫。洛陽無主人，鄉里無田宅。客至靈臺中，或十日不炊。《後漢書·范丹傳》：歌曰：甑中生塵范史雲。

---

[1]　明皇帝，周世宗宇文毓也。文帝長子，閔帝庶兄。
[2]　舉體皆奇，掃除庸響。唐人自玉谿金荃而下，不能擬隻字。
[3]　極華贍而不嫌於纖。故妙。
[4]　如比目魚，兩兩相對。可謂工巧無敵。

③《玉符瑞圖》曰：晉平公鼓琴，有玄鶴二八而下，銜明珠舞於庭。一鶴失珠，覓得而去。《相鶴經》曰：鶴，壽二百六十歲則色純黑。《尚書大傳》曰：虞帝歌樂曰：和伯之樂舞玄鶴。又《韓子》曰：師曠奏清徵，有玄鶴二八集廊門。

④《博物志》曰：秦青撫節悲歌，聲振林木，響遏行雲。

⑤《漢書》師古《注》曰：檝，所以刺船也。《莊子》：北海若曰：天下之水，莫大於海。《博物志》云：風山之首高三百里，風穴如電突，深三十里，春風自此而出也。何以知還風也？假令東風，雲反從西來，詵詵而疾，此不旋踵立西風矣。所以然者，諸風皆從上而下，或薄於雲，雲行疾，下雖有微風不能上，上風來則反矣。

⑥《淮南子》曰：陰生於午，故五月爲小刑。薺麥亭歷枯。又云：薺，冬生，中夏死；麥，秋生，夏死。高誘曰：薺，水也。水王而生，土王而死；麥，金也。金王而生，土王而死。按：薺麥枯於仲夏，正梅雨時也。

⑦繭，一作璽。雲版，一作雪板。言其白也。

⑧啓謝絲等當有錢矣。《洞冥記》曰：帝升望月台，有三青鴨化爲三小童，皆著綺文襦，各握鯨文大錢，置帝前。干寶《搜神記》曰：南方有蟲名青蚨，大如蠶子，取其子，母即飛來，不以遠近；雖潛取其子，母必知處。以母血塗錢八十一文，以子血塗錢八十一文，每市物，或先用母錢，或先用子錢，皆復飛歸，輪轉無已，故淮南子術，以之還錢，名曰青蚨。

⑨《漢武帝內傳》曰：封君達，隴西人。初服黃連五十餘年，入鳥舉山服水銀百餘年，還鄉里如二十者。常乘青牛，故號青牛道士。聞有病死者，識與不識，便以腰間竹管中藥與服，或下鍼，應手皆愈，不以姓名語人。間聞魯女生得五嶽圖，連年請求。女生未見授，并告節度。二百餘歲，乃入玄丘山去。

⑩《神仙傳》曰：中山衞叔卿常乘雲車，駕白鹿，見漢武帝。帝將臣

之，叔卿不言而去。武帝悔，求其子度世令追其父。度世登華山，見父與數人博石上，勑度世，令還山。古樂府云：仙人騎白鹿，髮短耳何長！導我上太華，攬芝獲赤幢。來到主人門，奉藥一玉箱。主人服此藥，身體日康強。髮白復更黑，延年壽命長。

⑪言恩德甚重，雖巨鼇不能負也。《漢書》：項羽曰：力拔山兮氣蓋世！《孟子》曰：挾泰山以超北海。

⑫庾肩吾《書品序》：流星疑燭，垂露似珠。參差倒薤，既思種柳之謠；長短懸鍼，復想定情之製。《酉陽雜俎》云：百體中，有垂露體，懸鍼體。言恩德不勝書也。

⑬四，一作雙。干寶《搜神記》曰：漢時，弘農楊寶年九歲時，至華陰山北，見一黃雀爲鴟梟所搏，墜於樹下，爲螻蟻所困。寶見，愍之。取歸置巾箱中，食以黃花，百餘日，毛羽成，朝去暮來。一夕三更，寶讀書未臥，有黃衣童子向寶再拜曰：我西王母使者，使蓬萊，不慎爲鴟梟所搏。君仁愛見拯，實感盛德。乃以白環四枚與寶曰：令君子孫潔白，位登三事，當如此環。

⑭干寶《搜神記》曰：昔隨侯因使入齊，路行深水沙邊，見一小蛇，可長三尺，於熱沙中宛轉，頭上血出。隨侯見而愍之，下馬，以鞭撥於水中，語曰：汝若是神龍之子，當願擁護於我。言訖而去。至於齊國。經二月，還，復經此道，有小兒手把一明珠，當道送與隨侯曰：昔日深蒙救命，甚重感恩，聊以奉貺。侯曰：小兒之物，詎可受之！不顧而去。至夜，又夢小兒持珠與侯曰：兒乃蛇也。早蒙救護生全，今日答恩，不見垂納，請受之無復疑。侯驚異。迨旦，見一珠在牀頭，乃收之而感曰：傷蛇猶解知恩重報，在人反不知恩乎？侯歸，持珠進納，見述元由，終身食祿耳。《左傳》：漢東之國隨爲大，故曰漢水。

謝趙王賚絲布啓 [1]

庾信

倪璠注

　　某啓：奉教垂賚雜色絲布三十段①。去冬凝閉，今春嚴勁②。霰似瓊田，凌如鹽浦③。張超之壁，未足鄣風④；袁安之門，無人開雪⑤。覆鳥毛而不暖，然獸炭而逾寒⑥。遠降聖慈，曲垂矜賑⑦。諭其蠶月，殆罄桑車；津實秉杼，幾空織室⑧。遂令新市數錢，忽疑販綵；平陵月夜，驚聞擣衣⑨。[2]妾遇新縑，自然心伏⑩；妻聞裂帛，方當含笑⑪。莊周車轍，實有涸魚⑫；信陵鞭前，元非窮鳥⑬。仰蒙經濟，伏荷聖慈⑭。

【箋注】

①按：趙王賚信下賚荀娘，其款至如此。

②夏侯孝若《寒雪賦》曰：嚴氣枯殺，玄澤閉凝。

③霰，一作雪。瓊田，玉田也。《十洲記》曰：祖洲有不死之草，生瓊田中。凌，冰也。《周禮》曰：凌人掌冰。鄭《注》：凌，冰室。《晉書》：謝朗《詠雪》云：似撒鹽空中。言去冬今春，天寒嚴閉，視積雪凝冰，白如瓊田鹽浦也。補《西京雜記》曰：寒有高下。上煖下寒則上合爲大雨，下凝爲冰、霰、雪是也。《子虛賦》曰：鶩于鹽浦。郭璞曰：鹽浦，海邊地，多鹽鹵。

④未詳。《後漢書·文苑傳》曰：張超，字子並，河間鄚人也。有文

---

[1]　趙王名招，周文帝第七子。博涉羣書，好屬文，學開府體。武成初，封趙國公，後進爵爲王，史稱趙滕諸王。與信周旋欵至，有若布衣之交。

[2]　賦物典覈而意趣仍復灑然。自是啓牘妙手。

才，又善於草書，疑即是人。或其家貧，不足郫風耶。

⑤《汝南先賢傳》曰：時大雪，積地丈餘。洛陽令自出按行，見人家皆除雪出，有乞食者。至袁安門，無有行路，謂安已死。令人除雪入戶，見安僵臥。問何以不出。安曰：大雪人皆餓，不宜干人。令以爲賢，舉爲孝廉也。

⑥然，一作燃。《晉朝雜記》：洛下少炭，羊琇搗小炭屑，以物和之，作獸形，用以溫酒。

⑦言當此嚴寒之候，蒙趙王賚絲布也。

⑧賚，一作費。《蠶書》曰：月當大火，則浴其種。《三輔黃圖》曰：織室在未央宮，又有東西織室。言所賚之多也。杼柚，謂機也。《毛詩》曰：小東大東，杼柚其空。

⑨販，一作敗。《郡國志》：新市屬江夏，平陵屬右扶風。江夏，梁之郢州，子山故國也。後周都長安。京兆馮翊扶風漢之三輔。言己本羈旅，得此絲布，忽疑新市販綵而來；在此平陵，驚聞搗帛裁衣，若將寄遠也。

⑩古詩：新人從門入，故人從閤去。新人工織縑，故人工織素。織縑日一匹，織素五丈餘。將縑來比素，新人不如故。

⑪《史記》曰：周幽王后，好聞裂繒聲。

⑫《莊子》云：莊周謂監河侯曰：周顧視車轍中，有鮒魚焉，曰，我東海之波臣也，君豈有升斗之水以活我哉？

⑬《列士傳》曰：魏公子無忌方入，有鳩飛入案下，見一鷂在屋，令縱鳩，鷂逐而殺之。公子爲不食，曰：鳩避患歸無忌，竟爲鷂所得，吾負之。鄰國捕得鷂三百餘頭，以奉公子。一鷂獨低頭不敢仰視，乃取殺之。《後漢書》曰：趙壹，字元叔，漢陽西縣人。著《窮鳥賦》。

⑭聖，一作深。

謝趙王賚白羅袍袴啓①

庾信

倪璠注

　　某啓：垂賚白羅袍袴一具②。程據上表，空論雉頭③；王恭入雪，虛稱鶴氅④。未有懸機巧綵，變縟奇文，鳳不去而恆飛，花雖寒而不落⑤。[1]披千金之暫煖，棄百結之長寒⑥。永無黃葛之嗟，方見青綾之重⑦。對天山之積雪，尚得開衿⑧；冒廣廈之長風，猶當揮汗⑨。白龜報主，終自無期⑩；黃雀謝恩，竟知何日⑪？[2]

【箋注】

①趙王所賚白羅袍袴皆冬時具也，覽啓內便知。

②按：下文袍袴似著綿者。《爾雅》：袍，襺也。《左傳》：重襺衣裘。

③諭，一作論。《晉咸甯起居注》曰：太醫司馬程據上雉頭裘一領，詔於殿前焚之。

④《晉書》曰：王恭，字孝伯。恭美姿儀，人多愛悅。或目之云：濯濯如春月柳。被鶴氅裘，涉雪而行。孟昶窺見之，歎曰：此真神仙中人也。

⑤綵，一作綜。謂羅上織成花鳳文也。

⑥《說苑》曰：千金之裘，非一狐之皮也。王隱《晉書》曰：董威於市得碎繒，輒以爲衣，號曰百結衣。

⑦《吳越春秋》云：越王自吳還國，勞身苦心，懸膽於戶，出入嘗之。

---

[1] 葩采迅發。情韻欲流。

[2] 屬對精緻。

知吳王好服之被體，使國中男女，入山采葛，作黃紗之布以獻之。吳
王乃增越之封。越國大悅。采葛之婦，傷越王用心之苦，乃作《苦之
何》詩。《漢武帝内傳》曰：王母二侍女年可十六七，服青綾之褂。

⑧衿，一作襟。《史記索隱》曰：祁連山一曰天山，亦曰白山，在張
掖、酒泉二郡界。《西河舊事》曰：白山冬夏有雪，故曰白山。匈奴
謂之天山，過之皆下馬焉。去蒲類海百里之内。《後漢書・明帝紀注》
云：天山即祁連山，今名折羅漢山，在伊州北。

⑨廈，一作樂。補《漢書・王吉傳》：廣廈之下，細旃之上。《後漢
書・崔駰傳》：廣廈成而茂木暢，遠求存而良馬縶。原注作廣樂。《列
子》曰：鈞天廣樂。又云：廣樂，疑作廣莫，《淮南子》曰：北方廣
莫風。《江賦》云：長風颺以增扇，廣莫飍而氣整。

⑩《幽明錄》曰：晉咸康中，豫州刺史毛寶戍邾城。有一軍人於武昌市
得一白龜，長四五寸，置甕中養之，漸大，放江中。後邾城遭石氏敗，
赴江者莫不沈溺，所養人被甲入水中，覺如墮一石上。須臾，視之，
乃是先放白龜。既得至岸，迴顧而去。亦見《搜神後記》。

⑪吳均《續齊諧記》曰：弘農楊寶至華陰山，見一黃雀，傷瘢甚多，
寶懷之以歸，置巾箱中，啖以黃花，積年乃去。是夕，寶三更讀書，
有黃衣童子曰：我王母使者，昔使蓬萊，爲鴟梟所搏，蒙君之仁愛見
救，今當受賜南海，別，以四玉環與之曰：令君子孫潔白，從登三公
事，如此環矣。寶名位日隆，子震，震生秉，秉生彪，四世名公。

謝滕王賚馬啓 [1]

庾信

倪璠注

　　某啓：奉教垂賚烏驪馬一匹。柳谷未開，翻逢紫薦①；臨源猶遠，忽見桃花②。流電爭光，浮雲連影③。張敞畫眉之暇，直走章臺④；王濟飲酒之歡，長驅金埒⑤。[2]

【箋注】

①《搜神記》曰：張掖之柳谷，有開石焉，其文有五馬，象魏晉代之興也。《西京雜記》曰：文帝有紫薦騮。

②臨，一作陵。補郭璞《遊仙詩》曰：臨源挹清波，陵岡掇丹荑。原注：臨作陵，引陶潛《桃花源記》曰：武陵人捕魚爲業。忽逢桃花林，林盡水源，便得一山。山中人云：先世避秦來此。《爾雅》曰：黃白雜毛駆。郭璞《注》云：即今之桃花馬也。言馬名桃花，即類武陵源矣。

③《西京雜記》曰：文帝自代還，有良馬九匹，號爲九逸，一名浮雲，一名赤電。

④《漢書》曰：張敞爲婦畫眉。長安中傳張京兆眉憮。時罷朝會過，走馬章臺街，使御史驅，自以便面拊馬。

⑤《世說》曰：王武子被責，移第北邙。時人多地貴，濟好馬射，買地作埒，編錢匝地，竟埒。時號曰金埒。

---

[1]　滕王名逌，周文帝第十三子。少好經史。解屬文，《開府集序》係逌所撰。初封
　　滕國公。進爵爲王。

[2]　幽峭雅至。斯爲六朝碎金。

牋

辭隨王子隆牋 [1]

謝朓 ①

李善注

故吏文學謝朓，死罪死罪。即日被尙書召，以朓補中軍新安王記室參軍。朓聞潢汙之水，願朝宗而每竭②；駑蹇之乘，希沃若而中疲③。何則？皋壤搖落，對之惆悵④；歧路西東，或以歔唈⑤。況乃服義徒擁，歸志莫從⑥。邈若墜雨，翩似秋蔕⑦。

朓實庸流，行能無算⑧。屬天地休明，山川受納⑨，褒采一介，抽揚小善⑩，故捨耒場圃，奉筆兔園⑪。東亂三江，西浮七澤⑫。契闊戎旃，從容讌語⑬。長裾日曳，後乘載脂⑭。榮立府庭，恩加顏色⑮。沐髮晞陽，未測涯涘⑯；撫臆論報，早誓肌骨⑰。

不寤滄溟未運，波臣自蕩⑱；渤澥方春，旅翮先謝⑲。 [2]清切藩房，寂寥舊蓽⑳，輕舟反溯，弔影獨留㉑。白雲在天，龍門不見㉒，去德滋永，思德滋深㉓。唯待青江可望，候歸艎於春渚㉔；朱邸方開，效蓬心於秋實㉕。如其簪履或存，袵席無改㉖，

---

[1] 隋郡王蕭子隆，齊武帝第八子。爲都督荆州刺史。好詞賦。朓爲子隆鎮西功曹，轉文學。尤被賞愛。長史王秀之以朓年少，密啓聞武帝。朓知之，因事求還。牋辭子隆，執筆便成，文無點易，通篇情思宛紗，絕去粉飾肥豔之習，便覺濃古有餘味。

[2] 姿采幽茂，古力蟠注。乃六朝人真實本領。

雖復身填溝壑，猶望妻子知歸㉗。攬涕告辭，悲來橫集㉘。不任犬馬之誠㉙。

【箋注】

①《齊書》曰：謝朓，字玄暉，陳郡人。少有美名。解褐豫章王行參軍，稍遷至尚書吏部郎兼知衛尉事。江祐等謀立始安王遙光。朓不肯。祐白遙光。遙光收朓，下獄死。

②《左氏傳》曰：潢汙行潦之水。《尚書》曰：江漢朝宗于海。

③班彪《王命論》曰：駑蹇之乘，不騁千里之塗。王逸《楚辭注》曰：蹇，跛也。《法言》曰：希驥之馬，亦驥之乘也。李軌曰：希，望也。《詩》曰：我馬維駱，六轡沃若。沃若，調柔也。

④《莊子》：仲尼謂顏回曰：山林與皋壤，使我欣欣而樂，樂未畢也，哀又繼之。《楚辭》曰：草木搖落而變衰。又曰：惆悵予兮私自憐。

⑤烏合切。《淮南子》曰：楊子見歧路而哭之，爲其可以南，可以北。又曰：雍門周見於孟嘗。孟嘗君爲之嗚唈流涕。歔，與嗚同。

⑥言密服義之情也。《楚辭》曰：身服義而未沬。鄭玄《儀禮注》曰：擁，抱也。《孟子》曰：予浩然有歸志。曹植《應詔詩》曰：朝覲莫從。

⑦潘岳《楊氏七哀詩》曰：潸如葉落樹，邈然雨絕天。《論衡》曰：雲散水墜，成爲雨矣。郭璞《遊仙詩》曰：在世無千月，命如秋葉蔕。

⑧鄭玄《論語注》曰：算，數也。

⑨天地喻帝，山川喻王。《左氏傳》：王孫滿曰：德之休明。又伯宗曰：川澤納污，山藪藏疾。

⑩抽，一作搜。《尚書》：秦穆公曰：如有一介臣。《周書》：《陰符》：太公曰：好用小善，不得真賢也。蔡邕《玄表賦》：庶小善之有益。補孫志祖曰：許云：《說文》：抽，引也。《後漢書·范滂傳》：抽拔

幽陋。

⑪《詩》曰：九月築場圃。《西京雜記》曰：梁孝王好宮室苑囿之樂，築兔園也。

⑫浮，一作遊。言常從子隆也。蕭子顯《齊書》曰：隨王子隆爲東中郎將、會稽太守，後遷西將軍、荊州刺史。三江，越境也。七澤，楚境也。孔安國《尚書傳》曰：正絶流曰亂。《尚書》曰：三江既入，震澤底定。《楚辭》曰：過夏首而西浮。《子虛賦》曰：臣聞楚有七澤。

⑬《毛詩》曰：死生契闊。《周禮》：九旗通帛曰旃。劉向《七言》曰：讌處從容觀《詩》《書》。《毛詩》曰：燕笑語兮，是以有譽處兮。

⑭鄒陽上書：何王之門不可曳長裾乎？魏文帝《與吳質書》曰：文學托乘於後車。《毛詩》曰：載脂載舝，還車言邁。

⑮曹植《豔歌行》：長者賜顏色。

⑯《楚辭》曰：朝濯髮於湯谷兮，夕晞余身乎九陽。

⑰《演連珠》曰：撫臆論心。陳思王《責躬表》曰：抱釁歸蕃，刻肌刻骨。

⑱寤，一作悟。《莊子》曰：鯤化而爲鳥，其名曰鵬。海運則將徙於南溟。司馬彪曰：轉，運也。又曰：莊周謂監河侯曰：周顧視車轍中，有鮒魚焉，曰：我東海之波臣也，君豈有升斗之水而活我哉？

⑲滄溟、渤海，皆以喻王；波臣、旅翩，皆自喻也。《解嘲》曰：若江湖之魚，渤海之鳥。

⑳藩房，王府。舊華，眺舍也。劉楨《贈徐幹詩》曰：拘限清切禁，中情無由宣。《左氏傳》曰：華門圭竇之人，皆陵其上。

㉑言舟反而已留也。《洛神賦》曰：浮輕舟而上溯。曹子建《責躬表》曰：形影相弔，五情愧赧。

㉒《穆天子傳》：西王母爲天子謠曰：白雲在天，山陵自出。道路悠遠，山川間之。將子無死，尚能復來。《楚辭》曰：過夏首而西浮，顧龍門而不見。王逸曰：龍門，楚東門也。補《江陵記》：南關三門，

一名龍門。

㉓《莊子》：徐無鬼謂女商曰：子不聞夫越之流人乎？去國數日，見其所知而喜；去國旬月，見其所常見於國中而喜；及朞年也，見似人者而喜矣。不亦去人滋久者，思人滋深乎？

㉔冀王入朝而己候於江渚也。杜預《左氏傳注》曰：餘艎，舟名也。

㉕《史記》曰：諸侯朝天子，於天子之所，立舍曰邸。諸侯朱戶，故曰朱邸。《莊子》謂惠子曰：夫子拙於用大，則夫子猶蓬之心也夫！《韓詩外傳》：簡王曰：夫春樹桃李，秋得食其實也。**補**《魏志・邢顒傳》：忘家丞之秋實。

㉖《韓詩外傳》曰：少原之野，有婦人刈菁薪而失簪，哭甚哀。言不忘舊。楚昭王亡其踦履，已行三十步，復還取之。左右曰：何惜此？王曰：吾悲與之俱出，不俱反。自是楚國無相棄者。韓子曰：文公至河，命席褥捐之。咎犯聞之曰：席褥，所臥也，而君棄之，臣不勝其哀。鄭玄《周禮注》曰：衽席，乃單席也。

㉗《列女傳》：梁高行曰：妾夫不幸早死，先狗馬填溝壑。《東觀漢記》：張湛謂朱暉曰：願以妻子托朱生。

㉘《楚辭》曰：思美人兮攬涕而竚眙。又曰：涕橫集而成行。《漢書》：中山靖王曰：不知涕泣之橫集。

㉙《史記》：丞相青翟曰：臣不勝犬馬心。

六朝文絜箋注卷七
書

登大雷岸與妹書 [1]

鮑照

吾自發寒雨，全行日少①。加秋潦浩汗，山谿猥至②，渡泝無邊③，險徑游歷④。棧石星飯，結荷水宿⑤。旅客貧辛，波路壯闊⑥。[2]始以今日食時，僅及大雷。塗登千里，日踰十晨。嚴霜慘節，悲風斷肌⑦。去親爲客，如何如何！

向因涉頓，憑觀川陸⑧，遨神清渚，流睇方曛⑨。東顧五洲之隔，西眺九派之分⑩，窺地門之絕景⑪，望天際之孤雲⑫，長圖大念，隱心者久矣⑬。[3]

南則積山萬狀，爭氣負高⑭，含霞飲景，參差代雄⑮，凌跨長隴，前後相屬，帶天有匝，橫地無窮⑯；[4]東則砥原遠隰，亡端靡際⑰，寒蓬夕卷，古樹雲平⑱，旋風四起，思鳥羣歸⑲，靜聽無聞，極視不見；北則陂池潛演，湖脈通連⑳，苧蒿攸積，菰蘆所繁㉑，棲波之鳥，水化之蟲㉒，智吞愚，彊捕小㉓，號噪驚聒，紛牣其中㉔；[5]西則迴江永指，長波天合㉕，滔滔何窮，

---

[1] 照妹名令暉。照嘗答孝武云：臣妹才自亞左芬，臣才不及太沖耳。大雷在今安慶府望江縣，《水經注》所謂大雷口也。
[2] 首述羈旅之苦。意多鬱結而氣自激昂。
[3] 總挈有法。
[4] 歷言形勝之奇。運意深婉，鑄詞精縟。
[5] 鮮脆已極。食哀家梨，想亦不過爾爾。

漫漫安竭㉖？創古迄今，舳艫相接㉗。思盡波濤，悲滿潭壑㉘，[6]
煙歸八表，終爲野塵㉙，而是注集，長寫不測，修靈浩盪，知其
何故哉㉚？

西南望廬山，又特驚異㉛，基獻江潮，峯與辰漢連接㉜。上
常積雲霞，雕錦縟㉝，若華夕曜，巖澤氣通㉞，傳明散綵，赫似
絳天㉟。左右青靄，表裏紫霄㊱。從嶺而上，氣盡金光；半山以
下，純爲黛色㊲。[7]信可以神居帝郊，鎮控湘漢者也㊳。

若㵤洞所積，谿壑所射㊴，鼓怒之所厤擊，涌渡之所宕
滌㊵，則上窮荻浦，下至狶洲，南薄鷩爪，北極雷澱㊶，削長埤
短[8]，可數百里。其中騰波觸天，高浪灌日，吞吐百川，寫泄
萬壑㊷。[9]輕煙不流，華鼎振渣，弱草朱靡，洪漣隴蹙㊸，散渙
長鷩，電透箭疾㊹，穹溢崩聚，牴飛嶺覆㊺，回沫冠山，奔濤空
谷㊻。[10]碪石爲之摧碎，碕岸爲之韲落㊼[11]。仰視大火，俯聽波
聲㊽，愁魄脅息，心驚慄矣㊾！

至於繁化殊育，詭質恠章㊿，則有江鵝海鴨，魚鮫水虎之
類[51]；豚首象鼻，芒鬚鍼尾之族[52]；石蟹土蚄，燕箕雀蛤之儔[53]；
拆甲曲牙，逆鱗反舌之屬[54]。掩沙漲，被草渚[55]，浴雨排風，吹
潦弄翻[56]。

---

[6] 沈鬱語，非身歷其境者不知。
[7] 煙雲變滅，盡態極妍。即使李思訓數月之功，亦恐畫所難到。
[8] 埤，益也，見《廣雅·釋詁》。
[9] 驚濤駭浪，恍然在目。
[10] 句句錘鍊無渣滓，真是精絕。
[11] 韲即齋字。《周禮·醢人注》：凡醢醬所和細切爲韲。案：此處當訓碎。《莊
　　　子·大宗師》：韲萬物而不爲義。《釋文》引司馬《注》：韲，碎也。

　　夕景欲沈，曉霧將合。孤鶴寒嘯，游鴻遠吟。樵蘇一歎，舟子再泣⑦。誠足悲憂，不可說也！ [12]風吹雷颭，夜戒前路，下弦內外，望達所屆⑧。

　　寒暑難適，汝專自慎。夙夜戒護，勿我爲念。恐欲知之，聊書所睹。臨塗草蹙，辭意不周。[13]

【箋注】

①阮籍《東平賦》曰：寒雨淪而下降。

②馬季長《長笛賦》曰：秋潦漱其下趾。《說文》曰：潦，雨水也。浩汗，水廣大無際貌。木華《海賦》曰：瀷瀇浩汗。《漢書·溝洫志》曰：水猥盛則放溢。顏師古《注》曰：猥，多也。又《長笛賦》曰：山水猥至。

③泝，一作沂。《說文》曰：逆流而上曰泝，泝，向也，水欲下，違之而上也。郭璞《江賦》曰：尋之無邊。

④謝靈運《入華子岡詩》曰：險逕無測度。《說文》曰：歷，過也。

⑤《通俗文》曰：板閣曰棧。《漢書》曰：張良說漢王燒絕棧道。謝靈運詩曰：雖未登雲峰，且以歡水宿。

⑥《說文》曰：壯，大也。

⑦《楚辭》曰：秋既先戒以白露兮，冬又申之以嚴霜。又曰：哀江介之悲風。

⑧毛萇《詩傳》曰：丘一成爲頓丘。《漢書·地理志》曰：頓丘，縣名，屬東郡。酈道元《水經注》曰：石磧平曠，望兼川陸。陸士衡《豫章行》曰：川陸殊塗軌。

---

[12]　覽景述事，意調悲凉。
[13]　明遠駢體高際六代，文通稍後出。差足頡頏，而奇峭幽潔不逮也。

⑨《玉篇》曰：遨，遊也。《爾雅》曰：小洲曰渚。陸士衡《豫章行》曰：汎舟清川渚。張衡《南都賦》曰：微眺流睇。鄭玄《禮記注》曰：睇，傾視也，徒計切。王逸《楚辭注》曰：曛，黃昏時也。

⑩五，一作三。《宋書·禮志》曰：龍飛五洲，鳳翔九江。《水經注》曰：江水又東逕軑縣故城南，漢惠帝元年封長沙相利倉爲侯國，城在山之陽，南對五洲也。江中有五洲相接，故以五洲爲名。宋孝武帝舉兵江州，建牙洲上，有紫雲蔭之，即是洲也。《說苑》曰：禹鑿江以通於九派，洒五湖而定東海。《江賦》曰：流九派乎潯陽。李善《注》曰：水別流爲派。應劭《漢書注》曰：江自廬江潯陽分爲九也。

⑪《河圖括地象》曰：武關山爲地門，上與天齊。

⑫《楚辭》曰：九天之際，安放安屬？揚雄《交州箴》曰：交州荒裔，水與天際。

⑬《爾雅》曰：圖，謀也。念，思也。崔子玉《座右銘》曰：隱心而後動。劉熙《孟子注》曰：隱，度也。

⑭《漢書音義》曰：負，恃也。

⑮司馬相如《子虛賦》曰：岑崟參差。

⑯《玉篇》曰：跨，越也。又曰：隴，大坂也。《說文》曰：屬，連也。

⑰砥，礪石，言其平也。《爾雅》曰：廣平曰原。又：下濕曰隰。司馬相如《上林賦》曰：視之無端，察之無涯。《廣雅》曰：際，方也。

⑱《說文》曰：蓬，蒿也。王僧達《和瑯琊王詩》曰：孤蓬卷霜根。《易林》曰：有鳥飛來，集於古樹。

⑲《爾雅》曰：迴風曰飄。郭璞曰：旋風也。陸機詩曰：思鳥有悲音。又曰：嚶嚶思鳥吟。

⑳《禮記》曰：毋竭川澤，毋漉陂池。鄭玄《注》曰：蓄水曰陂。司馬相如《上林賦》曰：衍溢陂池。郭璞曰：陂池，江旁小水。《說文》曰：演，水脈行地中。

㉑《說文》曰：苧，可以爲索。鄭玄《禮記注》曰：蔦，亦蓬蕭之屬。
《說文》曰：蔦，菣也。又曰：菰，雕菰，一名蔣也。《玉篇》曰：葦
之未秀者爲蘆。

㉒《說文》曰：魚，水蟲也。《淮南子》曰：水居之蟲不疾易，水行小
變而不失常。

㉓《說文》曰：捕，取也。

㉔《說文》曰：聒，讙語也。《江賦》曰：千類萬聲，自相喧聒。《說
文》曰：牣，滿也。

㉕王褒《洞簫賦》曰：迴江流川而溉其山。李善曰：迴江，謂江迴曲
也。《海賦》曰：長波涾湎。

㉖毛萇《詩傳》曰：滔滔，流貌。《玉篇》曰：水漫漫，平遠貌。李善
《文選·甘泉賦注》曰：漫漫，無厓際之貌。

㉗《說文》曰：迄，至也。又曰：舳，舟尾也。艫，船頭也。《江賦》
曰：舳艫相屬。

㉘《蒼頡篇》曰：濤，大波也。

㉙陶潛詩曰：遠之八表，近憩雲岑。《莊子》曰：野馬也，塵埃也，生
物之以息相吹也。

㉚《楚辭》曰：夫唯靈修之故也！王逸《注》曰：靈，神也。修，遠
也。又曰：怨靈修之浩蕩兮。王逸《注》曰：浩猶浩浩，蕩猶蕩蕩，
無思慮貌也。

㉛《後漢書·郡國志注》曰：廬山在尋陽縣南首。匡俗先生者，出殷周
之際，隱遁潛居其下，受道於仙人而共嶺，時謂所止爲仙人之廬而命
焉。其山大嶺凡七重，圓基周回，垂三五百里，其中鳥獸、草木之美，
靈藥、芳林之奇，所稱名代。

㉜巘，一作壓。潮，一作湖。王充《論衡》曰：水者，地血脈，隨氣
進退而爲潮。

㉝《說文》曰：縟，繁采飾也。

㉞《楚辭》曰：若華何光？王逸曰：若木何能有明赤之光華乎？《周易》曰：天地定位，山澤通氣。

㉟班固《燕然山銘》曰：玄甲耀日，朱旗絳天。陸雲《南征賦》曰：朱光偋而丹野，炎暉仰而絳天。

㊱《說文》曰：靄，雲貌。

㊲黛色，青黛色也，似空青而色深。

㊳《楚辭》曰：夕宿兮帝郊，君誰須兮雲之際。《說文》曰：控，引也。湘漢二水名。《說文》曰：湘水出零陵海陽山，北入江。《尚書》曰：東流爲漢。

㊴《說文》曰：潆，小水入大水也。郭璞《爾雅注》曰：墾，谿墾也。

㊵《海賦》曰：於是鼓怒，溢浪揚浮。李善曰：言風既疾而波鼓怒也，引《上林賦》曰：沸乎暴怒。又《海賦》曰：磊匒匃而相隥。李善曰：隥，亦擊也。《說文》曰：涌，騰也。《玉篇》曰：澓，澓流也。

㊶《爾雅》曰：澱謂之涇。郭璞曰：涬，澱也。《說文》曰：澱，滓涇也。《水經注》曰：汶水又西，合一水，西南入茂都澱。澱，陂水之異名也。

㊷《尚書大傳》曰：百川趨於海。《海賦》曰：噓噏百川。李善曰：噓噏猶吐納也。

㊸《海賦》曰：噏波則洪漣踧踖，吹澇則百川倒流。

㊹《玉篇》曰：渙，水盛貌。《易林》曰：散渙水長。《江賦》曰：溢流雷呴而電激。

㊺《玉篇》曰：溢，水也。郭璞《上林賦注》曰：坻，岸也。《海賦》曰：岑嶺飛騰而反覆。

㊻《玉篇》曰：沫，水浮沫也。班固《西都賦》曰：豐冠山之朱堂。李善曰：殿居山上，故曰冠云。此言水勢踰山也。

㊼礁同砧，擣衣石也。《埤蒼》曰：碕，曲岸頭也。許慎《淮南子注》曰：碕，長邊也。

㊽《爾雅》曰：大火謂之大辰。郭璞曰：大火，心也，在中最明，故時候主之也。《楚辭》曰：觀天火之炎煬兮，聽大壑之波聲。
㊾宋玉《高唐賦》曰：股戰脅息。李善曰：脅息猶翕息也。
㊿鄭玄《周禮注》曰：能生非類曰化。《禮記注》曰：育，生也。《說文》曰：詭，變也。《廣雅》曰：質，軀也。
(51)《金樓子》曰：海鴨大如常鴨，斑白文，亦謂之文鴨。《說文》曰：鮫魚皮可飾刀。《述異記》曰：虎魚老變爲鮫魚。《襄沔記》曰：沔水中有物如三四歲小兒，甲如鱗鯉，秋曝沙上，膝頭似虎掌爪，常沒水，名曰水虎。
(52)《臨海水土記》曰：海豨，豕頭，身長九尺。郭璞《山海經注》曰：今海中有海豨，體如魚，頭似豬。郭璞《江賦》曰：或鹿觡象鼻。《北史》曰：真臘國有魚名建同，四足無鱗，鼻如象，吸水上噴，高五六十丈。
(53)《本草·石蟹》集解志曰：石蟹生南海，云是尋常蟹爾，年月深久，水沫相着，因化成石，每遇海潮，即漂去。郭璞《爾雅注》曰：蚌，蜃也。《說文》曰：蚌，蜃屬，老產珠者也，一名含漿。《興化縣志》曰：魟魚，頭圓禿如燕，其身圓褊如簸箕，又曰燕魟魚。《易通卦驗》曰：立冬，鷰雀入水爲蛤。《禮記》曰：季秋之月，雀入大水爲蛤。
(54)拆，一作折。《大戴禮》曰：甲之蟲三百六十而神龜爲之長。《水族加恩簿》曰：鼈一名甲拆翁。《史記》曰：夫龍之爲物也，可擾狎而騎也；然其喉下有逆鱗徑寸，人有攖之，則必殺人。《本草》曰：蜃，蛟之屬，其狀亦如蛇而大，有角如龍狀，紅鬣，腰以下鱗盡逆，食燕子，能嘘氣成樓臺城郭之狀。王旻之與琅琊太守許誠言書曰：貴郡臨沂縣，其沙村逆鱗魚可調藥物，逆鱗魚《仙經》謂之肉芝。《禮記》曰：反舌無聲。鄭玄《注》曰：反舌，百舌鳥也。孔穎達《疏》曰：百舌鳥者，蔡云：蟲名，鼃也，今謂之蝦蟇，其舌本前著口側，而末嚮內，故謂之反舌。

⑤沙，水散石也。漲，水大之貌。

⑤潨，大波也。吹潨見上文。《江賦》曰：鴛雛弄翮乎山東。

⑤《漢書音義》：晉灼曰：樵，取薪也。蘇，取草也。左思《魏都賦》曰：樵蘇往而無忌。《毛詩》曰：招招舟子。《江賦》曰：舟子於是搦棹。

⑤劉熙《釋名》曰：弦半月之名，其形一旁曲，一旁直，若張弓弛弦也。《參同契》曰：上弦兌數八，下弦艮亦八，兩弦合其精，乾坤體乃成。

答新渝侯和詩書 [1]

梁簡文帝

垂示三首，風雲吐於行間，珠玉生於字裏①，跨躡曹左②，會超潘陸③。雙鬢向光，風流已絕④；九梁插花，步搖爲古⑤。高樓懷怨，結眉表色⑥；長門下泣，破粉成痕⑦。[2]復有影裏細腰，令與眞類⑧；鏡中好面，還將畫等⑨。此皆性情卓絕，新致英奇。故知吹簫入秦，方識來鳳之巧⑩；鳴瑟向趙，始睹駐雲之曲⑪。手持口誦，喜荷交并也。

【箋注】

①夏侯湛《抵疑》曰：咳唾成珠玉，揮袂出風雲。

②左，一作劉。楊倞《荀子注》曰：跨，越也。《方言》曰：躡，登也。曹，指曹植。左，指左思。

③會，一作含。潘，指潘岳。陸，指陸機。

④《說文》曰：鬢，頰髮也。《釋名》曰：其上連髮曰鬢。《西京雜記》：文君十七而寡，爲人放誕風流，故悅長卿之才而越禮焉。

⑤鄭玄《毛詩箋》曰：珈之言加也。副既笄而加飾。如今步搖上飾。《正義》曰：步搖，副之遺象。梁，釵梁也。庾信詩：步搖釵梁動。倪《注》引此。

⑥曹植《七哀詩》曰：明月照高樓，流光正徘徊。上有愁思婦，悲嘆有餘哀。江淹詩曰：結眉慘成慮。

[1] 新渝侯名映，始興忠武王憺子。聰慧能文，特被東宮友愛。

[2] 貌無停趣，態有遺妍。眉色粉痕，至今尚留紙上。設與美人晨粧，倡婦怨情諸什連而讀之。當如荀令君坐席，三日猶香。

⑦司馬相如《長門賦序》曰：孝武皇帝陳皇后時得幸，頗妬，別在長門宮，愁悶悲思。聞蜀郡成都司馬相如天下工爲文，奉黃金百斤爲相如文君取酒。因于解悲愁之辭。而相如爲文以悟主上，陳皇后復得親幸。

⑧《後漢書》曰：楚王好細腰，宮中多餓死。干寶《搜神記》曰：漢武帝時幸李夫人，夫人卒後，帝爲之思念不已。方士齊人李少翁能致其神，乃夜設帷帳，明燈燭，而令帝居他帳遙望之，見美女居帳中，如李夫人之狀。

⑨《漢書》曰：李夫人少而早卒，武帝憐憫焉，圖畫其形於甘泉宮。

⑩《列仙傳》曰：簫史，秦穆公時人，善吹簫。穆公有女號弄玉，好之。公遂以妻焉。遂教弄玉作鳳鳴。居數十年，吹似鳳凰，鳳凰來止其屋，爲作鳳凰臺。夫婦止其所，一旦隨鳳凰去。

⑪《西京雜記》曰：戚夫人侍高帝，常以趙王如意爲言。而高祖思之，幾半日不言，嘆息悽愴而未知其術，輒使夫人擊筑，高祖歌《大風詩》以和之。又曰：夫人善鼓瑟，帝常擁夫人倚瑟而絃歌，畢，每泣下流漣。夫人善爲翹袖折腰之舞，歌《出塞》《入塞》《望歸》之曲。侍婢數百皆習之，後宮齊首高唱，聲入雲霄。

與蕭臨川書 [1]

梁簡文帝

　　零雨送秋，輕寒迎節①。江楓曉落，林葉初黃②。登舟已積，殊足勞止③。解維金闕，定在何日④？八區內侍，厭直御史之廬⑤；九棘外府，且息官曹之務⑥。應分竹南川，剖符千里⑦。但黑水初旋，未申十千之飲⑧；桂宮既啟，復乖雙闕之宴⑨。文雅縱橫，即事分阻⑩。清夜西園，眇然未尅⑪。想征艫而結歎，望橫席而霑襟⑫。若使弘農書疏，脫還鄴下⑬；河南口占，儻歸鄉里⑭；必遲青泥之封，且觀《朱明》之詩⑮。白雲在天，蒼波無極⑯。瞻之歧路，眷慨良深⑰。[2]愛護波潮，敬勖光采。

【箋注】

①《毛詩》曰：零雨其濛。《爾雅》曰：徐雨曰零雨。

②謝靈運詩曰：曉霜楓葉丹。

③《毛詩》曰：民亦勞止。

④顏師古《漢書注》曰：維，所以繫船。

⑤《三輔黃圖》曰：武帝後宮八區，有昭陽、飛翔、增成、合歡、蘭林、披香、鳳凰、鴛鴦等殿。《玉篇》曰：直，待也。《周禮》曰：御史掌邦國都鄙及萬民之治令，以贊冢宰。《漢書》曰：御史大夫位上卿，在殿中蘭臺掌圖籍祕書，外督部刺史，內領侍御史員十五人，受

---

[1] 蕭子顯子雲並爲臨川內史。此書當是與子雲者。玫梁普通四年，簡文徙雍州刺史，三年立爲皇太子，故書有黑水初旋，桂宮既啟云云。而子雲遷臨川內史適當是時，若子顯則先子雲爲臨川，簡文爲太子時，已歷侍中國子祭酒矣。

[2] 風骨魁秀。須韻人辨之。

公卿奏事。又曰：嚴助爲會稽太守，數年不聞問。上賜書曰：君厭承明之廬。張晏曰：直宿所止曰廬。

⑥《周禮》曰：朝士掌建邦外朝之法，左九棘，孤卿大夫位焉，羣士在其後；右九棘，公、侯、伯、子、男位焉，羣吏在其後。鄭玄曰：樹棘以爲位者，取其赤心而外棘，象以赤心三刺也。《周禮》曰：外府掌邦布之入出，以共百物而待邦之用。《後漢書·百官志》有四曹、六曹之目。

⑦《宋書·州郡志》曰：南川縣屬西陽。《說文》曰：符，信也，漢制以竹，長六寸，分而相合。《東觀漢記》：韋彪上議曰：二千石皆以選出京師，剖符典千里。

⑧《尚書》曰：黑水西河惟雍州。曹植《名都篇》曰：歸來宴平樂，美酒斗十千。

⑨《漢書》曰：成帝，元帝太子也，初居桂宮。《三輔黃圖》曰：桂宮，漢武帝太初四年造，周迴十餘里。《古詩》曰：兩宮遙相望，雙闕百餘尺，極宴娛心意，戚戚何所迫？

⑩《大戴禮》曰：天子不知文雅之辭，少師之任。劉公幹《贈五官中郎將詩》曰：君侯多壯思，文雅縱橫飛。

⑪曹植《公讌詩》曰：清夜遊西園，飛蓋相追隨。

⑫橫，一作挂。《說文》曰：艫，舳艫也，一曰船頭。木華《海賦》曰：維長綃，挂帆席。《楚辭》曰：泣歔欷而沾襟。

⑬未詳。案：魏曹植留守鄴，數與弘農楊修書，修亦答書焉。

⑭《漢書》曰：陳遵爲河南太守，召善書吏十人於前，治私書，謝京師故人。遵憑几口占書吏，且省官事，書數百封，親疏各有意。河南大驚。

⑮《東觀漢記》曰：鄧訓將黎陽營兵，爲幽部所歸。遷烏桓校尉，黎陽故人知訓好青泥封書，從黎陽步推鹿車，載青泥一樸至上谷，遺訓。《爾雅》曰：夏爲朱明。《後漢書注》曰：立夏之日，迎夏於南郊，歌

《朱明》《八佾》，舞云翹之舞。潘岳詩曰：朱明送末垂。

⑯《穆天子傳》曰：西王母爲天子謠曰：白雲在天，山陝自出。

⑰《列子·說符篇》曰：歧路之中，又有歧焉。

與劉孝綽書 [1]

梁簡文帝

執別灞滻，嗣音阻闊①。合璧不停，旋灰屢徙②。玉霜夜下，旅鴈晨飛。想涼燠得宜，時候無爽③。既官寺務煩，簿領殷湊④，[2]等張釋之條理，同于公之明察⑤。雕龍之才本傳，靈蛇之譽自高⑥。頗得暇逸於篇章，從容於文諷⑦。頃擁旄西邁，載離寒暑⑧。曉河未落，拂桂櫂而先征⑨；夕鳥歸林，縣孤颿而未息⑩。[3]足使邊心憒薄，鄉思遉迴⑪。但離闊已久，載勞寤寐⑫。佇聞還驛，以慰相思⑬。

【箋注】

①《前漢書·地理志》曰：霸水出藍田谷西北而入渭。滻水亦出藍田谷北至霸陵入霸。灞，與霸字通也。

②《漢書·律曆志》曰：宦者淳于陵渠復覆太初曆，晦、朔、弦、望皆最密，日月如合璧，五星如連珠。顏師古曰：言其應候不差也。《後漢書·律曆志》曰：候氣之法：爲室三重，戶閉，塗釁必周密。布緹縵室中，以木爲案，每律各一，內庫外高，從其方位，加律其上，以葭莩灰抑其內端，案律而候之，氣至者灰動。其爲氣所動者，其灰散；人及風所動者，其灰聚。

③無爽，無失時也。

---

[1] 孝綽本名冉，彭城人。辭藻爲後進所宗。累遷尚書吏部郎，坐事左遷臨賀王長史卒。

[2] 官寺二句諸選家多誤作：既官時務，煩簿殷湊。今據舊刻古文管窺正。

[3] 深情婉致，娓娓動人。呂仲悌與嵇叔夜書，鳴雞一聯，是其所祖。

④《說文》曰：寺，廷也，有法度者也。《釋名》曰：寺，嗣也，官治事者相嗣續於其內也。劉公幹詩曰：沈迷簿領書。李善曰：簿領，謂文簿而記錄之。司馬彪《莊子注》曰：領，錄也。杜預《左氏傳注》曰：殷，盛也。《說文》曰：湊，聚也。

⑤《漢書》曰：張釋之，字季，南陽堵陽人也。爲廷尉，持議平，天下稱之。《漢書》曰：于定國，其父于公爲廷尉，羅文法者，于公所決，皆不恨。

⑥《史記》：齊人頌曰：談天衍，雕龍奭。裴駰《集解》引劉向《別錄》曰：騶奭脩衍之文飾，若雕鏤龍文，故曰雕龍。《山海經》曰：南方有靈蛇吞象，三年，然後出其骨。曹植《與楊德祖書》曰：人人自謂握靈蛇之珠。

⑦《廣雅》曰：諷，教也。

⑧《說文》曰：旄，幢也。班固《涿邪山祝文》曰：杖節擁旄。《說文》曰：邁，遠行也。

⑨《楚辭》曰：桂櫂兮蘭枻。王逸《注》曰：櫂，楫也。或曰：桂取其香也。

⑩颿，同帆。劉淵林《吳都賦注》曰：颿者，船帳也。

⑪潘岳《寡婦賦》曰：氣憤薄而乘胸兮，涕交橫而流枕。《楚辭》曰：下江湘以遭迴。王逸《注》曰：遭迴，運轉也。

⑫《說文》曰：闊，疏也。《抱朴子》曰：朋友之集，其相見不復叙離闊，問安否。

⑬《爾雅》曰：驛，遞傳也。孫炎曰：傳車，驛馬也。

追答劉秣陵沼書 [1]

劉孝標①

李善注

劉侯既重有斯難，值余有天倫之戚，竟未之致也②。尋而此君長逝，化爲異物③。緒言餘論，蘊而莫傳④。或有自其家得而示余者，余悲其音徽未沫，而其人已亡⑤；青簡尚新，宿草將列⑥。泫然不知涕之無從也⑦。[2]雖隙駟不留，尺波電謝⑧，而秋菊春蘭，英華靡絕⑨。故存其梗概，更酬其旨⑩。若使墨翟之言無爽，宣室之談有徵⑪。冀東平之樹，望咸陽而西靡；蓋山之泉，聞絃歌而赴節⑫。但懸劍空壠，有恨如何⑬！[3]

【箋注】

①劉峻《自序》曰：峻，字孝標，平原人也。生於秣陵縣，期月，歸故鄉。八歲，遇桑梓顚覆，身充僕圉。齊永明四年二月，逃還京師。後爲崔豫州刑獄參軍。梁天監中，詔峻典掌石渠閣，以病乞骸骨。後隱東陽金華山。

②《孝標集》有沼《難辨命論書》。《穀梁傳》曰：兄弟，天倫也。何休曰：兄先弟後，天之倫次。

③魏文帝《與吳質書》曰：元瑜長逝，化爲異物。

④莊子謂漁父曰：曩者先生有緒言而去。《子虛賦》曰：願聞先生之餘論。

---

[1] 沼字明信。終秣陵令。峻以不得志著《辨命論》，沼致書難之。往反非一。其後沼作書未出而卒。有人於沼家得書以示峻，峻乃作此書答之。

[2] 答死者書甚是剏格。屬詞特淒楚纏緜，俯仰纏回，無限痛切。

[3] 結得婉，有味外味。

⑤《楚辭》曰：芬菲菲而難虧兮，芳至今猶未沫。王逸曰：沫，已也。《孫卿子》曰：其器存，其人亡，以此思哀，則哀將焉不至？

⑥《風俗通》曰：劉向《別錄》：殺青者，直治青竹作簡書之耳。《禮記》曰：朋友之墓，有宿草而不哭焉。

⑦《禮記》：門人曰：防墓崩，孔子泫然流涕。又曰：孔子之衞遇舊館人之喪，入而哭之。遇一哀而出涕，曰：予惡夫涕之無從也。

⑧《墨子》曰：人之生乎地上，無幾何也，譬之猶駟而過郤。郤，古隙字也。陸機詩曰：寸陰無停晷，尺波豈徒旋？ 補孫志祖曰：《禮記》云：君子三年之喪，若駟之過隙。

⑨《楚辭》曰：春蘭兮秋菊，長無絕兮終古。

⑩《東京賦》曰：其梗概如此。

⑪《墨子》曰：昔周宣王殺其臣杜伯而不辜。杜伯曰：吾君殺我而不辜，若以死者爲無知則止矣；若死而有知，不出三年，必使吾君知之。期三年，周宣王合諸侯而田於圃，車數百乘，從數千人，滿野。日中，杜伯乘白馬素車，朱衣冠，執朱弓，挾朱矢，追宣王，射之車上，中心折脊，殪車中，伏弢而死。若書之說觀之，則鬼神之有，豈可疑哉！《漢書》曰：文帝受釐宣室，因感鬼神事，問鬼神之本。賈誼具道所以然之故。

⑫《聖賢塚墓記》曰：東平思王冢在東平無鹽。人傳云，思王歸國京師，後葬，其冢上松柏西靡。《宣城記》曰：臨城縣南四十里蓋山，高百許丈，有舒姑泉。昔有舒氏女，與其父析薪，此泉處坐，牽挽不動，乃還告家。比還，唯見清泉湛然。女母曰：吾女本好音樂，乃絃歌。泉涌迴流，有朱鯉一雙。今作樂嬉戲，泉固涌出也。《文賦》曰：舞者赴節以投袂。

⑬劉向《新序》曰：延陵季子將西聘晉，帶寶劍以過徐君。徐君不言而色欲之。季子爲有上國之事，未獻也，然心許之矣。致使於晉，顧反，則徐君死，於是以劍挂徐君墓樹而去。

答謝中書書 [1]

陶弘景 ①

山川之美，古來共談。高峯入雲，清流見底。兩岸石壁，五色交輝。青林翠竹，四時俱備。曉霧將歇，猿鳥亂鳴②；夕日欲頹，沉鱗競躍③。實是欲界之仙都④，自康樂以來，未復有能與其奇者⑤。[2]

【箋注】

①《南史》曰：弘景，字通明，丹陽秣陵人也。幼有異操，得葛洪《神仙傳》，晝夜研尋，便有養生之意。謂人曰：仰青雲，覩白日，不覺爲遠矣。齊高帝作相，引爲諸王侍讀，除奉朝請。雖在朱門，閉影不交外物，唯以披閱爲務。永明十年，上表辭祿。詔許之。於是止於句容之句曲山。恆曰：此山是第八洞宮，名金壇華陽之天。乃中山立館，自號華陽隱居。善辟穀導引之法。大同二年卒，時年八十五，謚曰：貞白先生。

②王融《巫山高曲》曰：煙雲乍卷舒，猿鳥時斷續。

③《楚辭》曰：日杳杳以西頹。阮瑀《爲曹公與孫權書》曰：躍鱗清流。

④《護命經》曰：摩夷等六天爲欲界。《十洲記》曰：滄海島中有九老仙都。孫綽《遊天台山賦》曰：陟降信宿，迄於仙都。

⑤《南史》曰：謝靈運少好學，博覽羣書，文章之美，江左莫逮，從

---

[1] 中書名微，或云徽，字玄度。陳郡陽夏人。好學。善屬文。嘗爲安成王法曹。累遷中書鴻臚。

[2] 演迤澹沲，蕭然塵埃之外。得此一書，何謂白雲不堪持贈。

叔祖混特加愛之。襲封康樂公。愛山水，每尋山陟嶺，必造幽峻，巖
嶂數十重，莫不備登。靈運《遊名山志》曰：石門澗六處。石門溯水
上，入兩山口，兩邊石壁，右邊石巖，下臨澗水。集中有《登石門最
高頂》詩。

爲衡山侯與婦書①[1]

何遜②

　　昔人遨游洛汭，會遇陽臺③，神僊髣髴，有如今別④。雖帳前微笑，涉想猶存⑤；而幄裏餘香，從風且歇⑥。[2]掩屏爲疾，引領成勞⑦。鏡想分鸞，琴悲《別鶴》⑧。心如膏火，獨夜自煎⑨；思等流波，終朝不息⑩。[3]始知萋萋諼草，忘憂之言不實⑪；團團輕扇，合歡之用爲虛⑫。路邇人遐，音塵寂絕⑬。一日三秋，不足爲喻⑭。聊陳往翰，寧寫款懷！遲枉瓊瑤，慰其杼軸⑮。

【箋注】

①李延壽《南史》曰：衡山侯恭，南平王子也。善解史事，所在見稱。而性尚華侈，尤好賓友，酣宴終辰。嘗謂元帝曰：下官歷觀時人，多有不好懽興，乃仰眠牀上，看屋梁著書，千秋萬歲後，誰傳此者？豈如臨清風，對朗月，登山泛水，肆意酣歌也！

②《南史》曰：遜，字仲言。八歲能賦詩。弱冠舉秀才。天監中爲尚書水部郎。南平王偉薦之武帝，與吳均俱進幸。後稍失意。帝曰：吳均不均，何遜不遜，吾有朱异，信則異矣。自是希復得見。卒，南平王迎其柩而殯藏焉。東海王僧孺集其文爲八卷。

③《尚書》曰：攻位于洛汭。鄭《注》云：汭，隈曲中也。曹植《洛神賦》曰：容與乎陽林，流眄乎洛川。於是精移神駭，忽然思散。俯

[1]　蕭恭字敬範。封衡山縣侯。

[2]　寄書閨閫，倩作固奇。而微笑餘香，代人涉想，尤爲奇之奇者。水部風情，於斯概見。

[3]　婉孌極豔，情緒縣牽。當與陳伏知道《爲王寬與婦義安主書》、北周庾信《爲梁上黃侯世子與婦書》並稱香奩絕作。

則未察，仰以殊觀。覿一麗人，於巖之畔。宋玉《高唐賦》曰：昔者
先王嘗遊高唐，怠而晝寢。夢見一婦人，曰：妾巫山之女，爲高唐之
客。聞君遊高唐，願薦枕席。王因幸之。去而辭曰：妾在巫山之陽，
高邱之阻，且爲朝雲，暮爲行雨，朝朝暮暮，陽臺之下。

④《楚辭》曰：存髣髴而不見兮，心踊躍其若湯。司馬相如《子虛賦》
曰：眇眇忽忽，若神仙之髣髴。

⑤《釋名》曰：帳，張也。張施於牀上也。《登徒子好色賦》曰：含喜
微笑，竊視流盼。

⑥《玉篇》曰：幄，帳也。《三禮圖》曰：上下四旁悉周曰幄。《西京
雜記》曰：趙飛燕女弟居昭陽殿，設綠熊席，雜熏諸香，一坐此席，
餘香百日不歇。

⑦梁簡文帝《樂府》曰：只恐金屏掩，明年已復空。

⑧《異苑》曰：罽賓王一鸞，三年不鳴。夫人曰：聞見影則鳴，懸鏡照
之。鸞睹影，悲鳴冲霄，一奮而絕。《古今注》曰：《別鶴操》，琴曲名。
商陵牧子娶妻五年無子，父母欲爲改娶，乃援琴爲《別鶴操》。

⑨《莊子》曰：膏火自煎也。

⑩漢武帝《悼李夫人賦》曰：思若流波，怛兮在心。《禮記》曰：流而
不息。

⑪毛萇《詩傳》曰：萋萋，茂盛貌。《楚辭》曰：王孫遊兮不歸，春
草生兮萋萋。《毛詩》曰：焉得諼草？毛萇曰：諼草令人善忘。鄭玄
《箋》曰：憂以生疾，恐將危身，欲忘之。諼又作萱。

⑫班婕妤《怨歌行》曰：裁爲合歡扇，團團似明月。

⑬《毛詩》曰：其室則邇，其人甚遠。鮑照《春羈詩》曰：去鄉憀路
邇。謝莊《月賦》曰：美人邁兮音塵闕，隔千里兮共明月。

⑭《毛詩》曰：一日不見，如三秋兮。

⑮韋昭《漢書注》曰：翰，筆也。顏師古《漢書注》曰：枉，屈也。
《毛詩》曰：報之以瓊瑤。又曰：杼柚其空。柚，本又作軸。

北使還與永豐侯書 [1]

劉孝儀

足踐寒地，身犯朔風①。暮宿客亭，晨炊謁舍②。飄颻辛苦，迄屆氈鄉③。雜種覃化，頗慕中國④。兵傳李緒之法，樓擬衛律所治⑤。而氈幙難淹，酪漿易厭⑥。[2]王程有限，時及玉關⑦。射鹿胡奴，乃共歸國；刻龍漢節，還持入塞⑧。馬銜苜蓿，嘶立故墟；人獲蒲萄，歸種舊里⑨。[3]稚子出迎，善鄰相勞⑩。倦握蟹螯，亟覆鰕盌⑪。未改朱顏，略多白醉⑫。用此終日，亦以自娛。

【箋注】

①《博物志》曰：北方地寒，冰厚三尺。《爾雅》曰：朔，北方也。

②《說文》曰：炊，爨也。謁舍，今之客舍也。《漢書·食貨志》曰：里區謁舍。

③鮑照《瓜步山揭文》曰：北眺氈鄉。

④《後漢書》曰：度尚躬率部曲，與同勞逸。廣募雜種諸蠻夷，明設購賞，進擊，大破之。

⑤《漢書》曰：李陵居匈奴。漢使謂陵曰：漢聞李少卿教匈奴爲兵。陵曰：乃李緒，非我也。又曰：衛律者，父本長水胡人，律生長漢，善李延年。延年薦言律使匈奴。使還，會延年家收，律懼并誅，亡還，降匈奴。又曰：衛律爲單于謀穿井築城，治樓以藏穀。與秦人守之。

---

[1] 蕭撝，字智遐。在梁封永豐侯。

[2] 絕妙一幀子卿歸國圖。寫行役景象，酸涼滿目。

[3] 惻愴之情，都在言外。

⑥李陵《答蘇武書》曰：韋韝毳幙，以禦風雨，羶肉酪漿，以充饑渴。李善《注》曰：毳幙，氈帳也。《烏孫公主歌》曰：肉爲食，酪爲漿。《玉篇》曰：饜，飽也。

⑦《後漢書》班超上疏曰：臣不敢望到酒泉郡，但願生入玉門關。

⑧《史記》曰：張騫以郎應募使月氏，與堂邑氏故胡奴甘父俱出隴西，經匈奴，單于留之十餘歲，與妻有子，騫持漢節不失。居匈奴中，益寬。單于死，騫與胡妻及堂邑父亡歸漢。堂邑父故胡人，善射。窮極，射禽獸給食。初，騫行時百餘人，去十三歲，唯二人得還。《周禮》曰：地官掌節，澤國用龍節。

⑨《史記》曰：大宛左右以蒲萄爲酒。俗嗜酒，馬嗜苜蓿。漢使取其實來，於是天子始種苜蓿、蒲萄肥饒地。《玉篇》曰：嘶，馬鳴也。《說文》曰：墟，大丘也。

⑩陶潛《歸去來辭》：僮僕歡迎，稚子候門。《廣韻》曰：勞，慰也。郎到切，牢，去聲。

⑪螯，大足，在首上如鈇者。《晉書》：畢卓常謂人曰：右手持酒杯，左手持蟹螯。《南越志》：南海以蝦頭爲盃，鬚長數尺，金銀鏤之。晉康州刺史嘗以盃獻簡文以盛酒，未及飲，躍於外。

⑫《禮記》曰：酒清白。鄭玄曰：白，清酒也。

與宋元思書①[1]

吳均②

　　風煙俱淨，天山共色。從流飄蕩，任意東西。自富陽至桐廬，一百許里③，奇山異水，天下獨絕。水皆縹碧，千丈見底④，游魚細石，直視無礙⑤。急湍甚箭，猛浪若奔⑥。夾岸高山，皆生寒樹⑦，負勢競上，互相軒邈⑧，爭高直指，千百成峯。泉水激石，泠泠作響⑨；好鳥相鳴，嚶嚶成韻⑩。蟬則千轉不窮，猨則百叫無絕⑪。鳶飛戾天者，望峯息心；經綸世務者，窺谷忘反⑫。橫柯上蔽⑬，在晝猶昏；疏條交映⑭，有時見日。

【箋注】

①宋，一作朱，非。案：宋元思，字玉山。劉峻有《與宋玉山元思書》。

②《南史》曰：均，字叔庠，吳興故鄣人也。家世寒賤，至均好學，有俊才。文體清拔，好事者效之，謂爲吳均體。柳惲薦之臨川靖惠王，王稱之於武帝。即日，召之賦詩，悅焉。待詔著作，累遷奉朝請。先是，均將著史以自名，欲撰《齊書》，求借《齊起居注》及羣臣行狀，武帝不許，遂私撰《齊春秋》。帝惡其實錄，敕付省焚之，坐免職。尋有敕召見，使撰通史，起三皇訖齊代。均草本紀、世家已畢，惟列傳未就，卒。

③富陽，漢舊縣富春也。晉簡文鄭太后諱春，孝武改曰富陽。《晉書·地理志》：富陽縣，屬揚州吳郡，今浙江杭州富陽縣治。又：桐

[1] 掃除浮豔，澹然無塵。如讀靖節《桃花源記》、興公《天台山賦》。此費長房縮地法，促長篇爲短篇也。

廬縣，晉屬揚州吳郡，今浙江嚴州府桐廬縣西。

④《博雅》曰：縹，蒼青也。左太沖《吳都賦》曰：縹碧素玉。謝朓
詩曰：迴流映千丈。

⑤張協《七命》曰：游魚瀺灂於綠波。王子年《拾遺記》曰：蓬萊山
水淺，有細石如金玉，不加陶冶，自然光淨。

⑥顏師古《漢書注》曰：急流曰湍。孔稚珪《褚伯玉碑》曰：飛浪突
雲，奔湍急箭。左思《蜀都賦》曰：驚浪雷奔。

⑦岸，一作嶂。謝朓詩曰：稠陰結寒樹。

⑧《漢書音義》曰：負，恃也。《說文》曰：邈，遠也。

⑨《說文》曰：激，礙衺疾波也。泠泠，水聲。陸士衡《招隱詩》曰：
山溜何泠泠，飛泉漱鳴玉。王仲宣《七哀詩》曰：流波激清響。

⑩《毛詩》曰：鳥鳴嚶嚶。毛萇曰：嚶嚶，鳥聲之和也。

⑪揚子《方言》曰：蟬，楚謂之蜩。《玉篇》曰：猨，似彌猴而大，
能嘯。

⑫《毛詩》曰：鳶飛戾天。《南史》曰：豫章王嶷命駕造何點，點從後
門遁去。司徒竟陵王子良聞之曰：豫章王尚望塵不及，吾當望岫息心。
《易》曰：君子以經綸。《晉書》曰：嵇康嘗採藥遊於山澤間，會其得
意，忽然忘反。

⑬柯，枝柯也。

⑭條，小枝也。

與顧章書

吳均

　　僕去月謝病，還覓薜蘿①。梅谿之西，有石門山者②，森壁爭霞，孤峯限日③；幽岫含雲，深谿蓄翠④。[1]蟬吟鶴唳，水響猿嘄⑤。英英相雜，綿綿成韻⑥。既素重幽居，遂葺宇其上⑦。幸富菊花，偏饒竹實。山谷所資，於斯已辦。仁智所樂，豈徒語哉⑧！

【箋注】

①謝靈運詩：想見山阿人，薜蘿若在眼。

②吳均《續齊諧記》曰：吳興故鄣縣東三十里有梅谿山，山根直豎一石，可高百餘丈，至青而圓，如兩間屋大，四面斗絕，仰之於雲外，無登涉之理。

③郭璞《江賦》曰：絕岸萬丈，壁立霞駁。《說文》曰：限，阻也。

④張協詩：幽岫峭且深。陶淵明《歸去來辭》：雲無心以出岫。《荀子》曰：不臨深谿，不知地之厚也。《淮南子》曰：深谿峭岸，峻木尋枝，猿狄之所樂也。

⑤王充《論衡》曰：夜及半而鶴唳。《說文》曰：唳，鶴鳴也。謝靈運《登石門最高頂》詩曰：活活夕流駛，嗷嗷夜猿啼。

⑥毛萇《詩傳》曰：英英，白雲貌。又曰：綿綿，不絕貌。

⑦《禮記》曰：幽居而不淫。陸機《葺宇賦》曰：遵黃川以葺宇，被蒼林而卜居。《陶徵士誄》曰：汲流舊巘，葺宇家林。《廣雅》曰：葺，覆也。

---

[1]　簡澹高素，絕去錮釘鞟澀之習。吾於六朝，心醉此種。

⑧饒，亦富也。《魏志·王粲傳注》曰：阮籍少時嘗遊蘇門山，有隱者莫知姓名，有竹實數斛，臼杵而已。辦，具也。《論語》：子曰：知者樂水，仁者樂山。

與詹事江總書①[1]

陳後主②

管記陸瑜[2]，奄然殂化，悲傷悼惜，此情何已。吾生平愛好，卿等所悉。自以學涉儒雅，不逮古人，欽賢慕士，是情尤篤。梁室亂離，天下糜沸③。書史殘缺，禮樂崩淪④。晚生後學，匪無牆面⑤，卓爾出羣，斯人而已⑥。

吾識覽雖局⑦，未曾以言議假人。[3]至於片善小才，特用嗟賞，況復洪識奇士！此故忘言之地⑧。論其博綜子史，諳究儒墨⑨，經耳無遺，觸目成誦⑩。一褒一貶，一激一揚⑪，語玄析理，披文摘句，未嘗不聞者心伏，聽者解頤⑫。會意相得，自以爲布衣之賞⑬。

吾監撫之暇，事隙之辰⑭，頗用談笑娛情，琴尊閒作⑮。雅篇豔什，迭互鋒起。每清風朗月，美景良辰，對羣山之參差，望巨浪之滉瀁⑯。或翫新花，時觀落葉；既聽春鳥，又聆秋鴈。未嘗不促膝舉觴，連情發藻⑰，且代琢磨，閒以嘲謔⑱。俱怡耳目，並留情致。[4]自謂百年爲速，朝露可傷⑲。豈謂玉折蘭摧，遽從短運⑳。爲悲爲恨，當復何言，遺迹餘文，觸目增泫㉑。絕絃投筆㉒，恆有酸恨㉓。[5]以卿同志，聊復叙懷。涕之無從，言不寫意。

---

[1] 宣帝時，總爲太子詹事。
[2] 陸瑜，字幹玉，吳郡人。仕陳。累官太子洗馬中舍人。與兄炎並以才學侍東宮。
[3] 簡質有餘，亦蒼然有色。別成一種筆法。
[4] 直抒胸臆，全不雕琢。由氣格清筆，故無一筆生澀。不圖亡主竟獲如此佳文。
　　我斥其人，我不能不憐其才也。
[5] 情哀理感能令鐵石人動心。

【箋注】

①《南史》曰：陸瑜少篤學，美詞藻。後主在東宮，瑜嘗爲東宮管記，以才學娛侍左右。卒，太子爲之流涕，親製祭文。仍與詹事江總書，論述其美，詞甚傷切。

②《南史》曰：後主諱叔寶，高宗嫡長子也。太建元年正月甲午立爲皇太子。十四年正月甲寅，宣帝崩。乙卯，始興王叔陵作逆，伏誅。丁巳，即皇帝位於太極前殿。

③《廣雅》曰：爨，饎也。揚雄《冀州牧箴》曰：冀土爨沸，炫沄如湯。

④《廣雅》曰：淪，沒也。

⑤《尚書》曰：不學牆面。

⑥《漢書》曰：夫惟大雅，卓爾不羣。

⑦《說文》曰：局，促也。

⑧《莊子》曰：言者所以在意，得意而忘言。《晉書》曰：山濤與嵇康呂安善，後遇阮籍便爲竹林之交，著忘言之契。

⑨張平子《思玄賦》舊注曰：儒家者，述聖道之書也。以仁義爲本，以禮樂爲用。墨家者，强本節用之書也，以貴儉尚賢爲用。

⑩孔文舉《薦禰衡表》曰：目所一見，輒誦於口；耳所暫聞，不忘於心。

⑪杜預《春秋序》曰：《春秋》雖以一字爲褒貶，然皆須數句以成言。高誘《呂氏春秋注》曰：激，發也。《玉篇》曰：揚，舉也。

⑫《漢書》曰：匡衡說《詩》解人頤。

⑬《晉書》曰：陶潛好讀書，不求甚解，每有會意，欣然忘食。《史記》：秦昭王遺平原君書曰：寡人聞君之高義，願與爲布衣之交。

⑭梁昭明太子《文選序》曰：余監撫餘閒，居多暇日。《玉篇》曰：隟，閒也。

⑮《說文》曰：尊，酒器。

⑯司馬長卿《哀二世賦》曰：望南山之參差。滉瀁，水貌。潘岳《西征賦》曰：其池則湯湯汙汙，滉瀁瀰漫，浩如河漢。

⑰何遜詩曰：促膝今何在，銜杯誰復同？班固《答賓戲》曰：董生下帷，發藻儒林。

⑱《毛詩》曰：如琢如磨。謝靈運詩曰：調笑輒酬答，嘲謔無慚沮。

⑲曹植樂府詩曰：百年忽我遒。《史記·商君傳》：趙良曰：危若朝露，尚欲延年益壽乎！《漢書·蘇武傳》：李陵謂武曰：人生如朝露，何久自苦如此？

⑳《世說》曰：毛伯成負其才氣，寧爲蘭摧玉折，不爲蕭敷艾榮。顏延之文曰：蘭薰而摧，玉縝則折。

㉑泫，流涕貌。《禮記》曰：孔子泫然流涕。

㉒《易林》曰：來如飄風，去似絕絃。

㉓悲痛曰酸。宋玉《高唐賦》曰：寒心酸鼻。

爲王寬與婦義安主書 [1]

伏知道

　　昔魚嶺逢車，芝田息駕①，雖見妖嬈，終成揮忽②。遂使家勝陽臺，爲歡非寢③；人慚蕭史，相偶成儸④。輕扇初開，欣看笑靨⑤；長眉始畫，愁對離妝⑥。[2]猶聞徙佩，顧長廊之未盡⑦；尚分行幰，冀迴陌之難迴⑧。廣攝金屏，莫令愁擁⑨；恆開錦幔，速望人歸⑩。鏡臺新去，應餘落粉⑪；熏鑪未徙，定有餘煙⑫。淚滴芳衾，錦花常浥⑬；愁隨玉軫，琴《鶴》恆驚⑭。[3]已覺錦水丹鱗，素書稀遠⑮；玉山青鳥，儸使難通⑯。綵筆試操，香牋遂滿⑰；行雲可託，夢想還勞⑱。九重千日，詎憶倡家；單枕一宵，便如蕩子⑲。當令照影雙來，一鸞羞鏡⑳；弗使窺窗獨坐，嫦娥笑人㉑。[4]

【箋注】

①《搜神記》曰：魏濟北郡從事掾弦超，字義起。以嘉平中，夜獨宿，夢有神女來從之。自稱天上玉女，姓成公，字知瓊，見遣下嫁，故來從君。超遂與爲夫婦。經七八年，夜來晨去，倏忽若飛，唯超見之。一旦，漏洩其事，玉女遂去。超憂感積日，殆至委頓。去後五年，超奉郡使至洛。到濟北魚山下陌上西行，遙望曲道頭有一車馬似知瓊。驅馳前至，果是。遂披帷相見，同乘至洛，剋復舊好。《拾遺記》曰：

---

[1] 王寬，琅珊臨沂人。固子。官至司徒左長史侍中。
[2] 柔情綺語，黯然魂銷。
[3] 幾回搔首，一聲長歎。淒絕媚絕。
[4] 未免有情，誰能遣此。

崑崙山第九層山形漸小狹，下有芝田蕙圃，皆數百頃，羣仙種耨焉。曹植《洛神賦》曰：爾乃稅駕乎蘅皋，秣駟乎芝田。

②梁武帝《孝思賦》曰：年揮忽而莫反，時瞬眹其如電。

③見何遜《爲衡山侯與婦書》注。

④見梁簡文帝《答新渝侯和詩書》注。

⑤鮑照《中興歌》：美人掩輕扇，含思歌春風。《說文》曰：靨，姿也。《淮南子・說林訓》：靨輔在頰前則好。古歌曰：淚痕尚猶在，笑靨自然開。

⑥《漢書》曰：張敞爲婦畫眉。崔豹《古今注》曰：魏宮人好畫長眉。

⑦《說文》曰：佩，大帶佩也。從人從凡從巾。佩必有巾，巾謂之飾。梁簡文帝《贈麗人》詩曰：含羞來上砌，微笑出長廊。

⑧《蒼頡篇》曰：帛張車上爲幨。何遜詩曰：隔林望行幨。鮑照《行藥至城東橋詩》曰：嚴車臨迴陌。

⑨何遜詩：含悲下翠帳，掩泣閉金屏。

⑩《說文》曰：幔，幕也。王融《春遊迴文詩》曰：風朝拂錦幔。

⑪魏武《上雜物疏》：鏡臺出魏宮中，有純銀參帶鏡臺一枚。何遜《詠春風詩》曰：鏡前飄落粉。

⑫漢劉向有《熏鑪銘》。梁簡文帝《擬夜夜曲》曰：蘭膏盡更益，熏爐滅復香。

⑬《毛詩》曰：錦衾爛兮。袁淑《正情賦》曰：解蘊麝之芳衾。

⑭軫，琴下轉絃者也。梁元帝《秋夜詩》曰：金徽調玉軫。吳均《送柳舍人詩》曰：玉軫有離徽。《古今注》曰：《別鶴操》琴曲名。陶潛詩曰：上絃驚《別鶴》。

⑮司馬相如《報卓文君書》曰：錦水有鴛。古詩曰：呼兒烹鯉魚，中有尺素書。

⑯《山海經》曰：羣玉山，西王母所居。青鳥，王母使者。鮑照《空城雀》樂府曰：誠不及青鳥，遠食玉山禾。

⑰潘岳《螢火賦》曰：羨微蟲之琦瑋，援綵筆以爲銘。

⑱何遜《曉發詩》曰：水底見行雲，天邊看遠樹。《古詩》曰：獨宿累長夜，夢想見容輝。

⑲《楚辭》曰：君之門兮九重。《古詩》曰：昔爲倡家女，今爲蕩子婦。蕩子行不歸，空牀難獨守。

⑳見何遜《爲衡山侯與婦書》注。

㉑《淮南子》曰：羿請不死藥於西王母，姮娥竊之以奔月宮。姮娥，羿妻也。服藥得仙，奔入月中爲月精。嫦，與姮同。

復王少保書①[1]

周弘讓②

甚矣悲哉！此之爲別也。雲飛泥沈，金鑠蘭滅③。玉音不嗣，瑤華莫因④。家兄至自鎬京⑤，致來書於窮谷。故人之迹，有如對面⑥。開題申紙，流臉沾膝⑦。江南燠熱，橘柚冬青⑧；渭北沍寒，楊榆晚葉⑨。[2]土風氣候，各集所安⑩。餐衞適時，寢興多福。甚善甚善⑪。

與弟分袂西陝，言反東區⑫，雖保周陂，還依蔣徑⑬。三荊離析，二仲不歸⑭。麋鹿爲曹，更多悲緒⑮。丹經在握，貧病莫諧⑯；芝术可求，聊因采綴⑰。昔吾壯日，及弟富年，俱值邕熙，並歡衡泌⑱。《南風》雅操，清商妙曲⑲，絃琴促坐，無乏名晨。玉瀝金華，冀獲難老⑳。[3]不虞一旦，翻覆波瀾㉑。吾已愒陰，弟非茂齒。禽尙之契，各在天涯㉒。永念生平，難爲胸臆㉓。正當視陰數箭，排愁破涕。人生樂耳，憂戚何爲㉔？[4]豈能遶悲次房，遊魂不返㉕；遠傷金產，骸匣無託㉖。但願愛玉體，珍金相，保期頤，享黃髮㉗。猶冀蒼鴈賝鯉，時傳尺素；清風朗月，俱寄相思㉘。[5]

子淵子淵！長爲別矣！握管操觚，聲淚俱咽㉙。

---

[1] 少保名褒，字子淵。姓、名、字與漢王褒并同，惟里居各異。漢爲蜀郡人，此則琅邪人也。近人每多沿誤。

[2] 情在景中，麗而不縟。

[3] 婉轉流利。

[4] 憤激無聊，不可一切。讀此則筆可擲，硯可焚矣。

[5] 情款異常，語不靡激。

【箋注】

①《北史·王裒傳》：東宮既建，授太子少保。裒與梁處士周弘讓相善。及弘讓兄弘正自陳來聘，高祖許裒等通親知音問。裒贈弘讓詩，並致書，弘讓亦復書焉。

②《南史》曰：弘讓性簡素，博學多通。始仕不得志，隱於句容之茅山，頻徵不出。晚仕侯景，爲中書侍郎。人問其故。對曰：昔王道正直，得以禮進退；今乾坤易位，不至將害於人。吾畏死耳。獲譏於代。承聖初，爲國子祭酒，至仁威將軍，城句容以居之。

③《楚辭》曰：悲哉！秋之爲氣也。《後漢書·崔駰傳贊》：永矣長岑，於遼之陰。不有直道，曷取泥沈？荀濟詩曰：雲泥已殊路。《易》曰：二人同心，其利斷金。同心之言，其臭如蘭。《說文》曰：鑠，銷也。

④曹子建《七啓》曰：吾子不遠遐路，幸見光臨，將敬滌耳，以聽玉音。毛萇《詩傳》曰：嗣音，繼續其聲問也。《楚辭》曰：折疎麻兮瑤華，將以遺兮離君。謝玄暉《郡內高齋閒坐答呂法曹詩》曰：惠而能好我，問以瑤華音。

⑤讓兄即弘正也。毛萇《詩傳》曰：鎬京武王所營也。在豐水東，去豐邑二十五里。

⑥謝惠連《隴西行》曰：誰能守靜？棄祿辭榮。窮谷是處，考槃是營。

⑦《釋名》曰：書稱題。申，伸也。吳質《答曹子建書》曰：信到，奉所惠貺。發函伸紙，是何文采之巨麗，而慰諭之綢繆乎！

⑧《爾雅》曰：燠，煖也。《說文》曰：懊，熱在中也。又曰：橘果出江南，樹碧而冬生。孔安國《尚書傳》曰：小曰橘，大曰柚。

⑨《說文》曰：渭水出隴西首陽渭首亭南谷。江淹詩曰：渭北雨聲過。《左氏傳》曰：其藏冰也，深山窮谷，固陰沍寒。杜預《注》曰：沍，閉也。《說文》曰：榆，白枌。

⑩江淹詩曰：南中氣候暖。

⑪毛萇《詩傳》曰：餐，食也。顧野王《玉篇》曰：衞，護也。

⑫《玉篇》曰：袂，袖也。何遜《贈從兄與寧實南詩》曰：當憐此分袂，脈脈淚沾衣。《說文》曰：陝，弘農陝也。古虢國王季之子所封也。東區，或作東甌。《史記》曰：孝惠三年，舉高帝時越功，立搖爲東海王，都東甌。徐廣曰：今永寧也。

⑬陂，一作陵。《後漢書·周燮傳》：有先人草廬，結於岡畔，下有陂田，常肆勤以自給。安帝以玄纁羔幣聘燮，宗族更勸之，曰：何爲守東岡之陂乎？嵇康《高士傳》曰：蔣詡，杜陵人。詡爲兗州刺史。王莽居宰衡，詡移疾歸杜陵。荆棘塞門，舍中三徑，終身不出。

⑭《孝子傳》曰：古有兄弟忽欲分異，出門見三荆同株，接葉連陰。嘆曰：木猶欣聚，況我而殊哉！遂還爲雍和。案：《周書》：三荆作三姜。《梁書》曰：韋放於諸弟尤雍穆，每將遠別，及行役初還，常同一室臥起，時稱爲三姜。又《後漢書·姜肱傳》：肱與二弟仲海季江友愛天至，常共臥起，此亦爲三姜。林育《金谷詩》曰：既而慨爾，感此離析。《三輔決錄》：蔣詡，字元卿，舍中三徑，惟羊仲求仲從之遊。二仲皆剗廉逃名之士。

⑮毛萇《詩傳》曰：曹，羣也。謝靈運《長歌行》曰：覽物起悲緒。

⑯《列仙傳》：漢淮南王劉安言神仙黃白之事，於是八公乃詣王，授以丹經。《史記》：原憲曰：若憲，貧也，非病也。《陶徵士誄》曰：居備勤儉，身兼貧病。

⑰聊因，一作恆爲。《說文》曰：芝，神草也。《本草》曰：术，蒼术之類，服之可成仙。顏延之《釋何衡陽書》曰：蒭豢之功，希至百齡；芝术之懿，亙聞千歲。謝靈運《曇隆法師誄》曰：茹芝术而共餌，披《法言》而同卷。

⑱張平子《東京賦》曰：上下共其邑熙。《毛詩》曰：衡門之下，可以棲遲。泌之洋洋，可以樂飢。

⑲《樂記》曰：昔舜作五絃之琴，以歌《南風》。操，曲也。清商，鄭

音，《韓非子》曰：師涓鼓新聲。平公問師曠曰：此何聲也？曰：此所謂清商也。公曰：清商固最悲乎？師曠曰：不如清徵。

⑳江淹詩曰：山中有雜桂，玉瀝乃共斟。《抱朴子》曰：肘後丹法以金華和丹，向日和之，光與日連，服之長生。《毛詩》曰：永錫難老。

㉑陸機《樂府詩》曰：休咎相乘躡，翻覆若波瀾。劉峻《廣絕交論》曰：循環翻覆，迅若波瀾。

㉒《後漢書》曰：向長隱居不仕，與同好北海禽慶俱遊五岳名山，不知所終。《高士傳》向字作尙。

㉓《說文》曰：臆，胸也。

㉔《左氏傳》曰：趙孟祝蔭曰：朝夕不相及，誰能待五？后子出而告人曰：趙孟死矣。主民翫歲而愒日，其與幾何！杜預曰：蔭，日景也，蔭，於金反，通作陰。鄭玄《周禮注》曰：漏之箭晝夜共百刻，冬夏之間有長短焉。太史立成法，有四十八箭。

㉕次，舍也。《左氏傳》曰：再宿爲信，過信爲次。《說文》曰：房，室在旁者也。易曰：精氣爲物，游魂爲變，是故知鬼神之情狀。

㉖匶，籒文柩字。《釋名》曰：在牀曰尸，在棺曰柩。

㉗相，一作箱。《七發》曰：太子玉體不安。《東觀漢記》：太子執《報桓榮書》曰：願君愼疾加湌，重愛玉體。《毛詩》曰：追琢其章，金玉其相。《傳》云：相，質也。《禮記》曰：百年曰期頤。杜預《左氏傳注》曰：享，受也。《尙書》曰：詢茲黃髮。

㉘鴈，一作鷹。《漢書》曰：蘇武裂帛爲書，繫雁足下。毛萇《詩傳》曰：赬，赤也。《史記》曰：陳勝吳廣乃丹書帛曰陳勝王，置人所罾魚腹。卒買魚烹食，得魚腹中書，怪之。王僧儒詩曰：尺素在魚腸，寸心憑鴈足。劉義慶《世說》曰：許椽嘗詣簡文，爾夜風清月朗，乃共作曲室中語，辭寄清婉，有踰平日。簡文雖契素此遇，尤相咨嗟。既而曰：玄度才情故未易多有許。又劉尹云：清風朗月，輒思玄度。按：玄度，晉徵士許詢字也。

㉙謝靈運《山居賦》曰：援紙握管，會性通神。陸機《文賦》曰：或
操觚以率爾。李善《注》曰：觚，木之方者，古人用之以書，猶今人
之簡也。《說文》曰：咽，嗌也。

與陽休之書 [1]

祖鴻勳 ①

陽生大弟：吾比以家貧親老，時還故郡②。在本縣之西界，有雕山焉。其處閒遠，水石清麗，高巖四匝，良田數頃③ [2]。家先有塋舍於斯，而遭亂荒廢，今復經始④。即石成基，憑林起棟⑤。蘿生映宇，泉流遶階。月松風草，緣庭綺合⑥；日華雲實，旁沼星羅⑦。簷下流煙，共霄氣而舒卷⑧；園中桃李，雜松柏而蔥蒨⑨。時一牽裳涉澗，負杖登峯⑩。心悠悠以孤上，身飄飄而將逝。杳然不復自知在天地間矣⑪。

若此者久之，乃還所住。孤坐危石，撫琴對水⑫；獨詠山阿，舉酒望月⑬。[3]聽風聲以興思，聞鶴唳以動懷⑭。企莊生之逍遙，慕尚子之清曠⑮。首戴萌蒲，身衣縕襏⑯。出藝粱稻，歸奉慈親⑰。緩步當車，無事爲貴。斯已適矣，豈必撫塵哉⑱！[4]

而吾子既繫名聲之韁鎖，就良工之剞劂⑲。振佩紫臺之上，鼓袖丹墀之下⑳。采金匱之漏簡，訪玉山之遺文㉑，敝精神於邱墳，盡心力於河漢㉒。摛藻期之鼙繡㉓，發議必在芬芳㉔。茲自美耳，吾無取焉。嘗試論之，夫崑峯積玉，光澤者前毀；瑤山叢桂，芳茂者先折㉕。是以東都有挂冕之臣㉖，南國見捐情

---

[1] 休之，字子烈，右北平無終人。初仕魏，歷齊及周。累官納言太子少保，除和州刺史。隋開皇二年罷任。

[2] 衰亂之世，能息心巖岫，甚不可多得。文亦幽俏瓏瓏，饒有兩晉風力。

[3] 曠懷雅量，彌率彌真。

[4] 一清閒如此，一喧鬧如彼。不可以道里計矣。

之士㉗。[5]斯豈惡粱錦，好蔬布哉㉘！蓋欲保其七尺，終其百年耳㉙。[6]

今弟官位既達，聲華已遠㉚。象由齒斃，膏用明煎㉛。既覽老氏谷神之談㉜，應體留侯止足之逸㉝。若能翻然清尚，解佩捐簪，則吾於茲山莊，可辦一得㉞。把臂入林，挂巾垂枝㉟；攜酒登巘，舒席平山㊱。[7]道素志，論舊款㊲，訪丹法，語玄書，斯亦樂矣，何必富貴乎㊳？去矣陽子！途乖趣別。緬尋此旨，杳若天漢㊴。[8]已矣哉！書不盡言㊵。

【箋注】

①《北齊書》曰：祖鴻勳，涿郡范陽人也。弱冠與同郡盧文符並爲州主簿僕射，臨淮王彧表薦鴻勳有文學，宜試以一官。敕除奉朝請。人謂之曰：臨淮舉卿，便以得調，竟不相謝，恐非其宜。鴻勳曰：爲國舉才，臨淮之務，祖鴻勳何事從而謝之？彧聞而喜曰：吾得其人矣。及葛榮南逼，出爲防河別將，守滑臺。永安初，元擢爲東道大使。署封隆之、邢邵、李渾、李象、鴻勳並爲子使。除東濟北太守，以父老疾爲請，竟不之官。後城陽王徽奏鴻勳爲司徒法曹參軍事。赴洛。徽謂之曰：吾聞臨淮相舉，竟不到門，今來何也？鴻勳曰：今來赴職，非爲謝恩。轉廷尉正。後去官歸鄉里。與陽休之書……

②《晉書》曰：陶潛以親老家貧，起爲州祭酒。不堪吏職，少日，自解歸。州召主簿不就。

---

[5] 此一服清涼散耳。彼營營於名韁利鎖者，其肯嘗之否耶。

[6] 非一味矯情，只是勘破名根耳。老年奔走宦途，不知止足。讀此當顏變愧生矣。

[7] 蓬山此去無多路。

[8] 熱病無一人不染，冷藥無一人肯服。有心者恒代爲滋淚也。

③《宋書·隱逸傳論》曰：巖壑閒遠，水石清華。《廣雅》曰：匝，徧
也。《玉篇》曰：田百畝爲頃。

④埜，古野字。《說文》曰：郊，外也。《毛詩》曰：經始靈臺，經之
營之。《傳》云：經，度之也。

⑤《爾雅·釋宮》曰：棟，謂之桴。郭璞曰：屋檼也，即屋脊也。

⑥《說文》曰：綺，文繒也。

⑦謝朓詩曰：日華川上動，風光草際浮。《本草》曰：雲實，味辛苦，
溫，無毒，一名員實。揚子雲《羽獵賦》曰：煥若天星之羅。

⑧王融樂府詩曰：煙雲乍舒卷。

⑨《爾雅》曰：青謂之葱。《孫卿子》曰：桃李蒨粲于一時。李善《文
選注》曰：蒨，鮮明之貌。

⑩《毛詩》曰：褰裳涉溱。陶潛詩曰：負杖肆游從，淹留忘宵晨。

⑪《毛詩》曰：悠悠我心。《淮南子》曰：與飄飄往，與忽忽來，莫知
其所之。李善《文選注》曰：杳，深遠也。

⑫《列子》曰：登高山，履危石。《呂氏春秋》曰：伯牙鼓琴，鍾子期
聽之。志在泰山，鍾子期：善哉！巍巍乎若泰山！須臾，志在流水，
子期曰：湯湯乎若流水！《宋書》曰：宗炳撫琴動操，欲令衆山皆響。

⑬《楚辭·九歌》曰：若有人兮山之阿，被薜荔兮帶女蘿。王逸《注》
曰：阿，曲隅也。《晉書》曰：王徽之嘗居山陰，夜雪初霽，月色清
朗，四望皓然，酌酒詠左思《招隱詩》。

⑭《晉書》曰：宦人孟玖譖陸機於成都王穎，言其有異志。穎怒，使秀
密收機。機與秀相見，神色自若，因與穎牋，詞甚悽惻。既而歎曰：
華亭鶴唳，豈可復聞乎！王充《論衡》曰：夜及半而鶴唳。《說文》
曰：唳，鶴鳴也。

⑮《莊子·逍遙遊篇》郭象《注》曰：夫小大雖殊，而放於自得之場，
則物任其性，事稱其能，各當其分，逍遙一也。豈容負勝於其間哉！
《英雄記》曰：尚子平有道術，爲縣功曹。休歸。入山自擔薪賣，以供

飲食。《蒼頡篇》曰：曠，疏曠也。

⑯《齊語》曰：首戴茅蒲，身衣襏襫。韋昭曰：茅蒲，簦笠也。襏襫，蓑襞衣也。茅，或作萌，竹萌之皮，所以爲笠也。按：《管子》作苧蒲。

⑰蓺，種樹也。

⑱《戰國策》：顏斶曰：晚食以當肉，緩步以當車，無罪以當貴，清淨貞正以自虞。《說文》曰：麈，麕屬也。《埤雅》曰：麈，似鹿而大，其尾辟塵。《名苑》曰：鹿大者曰麈，羣鹿隨之，視麈尾所轉而往，古之談者揮焉。

⑲鎖，同鏁。《漢書敘傳》曰：貫仁義之羈絆，繫名聲之韁鏁。師古曰：韁，如馬韁也，音薑。《淮南子》曰：剞劂銷鋸陳，非良工不能以制木；鑪橐埵坊設，非巧冶不能以治金。許慎《注》曰：剞劂，曲刀也。

⑳江淹《恨賦》曰：紫臺稍遠。李善《注》曰：紫臺，猶紫宮也。張平子《西京賦》曰：青鎖丹墀。劉峻《廣絕交論》曰：趨走丹墀者疊跡。李善《注》引《漢典職儀》曰：以丹漆地，故稱丹墀。

㉑《史記》曰：高帝與功臣剖符作誓，丹書鐵券，金匱石室，藏之宗廟。《太史公自序》曰：遷爲太史令，紬史記石室金匱之書。《穆天子傳》曰：至於羣玉之山，四徹中繩，先王之所謂策府。郭璞《注》曰：中繩，言皆平直。策府，言往古帝王以爲藏書册之府，所謂藏之名山者也。

㉒《左傳》：王曰：是能讀《三墳》《五典》《八索》《九丘》。王充《論衡》曰：漢諸儒作書者，以司馬長卿、揚子雲河漢也，其餘涇渭也。劉峻《廣絕交論》曰：卿雲黼黻河漢。

㉓班固《答賓戲》曰：馳辨如波濤，摛藻如春華。韋昭《注》曰：摛，布也。藻，水草之有文者。鮑照《河清頌》曰：鏧繡成景，粉績顯軒。

㉔宋玉《神女賦》曰：陳嘉辭而雲對兮，吐芬芳其若蘭。

㉕《新序》：固桑對晉平公曰：夫劍產於越，珠產於江南，玉產於崑山。《淮南子》曰：夫玉潤澤而有光。又《招隱士》曰：桂樹叢生兮山之幽，偃蹇連卷兮枝相繚。《晉書》曰：郤詵累遷雍州刺史，武帝於東堂會送，問曰：卿自以爲何如？詵對曰：臣舉賢良對策爲天下第一，猶桂林之一枝，崑山之片玉。

㉖《後漢書》曰：逢萌，字子慶，北海都昌人也。家貧，爲亭長。歎曰：大丈夫安能爲人役哉！遂去之長安。學通《春秋經》。時王莽殺其子宇，萌謂友人曰：三綱絕矣，不去禍將及。即解冠挂東都城門歸，將家屬浮海客於遼東。光武即位，始還，累徵不起。

㉗《楚辭序》曰：屈原放江南之野，不忍以清白久居濁世，遂赴汨淵自沈而死。

㉘賈逵《國語注》曰：粱，食之精者。《小爾雅》曰：菜，謂之蔬。

㉙《荀子》曰：小人之學也，入乎耳，出乎口。口耳之間，則四寸耳，曷足以美七尺之軀哉！《養生經》：黃帝曰：中壽百年。魏文帝《芙蓉池詩》曰：保己終百年。

㉚《史記》：司馬季主曰：才不賢而託官位，利上奉，妨賢者處，是竊位也。《潛夫論》曰：官位職事者，羣臣之所以寄其身也。孔稚珪表曰：李通豪贍，以親寵登司；王基才勇，與聲華入選。任昉《宣德皇后令》曰：客遊梁朝，則聲華藉甚。

㉛《左氏傳》曰：象有齒以焚其身，賄也。阮籍《詠懷詩》：膏火自煎熬。沈約《注》曰：膏以明自煎。李善《注》引《莊子》曰：山木自寇也，膏火自煎也。

㉜《老子》曰：谷神不死。

㉝《史記》曰：留侯乃稱曰：家世相韓。及韓滅，不愛萬金之貲，爲韓報讎強秦，天下振動。今以三寸舌爲帝者師，封萬戶，位列侯，此布衣之極，於良足矣。願棄人間事，從赤松子遊耳。《老子》曰：知足不辱，知止不殆。

㉞謝朓詩曰：胡寧昧千里？解佩拂山莊。《蒼頡篇》曰：簪，笄也，所以持冠也。

㉟《世說》曰：謝公道豫章若遇七賢，必自把臂入林。

㊱毛萇《詩傳》曰：巘，小山也。

㊲陰長生詩曰：高尚素志，不事王侯。

㊳《神仙傳》曰：沈文泰，九嶷人。得紅泉神丹法土符，延年益命之道，服之昇仙。《抱朴子》曰：李公丹法，用真丹及五石之水各一升，和令如泥。

㊴《毛詩》曰：維天有漢。

㊵《周易·繫辭》曰：書不盡言，言不盡意。

與周弘讓書 [1]

王褒

嗣宗窮途，楊朱歧路①。征蓬長逝，流水不歸。舒慘殊方，炎涼異節。木皮春厚，桂樹冬榮②。想攝衛惟宜，動靜多豫。賢兄入關，敬承款曲③。猶依杜陵之水，尚保池陽之田④。鑴迹幽翳，銷聲窮谷。[2]何其愉樂，幸甚幸甚⑤！

弟昔因多疾，亟覽九仙之方⑥；晚涉世途，常懷五嶽之舉⑦。同夫關令，物色異人⑧；譬彼客卿，服膺高士⑨。上經說道，屢聽玄牝之談⑩；中藥養神，每稟丹砂之說⑪。頃年事迺盡，容髮衰謝⑫，芸其黃矣，零落無時，還念生涯，繁憂總集⑬。視陰惕日，猶趙孟之徂年⑭；負杖行吟，同劉琨之積慘⑮。河陽北臨，空思鞏縣⑯；霸陵南望，還見長安⑰。所冀書生之魂，來依舊壤；射聲之鬼，無恨他鄉⑱。[3]

白雲在天⑲，長離別矣！會見之期，邈無日矣！援筆攬紙，龍鍾橫集⑳。

【箋注】

①《魏志·阮籍傳注》曰：籍，字嗣宗。爲從事中郎。朝論欲顯崇之，籍以世多故，祿仕而已。聞步兵校尉缺，廚多美酒，營人善釀酒，求爲校尉，遂縱酒昏酣，遺落世事。時率意獨駕，不由徑路，車迹所窮，

---

[1]　觀弘讓答書，音節哀亮，同此一轍。所謂伯仲伊呂，未可輕爲抑揚也。
[2]　陗鍊。
[3]　數語酸淒入骨，情何以堪。

輒慟哭而返。《列子・說符篇》曰：楊子之鄰人亡羊，既率其黨，又請楊子之豎追之。楊子曰：嘻！亡一羊何追者之衆？鄰人曰：多歧路。既反，問：獲羊乎？曰：亡之矣。曰：奚亡之？曰：歧路之中，又有歧焉，吾不知所之，所以反也。

②《漢書》：晁錯《守邊備塞議》曰：胡貉之地，積陰之處也。木皮三寸，冰厚六尺。曹植《朔風詩》曰：秋蘭可喻，桂樹冬榮。

③謝靈運詩曰：辛勤風波事，款曲洲渚言。

④《漢書・地理志》曰：京兆尹縣杜陵故杜伯國，宣帝更名。按：張仲蔚隱居，滿宅蓬蒿；蔣詡開三逕；俱在杜陵。又《地理志》曰：左馮翊縣池陽，惠帝四年置。又《溝洫志》曰：趙中大夫白公穿渠引涇水注渭，袤二百里，溉田四千五百餘頃，因名曰白渠。民歌之曰：田於何所？池陽谷口。鄭國在前，白渠起後。

⑤其，一作期。《蒼頡篇》：鑢，削平也。《莊子・則陽篇》曰：其聲銷，其志無窮。

⑥《列仙傳》曰：滑子者，好餌术，食其精。隱宕山，能致風雨，受伯陽九仙法。淮南王安少得其文，不能解其旨也。

⑦《後漢書》曰：向長隱居不仕，與同好北海禽慶俱遊五嶽名山，不知所終。

⑧《列仙傳》曰：關令尹喜善内學星宿，服精華，老子西遊，喜先見其氣，知真人當過，候物色而迹之，果得老子。

⑨《史記》曰：蔡澤爲秦客卿。其始遊學於諸侯，不遇。從唐舉相，舉熟視而笑曰：先生偈鼻戴肩，魋顏蹙齃，顬頤膝攣，吾聞聖人不相，殆先生乎？澤知舉戲之，曰：富貴吾所自知，不知者壽也，願聞之。

⑩《老子》曰：谷神不死，是爲玄牝。玄牝之門，是謂天地之根。

⑪嵇叔夜《養生論》曰：故神農曰：上藥養命，中藥養性者。李善《注》引《本草》曰：上藥一百二十種爲君，主養命以應天，無毒，久服不傷人，輕身益氣，不老延年；中藥一百二十種爲臣，主養性以應

人。《史記‧封禪書》曰：李少君言上曰：祀竈則致物，致物而丹砂可化爲黃金。黃金成，以爲飲食器，則益壽。《本草經》曰：丹砂久服通神明，不老。

⑫毛萇《詩傳》曰：遒，終也。《楚辭》曰：歲忽忽而遒盡兮。

⑬毛萇《詩傳》曰：芸黃，盛也。《禮記》曰：草木零落，然後入山林。

⑭見前。

⑮劉琨《答盧諶書》曰：塊然獨立，則哀憤兩集；負杖行吟，則百憂俱至。慘，痛也。《毛詩》曰：憂心慘慘。

⑯《漢書‧地理志》曰：河內郡縣河陽，王莽曰河亭。又：河南郡縣鞏，東周所居。

⑰《漢書‧地理志》曰：京兆尹縣霸陵，故芷陽，文帝更名。《漢書》曰：漢興，立都長安。《地理志》：京兆尹縣長安，高帝置。惠帝元年初城，六年成。

⑱《後漢書》曰：班超家貧，常爲官傭書以供養。除爲蘭臺令史。後久使西域，年老思土，上疏曰：臣不敢望到酒泉郡，但願生入玉門關。超妹昭上書請超還。十四年八月，超至洛陽拜爲射聲校尉。超素有胸脅疾，既至，病遂加。帝遣中黃門問疾賜醫藥。其九月卒。《前漢書‧百官表》：射聲校尉掌待詔射聲士。服虔曰：工射者也，冥冥中聞聲則中之，因以名也。

⑲《穆天子傳》曰：西王母爲天子謠曰：白雲在天，山陵自出。

⑳《韓詩外傳》曰：孫叔敖治楚三年而楚國霸。楚史援筆而書於策。《廣韻》曰：龍鍾，竹名。年老者如竹枝葉，搖曳不自禁持。

爲梁上黃侯世子與婦書①[1]

庾信

倪璠注

昔仙人導引，尙刻三秋②；神女將梳，猶期九日③。未有龍飛劍匣，鶴別琴臺④，莫不銜怨而心悲，聞猿而下淚⑤。人非新市，何處尋家？別異邯鄲，那應知路⑥。想鏡中看影，當不含啼；欄外將花，居然俱笑⑦。[2]分杯帳裏，却扇牀前。故是不思，何時能憶⑧？當學海神，逐潮風而來往⑨；勿如織女，待塡河而相見⑩。

【箋注】

①《顏氏家訓》曰：蘭陵蕭慤，梁上黃侯曄之子。工於篇什，常有《秋夜詩》云：芙蓉露下落，楊柳月中疏。時人未之賞也。吾愛其蕭散，宛然在目。潁川荀仲舉、琅邪諸葛漢，亦以爲爾。按：此知慤亦善屬文者也。昔陸機入洛，有代彥先之詞；何遜裁書，有爲衡山之札。才子詞人，自能揮翰。而夫妻致詞，間多代作。此亦感其燕婉之情，代傳別恨，可以葛襲無去者也。慤本梁朝宗室，疑江陵陷後，隨例入關。若非隔絕，即是俘擄。此書摹暫離之狀，寫永訣之情，茹恨吞悲，無所投訴，殆亦《江南賦》中臨江愁思之類也。
②干寶《搜神記》曰：漢時，有杜蘭香者，自稱南康人氏。以建業四年春，數詣張傳。傳年十七，望見其車在門外。婢通言：阿母所生，

---

footnote
[1] 蕭慤，字仁祖。梁宗室上黃侯通明之子。齊武定中，爲太子洗馬。後主時爲齊州錄事參軍，待詔文林館。
[2] 豔極韻極，恐被駕鴦妒矣。

遣授配君，可不敬從？傳先名，改碩。碩呼女前視，可十六七，說事
邈然久遠。有婢子二人，大者萱支，小者松支。鈿車青牛，上飲食皆
備。作詩。至其年八月旦，復來。作詩云云。出薯蕷子三枚，大如雞
子，云：食此，令君不畏風波，辟寒溫。碩食二枚，欲留一，不肯，
令碩食盡。言：本爲君作妻，情無曠遠，以年命未合，且小乖，太歲
東方卯，當還求君。蘭香降時，碩問：禱祀何如？香曰：消魔自可愈
疾，淫祀無益。香以藥爲消魔。按：《上黃侯書》是夫妻離別之辭，言
杜蘭香下嫁張碩，以八月旦至，是仙人導引，尚刻三秋之期也。

③梳，疑作疏。干寶《搜神記》曰：魏濟北從事掾弦超，字義起。以
嘉平中夜獨坐宿，夢有神女來從之。自稱天上玉女，東郡人，姓成公，
字智瓊。早失父母，天帝哀其孤苦，遣令下嫁從夫。夢三四夕。一旦
顯然來遊。自言年七十，視之如十五六。女車上有壺榼，青白瑠璃五
具，飲啗奇異，饌具醴酒，與超共飲，遂爲夫婦。經七八年，父母與
超取婦之後，分日而燕，分夕而寢，夜去晨來，倏忽若飛，惟超見之，
他人不見。雖居闇室，輒聞人聲，常見踪跡，然不視其形。後人怪問，
漏泄其事。玉女遂求去，云：我，神人也，雖與君交，不願人知。而
君性疎漏，我今本來已露，不復與君通。積年交結，恩義不輕，一旦
分別，豈不愴恨！贈詩一首，把臂告辭，涕泣流離，肅然升車，去若
飛迅。去後五年，超奉使至洛，到濟北魚山下陌上西行，遙望曲道頭
有一車馬似智瓊。驅馳至前，果是也。遂披帷相見，悲喜交切。同乘
至洛，遂爲室家，克復舊好。至太康中猶在，但不日日往來，每於三
月三日、五月五日、七月七日、九月九日、旦十五日輒下往來，經宿
而去。張茂先爲之作《神女賦》，言智瓊之踪跡將疎，猶期九月九日可
會也。按：智瓊與弦超刻期有：三月三日、五月五日、七月七日、九
月九日及旦十五日。此云九日，特舉其大略也。

④《豫章記》曰：雷煥子爽，爲建安從事。經淺瀨，劍忽於腰中躍出，
入水乃變爲龍，見二龍相隨而逝焉。按：劍雖有終合之論，然在豐城

得劍之後，孔章、茂先，各持其一，亦似別離時也。蔡邕《琴操》曰：
商陵牧子娶妻五年無子，父兄欲爲改娶，牧子援琴鼓之，歌別鶴以舒
其憤懣。故曰《別鶴操》。嵇康《琴賦》云：千里別鶴。陶潛詩曰：上
絃驚《別鶴》，下絃操《孤鸞》。《益州記》曰：司馬相如宅在州西筰橋
北百步許。李膺曰：市橋西二百步得相如舊宅，今梅安寺南有琴臺。
龍飛、鶴別，喻夫婦遠離也。

⑤《宜都記》曰：猿鳴三聲淚沾裳。已上言蘭香下嫁之日，尚有三秋可
期；智瓊求去之後，猶有九日可會。未有分兩龍於劍匣，別雙鶴於琴
絃，如今之悲淚也。

⑥《後漢書·郡國志》曰：江夏郡南新市侯國。有離鄉聚、綠林。《史
記·秦本紀》曰：昭襄王八年，使將芈戎攻楚，取新市。《注》云：
《晉帝紀》曰：江夏有新市。《漢書·張釋之傳》曰：上指視慎夫人新
豐道，曰：此邯鄲道也。張宴曰：慎夫人，邯鄲人也。言不能相見也。

⑦范泰《鸞鳥詩序》曰：昔罽賓王得鸞鳥，懸鏡以照之，鸞覩影而鳴，
一奮而絕。言彷彿相見之時也。

⑧《儀禮·昏禮》云：四爵合巹。鄭《注》云：巹，破瓢也。四爵、兩
巹凡六，爲夫婦各三酳。一升曰爵。《世說》曰：溫嶠娶姑女，既婚交
禮，女以手披紗扇，撫掌大笑曰：我嫌是老奴，果如所疑。何遜《看
新婦詩》曰：如何花燭夜，輕扇掩紅粧？後李商隱詩有《代董才卻
扇》，成婚之夕遂以卻扇爲名。有卻扇詩、催粧詩，言昔成婚之時，可
足思憶也。

⑨《神異經》曰：西海水上有人，乘白馬，朱髮、白衣、玄冠，從十二
童子，馳馬海上，如飛如風，名曰河伯使者。或時上岸，馬迹所及，
水至其處。所之之國，雨水滂沱。暮則還河。

⑩《淮南子》曰：烏鵲填河成橋而渡織女。按：海神織女二語，似上
黃世子夫婦南北隔絕之辭也。

召王貞書 [1]

楊暕 ①

　夫山藏美玉，光照廊廡之間②；地蘊神劍，氣浮星漢之表③。[2]是知毛遂穎脫，義感平原④；孫惠文詞，來遷東海⑤。顧循寡薄，有懷髦彥⑥。藉甚清風，爲日久矣⑦。未獲披覿，良深佇遲⑧。

　比高天流火，早應涼飆⑨；凌雲仙掌，方承清露⑩。想攝衞攸宜，與時休適⑪。前園後圃，從容邱壑之情⑫；左琴右書，蕭散煙霞之外⑬。茂陵謝病，非無《封禪》之文⑭；彭澤遺榮，先有《歸來》之作⑮。優游儒雅，何樂如之⑯？

　余屬當藩屏，宣條揚越⑰。坐棠聽訟，事絕詠歌⑱；攀桂摛詞，眷言高遯⑲。[3]至於揚旌北渚，飛蓋西園⑳，託乘乏應劉，置醴闕申穆㉑。背淮之賓，徒聞其語㉒；趨燕之客，罕值其人㉓。

　卿道冠鷹揚，聲高鳳舉㉔，儒墨泉海，詞章苑囿。棲遲衡泌，懷寶迷邦㉕，徇茲獨善，良以於邑㉖。今遣行人，具宣往意。側望起予，甚於飢渴。㉗想便輕舉，副此虛心㉘。無信投石之談，空慕鑿坏之逸㉙。[4]書不盡言，更慚詞費。

---

[1]　貞好學。善屬文。嘗舉秀才。授縣尉，謝病於家。暕爲齊王，鎮江東。聞其名，以書召之。
[2]　南北朝文至隋始大壞，初唐始復，亦時運使然爾。此書猶是六朝賸馥，取其疏宕磊落。宋人四六宗風，實開於此。
[3]　寫情如訴，流美不澀。
[4]　不甚斷削，然卻有勁氣。

【箋注】

①《北史》曰：齊王暕，字世朏。美容儀，疎眉目，少爲高祖所愛。開皇中，立爲豫章王，邑千戶。及長，頻涉經史，尤工騎射。初爲內史令。仁壽中，拜揚州，總管江淮以南諸軍事。煬帝即位，進封齊王。

②《尹文子》曰：魏田父有耕於野者，得玉徑尺，不知其玉也，以告鄰人。鄰人詐之曰：此怪石也，畜之弗利其家。田父雖疑，猶錄以歸，置於廡下。其玉光明一室。顏師古《漢書注》曰：廊，堂下周屋也。廡，門屋也。

③《玉篇》曰：蘊，蓄也。《晉書·張華傳》：初吳之未滅也，斗牛之間，嘗有紫氣，道術者皆以吳方強盛，未可圖也。及吳平之後，紫氣愈明。華聞豫章人雷煥妙達象緯，乃邀煥宿。登樓仰觀，華曰：是何祥也？煥曰：寶劍之精，上徹於天耳。華因問曰：在何郡？煥曰：在豫章豐城。華曰：欲屈君爲宰，密尋之。即補煥爲豐城令。煥到縣掘獄屋基，入地四丈餘，得一石函，光氣非常，中有雙劍，並刻題：一曰龍泉，一曰太阿。陰鏗《經豐城劍池詩》：清池自湛澹，神劍久遷移。

④《史記》：平原君曰：夫賢士之處世也，譬若錐之處囊中，其末立見。今先生處勝之門下，三年於此矣。左右未有所稱誦，勝未有所聞，是先生無所有也。先生不能，先生留。毛遂曰：臣乃今日請處囊中耳。使遂早得處囊中，乃脫穎而出，非特其末見而已。平原君竟與毛遂偕。

⑤《晉書》曰：孫惠，字德施，吳國富陽人。永寧初赴齊王冏義，討趙王倫。冏驕矜僭侈，惠諷以五難四不可，勸令歸藩。冏不納，辭疾去。冏果敗。成都王穎薦惠爲大將軍參軍，擅殺王穎牙門將梁儁，懼罪改姓名以遁。後東海王越舉兵下邳，惠乃詭稱南嶽逸士秦秘之，以書干越。越省書，榜道以求之。惠乃出見，越即以爲記室參軍，專掌文疏，豫參謀議。

⑥《十六國春秋》：慕容德笑謂羣臣曰：朕雖寡薄，恭己南面，在上不

驕，夕惕于位，可稱自古何等主也？毛萇《詩傳》曰：髦，俊也。

⑦《毛詩》曰：穆如清風。

⑧《說文》曰：從旁持曰披。覸，見也。佇，立貌。遲，待也。

⑨《毛詩》曰：莫高匪天。又曰，七月流火。《說文》曰：飆，扶搖風也，潘岳《在懷縣》詩：涼飆自遠集，輕襟隨風吹。

⑩《景福殿賦》曰：建凌雲之層盤，浚虞淵之靈沼。《漢書》曰：孝武又作柏梁桐柱承露仙人掌之屬矣。《西京賦》曰：立修莖之仙掌，承雲表之清露。

⑪梁簡文帝《與智琰法師書》曰：攝衞已久。

⑫《說文》曰：種菜曰圃。

⑬劉歆《遂初賦》曰：玩琴書以條暢。孔稚珪《褚伯玉碑》曰：泉石依情，煙霞在抱。

⑭《史記》曰：相如病免，家居茂陵。天子曰：相如病甚，可往取其書，若不然後失之矣。使所忠往，相如已死，家無遺書。問其妻。對曰：長卿未嘗有書也，時時著書，人又取去。長卿未死時爲一卷書，曰：有使來求書，奏之。其遺札書言封禪事，所忠奏焉。天子異之。

⑮《晉書》曰：陶潛爲彭澤令，義熙二年，解印去縣，乃賦《歸去來辭》也。

⑯《毛詩》曰：優游爾休矣。又曰：慎爾優游。

⑰《易林》曰：藩屏輔弼，福祿來同。《戰國策》：蔡澤曰：吳起南攻揚越，北并陳蔡。

⑱鄭玄《毛詩·甘棠箋》曰：召伯聽訟，不重煩百姓，止舍小棠之下而聽斷焉。國人被其德，說其化，思其人，敬其樹。

⑲淮南王劉安《招隱士》曰：攀援桂枝兮聊淹留。

⑳魏文帝《與吳質書》曰：時駕言出遊，北遵河曲。曹植《公讌詩》曰：清夜遊西園，飛蓋相追隨。

㉑《說苑》曰：游江海者託於舟，致遠道者託於乘，欲霸王者託於賢。

魏文帝《與朝歌令吳質書》曰：從者鳴笳以啓路，文學託乘於後車。又《與吳質書》曰：徐、陳、應、劉，一時俱逝。案：謂徐幹、陳琳、應瑒、劉楨。《漢書》曰：楚元王敬禮申公等，穆生不耆酒，元王每置酒，常爲穆生設醴。及王戊即位，常設。後忘設焉，穆生退曰：可以逝矣。醴酒不設，王之意怠，不去，楚人將鉗我於市。稱疾臥。申公、白生強起之曰：獨不念先王之德與？今王一旦失小禮，何足至此？穆生曰：君子見幾而作，不俟終日，先王之所以禮吾三人者，爲道之存故也。今而忽之，是忘道也。忘道之人，胡可與久處？豈爲區區之禮哉！遂謝病去。申公、白生獨留。

㉒鄒陽《上吳王書》曰：臣所以立數王之朝，背淮千里而自致者，非惡臣國而樂吳民也。

㉓《史記》：郭隗曰：王必欲致士，先從隗始，況賢於隗者，豈遠千里哉！於是昭王爲隗改築宮而師事之。樂毅自魏往，鄒衍自齊往，劇辛自趙往，士爭趨燕。

㉔《毛詩》曰：維師尚父，時維鷹揚。劉歆《甘泉賦》曰：迴天門而鳳舉，躡黃帝之明庭。陸機《連珠》曰：金碧之巖，必辱鳳舉之使。

㉕《毛詩》曰：衡門之下，可以棲遲，泌水洋洋，可以樂饑。《論語》曰：懷其寶而迷其邦。

㉖《孟子》曰：窮則獨善其身。於邑，氣逆結不下也。《楚辭》曰：氣於邑而不可止。

㉗《論語》：子曰：起予者商也。《孔叢子》：子思謂魯穆公曰：君若飢渴待賢。

㉘《楚辭》曰：願輕舉而遠遊。《老子》曰：聖人虛其心而實其腹。

㉙李康《運命論》曰：張良受黃石之符，誦《三略》之說，以遊於羣雄，其言也如以水投石，莫之受也。及其遭漢祖，其言也如以石投水，莫之逆也。《淮南子》曰：顏闔，魯君欲相之而不肯，使人以幣先焉，鑿坯而遯之。

六朝文絜箋注卷八
移文

北山移文

孔稚珪 ①

李善注

　　鍾山之英[1]，草堂之靈 ②。馳煙驛路，勒移山庭。夫以耿介拔俗之標，蕭灑出塵之想 ③。度白雪以方絜，干青雲而直上。吾方知之矣 ④。[2]若其亭亭物表，皎皎霞外，芥千金而不盼，屣萬乘其如脫 ⑤，聞鳳吹於洛浦，值薪歌於延瀨，固亦有焉 ⑥。豈期終始參差，蒼黃翻覆。淚翟子之悲，慟朱公之哭 ⑦。乍迴迹以心染，或先貞而後黷。何其謬哉 ⑧！嗚呼！尚生不存，仲氏既往，山阿寂寥，千載誰賞 ⑨？

　　世有周子，儁俗之士 ⑩，既文既博，亦玄亦史。然而學遁東魯，習隱南郭 ⑪。偶吹草堂，濫巾北岳 ⑫。誘我松桂，欺我雲壑。[3]雖假容於江皋，乃攖情於好爵 ⑬。其始至也，將欲排巢父，拉許由，傲百氏，蔑王侯。風情張日，霜氣橫秋。[4]或歎幽人長往，或怨王孫不游 ⑭。談空空於釋部，覈玄玄於道流 ⑮。務光何

---

[1]　鍾山在今江寧府東北，其先周彥倫隱此。後應詔出爲海鹽令。秩滿入京，欲卻過此山。孔乃假山靈意移之，使不得再至。

[2]　此六朝中極雕繪之作。鍊格鍊詞，語語精鬭。其妙處尤在數虛字旋轉得法。當與徐孝穆《玉臺新詠序》並爲唐人軌範。

[3]　造語精鬬，卻無一字拾人牙慧。

[4]　將高潔一層，極意形容。下半轉入正面，愈顯得齟齬矣。

足比，涓子不能儔⑯。[5][6]

　　及其鳴騶入谷，鶴書赴隴⑰。形馳魄散，志變神動。爾乃眉軒席次，袂聳筵上。焚芰製而裂荷衣，抗塵容而走俗狀⑱。風雲悽其帶憤，石泉咽而下愴。望林巒而有失，顧草木而如喪。[7]至其鈕金章，綰墨綬⑲。跨屬城之雄，冠百里之首⑳。張英風於海甸，馳妙譽於浙右㉑。[8]道帙長擯，法筵久埋。敲扑諠囂犯其慮，牒訴倥傯裝其懷㉒。《琴歌》既斷，《酒賦》無續㉓。常綢繆於結課，每紛紜於折獄㉔。籠張趙於往圖，架卓魯於前籙㉕。希蹤三輔豪，馳聲九州牧㉖。使我高霞孤映，明月獨舉㉗。青松落陰，白雲誰侶？[9]澗戶摧絕無與歸㉘，石逕荒涼徒延佇。至於還飆入幕，寫霧出楹，蕙帳空兮夜鶴怨㉙，山人去兮曉猨驚。昔聞投簪逸海岸，今見解蘭縛塵纓㉚。於是南岳獻嘲，北隴騰笑。列壑爭譏，攢峰竦誚㉛。慨游子之我欺，悲無人以赴弔㉛。[10]故其林慚無盡，澗媿不歇，秋桂遣風，春蘿罷月㉜。騁西山之逸議，馳東皋之素謁㉝。

　　今又促裝下邑，浪栧上京㉞。雖情殷於魏闕，或假步於山扃㉟。[11]豈可使芳杜厚顏，薜荔蒙恥㊱，碧嶺再辱，丹崖重滓，塵游躅於蕙路，汙淥池以洗耳㊲？[12]宜扃岫幌，掩雲關，斂輕

[5]　此段應先貞二字。
[6]　此下應後賢二字。
[7]　瑰邁奇古，真是精絕。
[8]　說得何等烜赫，仍是可憐。
[9]　王介甫喜誦此四語，以爲奇絕。可謂先得我心。
[10]　寫所以勒移之故，字字入人肺腑。我聞此語心骨悲。
[11]　勒移正面。
[12]　處處總不脫山靈。骨勁氣完，刻鏤盡態矣。

霧，藏鳴湍，截來轅於谷口，杜妄轡於郊端。於是叢條瞋膽，
疊穎怒魄。或飛柯以折輪，乍低枝而埽迹。[13]請迴俗士駕，爲
君謝逋客⑧。

【箋注】

①蕭子顯《齊書》曰：孔穉珪，字德璋，會稽人也。少涉學，有美譽。
舉秀才，解褐宋安成王車騎法曹行參軍。稍遷至太子詹事，卒。

②梁簡文帝《草堂傳》曰：汝南周顒，昔經在蜀，以蜀草堂寺林壑可
懷，乃於鍾嶺雷次宗學館立寺，因名草堂，亦號山茨。

③《楚辭》曰：獨耿介而不隨。孫盛《晉陽秋》曰：呂安志量開廣，
有拔俗風氣。《莊子》曰：孔子彷徨塵垢之外，逍遙無爲之業。

④雪，一作雲。雲，一作霄。《孟子》曰：白雪之白也，猶白玉之白
也。長卿《子虛賦》曰：上干青雲。

⑤《爾雅》曰：芥，草也。《史記》曰：秦軍引去。平原君乃置酒。酒
酣，起前，以千金爲魯連壽。魯連笑曰：所貴於天下之士者，爲人排
患、釋難、解紛而不取也；即有取者，是商賈之事，而連不忍爲也。
遂辭平原君而去。《淮南子》曰：堯年衰志閔，舉天下而傳之舜，猶
卻行而脫屣也。許慎曰：言其易也。劉熙《孟子注》曰：屣，草履，
可履。

⑥《列仙傳》曰：王子喬，周靈王太子晉也。好吹笙，作鳳鳴，遊伊
雒之間。補孫志祖曰：呂向《注》：蘇門先生游於延瀨，見一人採薪，
謂之曰：子以終此乎？採薪人曰：吾聞聖人無懷，以道德爲心，何怪
乎而爲哀也！遂爲歌二章而去。又案：延瀨疑指延陵季子取遺金事。
《論衡·書虛篇》云：披裘而薪，與此薪歌合。《韓詩外傳》則以爲牧

---

[13] 險語破鬼膽。

者，蓋傳聞異詞也。至呂《注》所引蘇門先生事，不詳出何書。

⑦終始參差，歧路也。蒼黃翻覆，素絲也。翟，墨翟也。朱，楊朱也。《淮南子》曰：楊子見歧路而哭之，爲其可以南可以北；墨子見練絲而泣之，爲其可以黃可以黑。高誘曰：閔其別與化也。

⑧《蒼頡篇》曰：釁，垢也。

⑨范曄《後漢書》曰：尚子平隱居不仕，性尚中和，好通《老》《易》。又曰：仲長統，字公理，山陽人也。性俶儻，默語無常。每州郡命召，輒稱疾不就。

⑩蕭子顯《齊書》曰：周顒，字彥倫，汝南人也。釋褐海陵國侍郎，元徽中，出爲剡令。建元中，爲長沙王後軍參軍山陰令，稍遷國子博士。卒於官。

⑪《莊子》曰：魯君聞顏闔得道人也，使人以幣先焉。顏闔守陋閭。使者至曰：此顏闔之家與？顏闔對曰：此闔之家。使者致幣。顏闔對曰：恐聽謬而遺使者罪，不若審之。使者反審之，復來求之，則不得矣。又曰：南郭子綦隱机而坐，仰天嗒然似喪其偶。郭象曰：嗒焉解體，若失其配匹也。嗒，土合切。

⑫偶，一本作竊。偶吹，即齊竽也。偶，匹對之名。巾，隱者之飾。《東觀漢記》曰：江革專心養母，幅巾屣屬。

⑬攖，嬰本字，一作纓，誤。《楚辭》曰：朝馳騖兮江皋。《周易》曰：我有好爵，吾與爾縻之。

⑭《周易》曰：幽人貞吉。《西征賦》曰：愾山潛之逸士，悼長往而不反。《楚辭》曰：王孫遊兮不歸，春草生兮萋萋。

⑮蕭子顯《齊書》曰：顒汎涉百家，長於佛理，著《三宗論》，兼善《老》《易》。釋部，內典也。《漢書》曰：道家流者，出於史官，歷記成敗、存亡、禍福、古今之道也。

⑯《列仙傳》曰：務光者，夏時人也。耳長七寸。好琴，服蒲韭根。殷湯伐桀，因光而謀。光曰：非吾事也。湯得天下，已而讓光，光遂負

石沈竅水而自匿。《列仙傳》曰：涓子者，齊人也。好餌術，隱於宕山，能風。

⑰如淳《漢書注》曰：駏馬以給驛使乘之。臧榮緒《晉書》曰：駏六人。蕭子良《古今篆隸文體》曰：鶴頭書與偃波書俱詔板所用，在漢則謂之尺一簡，髣髴鶴頭，故有其稱。

⑱《楚辭》曰：製芰荷以爲衣，集芙蓉而爲裳。王逸曰：製，裁也。

⑲金章，銅印也。《漢書》曰：萬戶以上爲令，秩千石至六百石。又曰：秩六百石以上，皆銅印墨綬。

⑳蔡邕《陳留太守行縣頌》曰：府君勸耕桑于屬縣。《漢書》曰：縣，大率百里。

㉑阮籍《詠懷詩》曰：英風截雲霓。《字書》曰：江水東至會稽山陰爲浙右。

㉒擯，一作殯。《過秦論》曰：執敲扑以鞭笞天下。《楚辭》曰：悲余生之無歡兮，愁倥偬於山陸。王逸曰：倥偬，困苦也。

㉓《董仲舒集》：《七言琴歌》二首。《西京雜記》：鄒陽《酒賦》。

㉔紜，一作綸。《廣雅》曰：課，第也，然今考第爲課也。《尚書》：王曰：哀敬折獄，明啓刑書。

㉕何校，錄改錄。《漢書》曰：張敞，字子高，稍遷至山陽太守。又曰：趙廣漢，字子都，涿郡人也。爲陽翟令，以化行尤異，遷京輔都尉。范曄《後漢書》曰：卓茂，字子康，南陽人也。遷密令，視人如子，吏人親愛而不忍欺。又曰：魯恭，字仲康，扶風人也。拜中牟令，螟傷稼，犬牙緣界，不入中牟。

㉖《漢書》曰：內史，武帝更名京兆尹，左內史更名左馮翊，主爵中尉更名右扶風，是爲三輔。《左氏傳》：王孫滿曰：夏之方有德也，貢金九牧。杜預曰：九州之牧貢金也。

㉗成公綏《鷹賦》曰：陵高霞而輕舉。

㉘澗，一作磵。戶，一作石。

㉙鶴，一作鵠。

㉚投簪，疏廣也，東海人，故曰海岸也。摯虞《徵士胡昭贊》曰：投簪卷帶，韜聲匿跡。蘭，蘭佩也。

㉛《禮記》曰：凡訃於其君之臣，曰某死。鄭玄曰：訃，或作赴，赴，至也。

㉜遣，一作遺。

㉝馳、騁，猶宣布也。逸議，隱逸之議也。素謁，貧素之謁也。《史記》：伯夷叔齊詩曰：登彼西山兮，採其薇矣。阮籍《奏記》曰：將耕東皋之陽。《稚珪集》：《誂張長史詩》曰：同貧清風館，共素白雲室。杜預《左氏傳注》曰：謁，告也，謂告語於人，亦談議之流。

㉞《楚辭》曰：漁父鼓枻而去。王逸曰：叩船舷也。浪，猶鼓也。韋昭《漢書注》曰：枻，楫也。

㉟殷，一作投。《呂氏春秋》曰：中山公子牟謂詹子曰：身在江海之上，心居魏闕之下。高誘曰：魏闕，象魏也。《說文》曰：扃，外閉之關也。

㊱蒙，圓沙本無改蒙。《書》曰：鬱陶乎余心！顏厚有忸怩。

㊲皇甫謐《高士傳》曰：巢父聞許由爲堯所讓也，以爲汙，乃臨池而洗耳。

㊳孔安國《尚書傳》曰：逋，亡也。晉灼《漢書注》曰：以辭相告曰謝。

序

玉臺新詠 [1] 序①

徐陵② [2]

吳兆宜注③

淩雲概日，由余之所未窺④；萬戶千門，張衡之所曾賦⑤。周王璧臺之上⑥，漢帝金屋之中⑦，玉樹以珊瑚作枝，珠簾以玳瑁爲柙⑧。其中有麗人焉。[3]

其人也，五陵豪族⑨，充選掖庭⑩；四姓良家⑪，馳名永巷⑫。亦有穎川新市⑬，河閒觀津⑭。本號嬌娥⑮，曾名巧笑⑯。楚王宮內，無不推其細腰⑰；魏國佳人，俱言訝其纖手⑱。閱《詩》敦《禮》⑲，非直東鄰之自媒⑳；婉約風流，無異西施之被教㉑。弟兄協律，自小學歌㉒；少長河陽，由來能舞㉓。琵琶新曲，無待石崇㉔；箜篌雜引，非因曹植㉕。傳鼓瑟於楊家㉖，得吹簫於秦女㉗。

至若寵聞長樂，陳后知而不平㉘；畫出天仙，閼氏覽而遙妒㉙。且如東鄰巧笑，來侍寢於更衣㉚；西子微矉，將橫陳於甲

---

[1] 是書所錄爲梁以前詩，凡五言八卷，七言一卷，五言二韻一卷。雖皆綺麗之作，尚不失溫柔敦厚之旨，未可概以淫豔斥之。或以爲選錄多閨閣之詩，則是未睹本書而妄爲擬議者矣。

[2] 駢語至徐庾，五色相宣，八音迭奏，可謂六朝之渤澥，唐代之津梁。而是篇尤爲聲偶兼到之作，鍊格鍊詞，綺綰繡錯，幾於赤城千里霞矣。

[3] 名妃淑媛，聲妓草妾。搜奇抉奧，了了若數指上螺蚊。

帳㉛。陪遊馺娑，騁纖腰於結風㉜；長樂鴛鴦，奏新聲於度曲㉝。
妝鳴蟬之薄鬢㉞，照墮馬之垂鬟㉟。反插金鈿㊱，橫抽寶樹㊲。
南都石黛㊳，最發雙蛾㊴；北地燕脂㊵，偏開兩靨㊶。[4]

亦有嶺上僮童，分丸魏帝㊷；腰中寶鳳，授曆軒轅㊸。金
星與婺女爭華，麝月共嫦娥競爽㊹。驚鸞冶袖，時飄韓掾之
香㊺；飛燕長裾，宜結陳王之佩㊻。[5]雖非圖畫，入甘泉而不
分㊼；言異神仙，戲陽臺而無別㊽。真可謂傾國傾城㊾，無對無
雙者也㊿。[6]

加以天情開朗[51]，逸思彫華，妙解文章，尤工詩賦。琉璃
硯匣，終日隨身[52]；翡翠筆牀，無時離手[53]。[7]清文滿篋，非惟
芍藥之花[54]；新製連篇，寧止蒲萄之樹[55]。九日登高，時有緣情
之作；萬年公主，非無誄德之辭[56]。其佳麗也如彼，其才情也
如此。

既而椒房宛轉[57]，柘館陰岑[58]。絳鶴晨嚴[59]，銅蠡晝靜[60]。
三星未夕，不事懷衾[61]；五日猶賒，誰能理曲[62]？優游少託[63]，
寂莫多閒[64]，厭長樂之疎鐘[65]，勞中宮之緩箭[66]。輕身無力，怯
南陽之擣衣[67]；生長深宮，笑扶風之織錦[68]。雖復投壺玉女[69]，
爲歡盡於百驍[70]；爭博齊姬[71]，心賞窮於六箸[72]。無怡神於暇景，
惟屬意於新詩。可得代彼萱蘇，微蠲愁疾[73]。[8]

---

[4] 黛痕欲滴，脂暈微烘，如汰膩妝而出覿面。
[5] 態冶思柔，香濃骨豔。飄飄乎恐留僊裙捉不住矣。
[6] 自五陵豪族至此，總爲佳麗。如彼一語極意形容。
[7] 拭硯抽毫，駢花儷葉。有才如此，那得不令人美極妬生妒邪。
[8] 叙作詩之由。靈折不窮。

　　但往世名篇，當今巧製，分諸麟閣⑭，散在鴻都⑮。不藉篇章⑯，無由披覽。於是然脂暝寫⑰，弄墨晨書⑱，撰錄豔歌⑲，凡爲十卷。曾無參於《雅》《頌》，亦靡濫於風人，涇渭之閒，若斯而已⑳。

　　於是麗以金箱㉑，裝之寶軸㉒。三臺妙迹㉓，龍伸蠖屈之書㉔；五色花牋，河北膠東之紙㉕。高樓紅粉㉖，仍定魯魚之文㉗；辟惡生香㉘，聊防羽陵之蠹㉙。[9]《靈飛》《六甲》，高擅玉函㉚；《鴻烈》仙方，長推丹枕㉛。

　　至如青牛帳裏㉜，餘曲未終；朱鳥窗前㉝，新妝已竟。[10]方當開茲縹帙㉞，散此縚繩㉟，永對玩於書帷㊱，長循環於纖手。[11]豈如鄧學《春秋》，儒者之功難習㊲；竇傳《黃》《老》，金丹之術不成㊳。固勝西蜀豪家，託情窮於《魯殿》㊴。東儲甲觀，流詠止於《洞簫》㊵。孌彼諸姬㊶，聊同棄日㊷。猗與彤管㊸，麗矣香奩㊹！

【箋注】

①晉陸機《塘上行》：發藻玉臺下。《注》：玉臺以喻婦人之貞。

②《南史》曰：徐陵，字孝穆，東海剡人也。八歲能屬文，十二通《老》《莊》義。既長，博涉史籍，縱橫有口辯，父摛爲晉安王諮議。王立爲皇太子，東宮置學士，陵充其選。陳受禪，加散騎常侍，領大著作。文、檄、詔、誥皆陵所製，爲一代文宗。每講筵商教，四座莫

[9] 紙醉金迷，鮮華朗映。唐人惟王子安有此雕飾。
[10] 蓁儼入骨。
[11] 當令西子南威，滌几奉席；安得青琴絳樹，拂卷抽紬。

與之抗。目有清晴，時人以爲聰慧之相也。遷至左光祿大夫。至德元年卒，時年七十七。

③依原本附錄顧樵、徐炯、徐樹穀、樹屏、樹聲、樹本、張尙瑗諸家注。

④《海錄碎事》曰：淩雲臺，魏文帝黃初二年築。又曰：燕昭王好神仙，仙人甘需與王登握日之臺。《史記·秦本紀》：戎王使由余來聘，穆公示以宮室，引之登三休之臺。**樵**《周書》：武帝既滅北齊，詔曰：僞齊或穿池運石，爲山學海；或層台累構，概日淩雲。

⑤張平子《西京賦》曰：閌庭詭異，門千戶萬。

⑥《穆天子傳》：盛姬，盛柏之子也。天子賜之上姬之長，是曰盛門。天子乃爲之臺，是曰重璧之臺。

⑦《漢武故事》：帝爲膠東王，年數歲。長公主問曰：兒欲得婦否？曰：欲得。指阿嬌：好否？帝曰：若得阿嬌，當作金屋貯之。

⑧柙，一作匣。《漢武故事》：上起神屋於前庭，植玉樹，以珊瑚爲枝，碧玉爲葉，花子青赤，以珠玉爲之，空其中如小鈴，鎗鎗有聲。又以白珠爲簾，玳瑁柙之。

⑨《西都賦注》：高、惠、景、武、昭帝五陵在北，士人多宅於此。

⑩《後漢書·皇后紀論》：漢法：常因八月筭人，遣中大夫與掖庭丞及相工於洛陽鄉中閱視良家童女，年十三以上，二十以下，姿色端麗，合法相者，載還後宮。

⑪《北史》：魏文帝宏，雅重門族，范陽盧敏、清河崔宗伯、滎陽鄭羲、太原王瓊四姓，衣冠所推，咸納其女，以充後宮。**樵**後漢明帝時，外戚樊氏、郭氏、陰氏、馬氏，是爲四姓小侯，非列侯，故曰小侯。

⑫《史記·范睢傳》：睢見昭王，佯爲不知永巷而入其中。《正義》曰：永巷，宮中獄名也，宮中有長巷，故名焉。後改名掖庭。

⑬《晉書》：明穆庾皇后，穎川鄢陵人。后美姿儀。《後漢書》：光烈陰皇后，南陽新野人。帝常歎曰：娶妻當得陰麗華。**補**《後漢書·光

武帝紀》：伯升招新市平林兵。《注》曰：新市縣屬江夏郡，故城在今
郢州。張正見詩：調鷹向新市，彈雀往睢陽。

⑭閒，一作澗。《三輔黃圖》：《列仙傳》曰：鈎弋夫人，姓趙氏，河
間人。右手鈎卷，姿色佳麗。武帝反其手，得玉鈎而手展。《漢書·外
戚傳》：孝文竇皇后，家在清河。親早卒，葬觀津。師古曰：觀津清
河之縣也。

⑮左思《嬌女詩》：左家有嬌女，皎皎頗白晳。補揚子《方言》：秦謂
好曰娥。

⑯《中華古今注》：段巧笑，魏文帝宮人，始作紫粉拂面。

⑰《後漢書·馬廖傳》：楚王好細腰，宮中多餓死。

⑱《毛詩·魏風》：摻摻女手，可以縫裳。補毛萇《傳》曰：摻摻，猶
纖纖也。

⑲閱，一作說。敦，一作明。

⑳宋玉《登徒子好色賦》：臣東家之子，嫣然一笑，惑陽城，迷下蔡。
然此女登牆，闚臣三年，至今未許也。樵司馬相如《美人賦》：臣之
東鄰，有一女子，雲髮豐豔，蛾眉皓齒。欲留臣而共止，登垣而望臣，
三年於茲矣。臣棄而不許。

㉑《越絕書》：美人宮周五百九十步，陸門二，水門一。今北壇利里丘
土城，句踐所習教美女西施、鄭旦宮臺也。女出於苧蘿山。

㉒自，一作生。《漢書·外戚傳》：孝武李夫人本以倡進。初，夫人兄
延年性知音，善歌舞，武帝愛之。每爲新聲變曲，聞者莫不感動。平
陽主因言：延年有女弟。上乃召見之，實妙麗善舞，由是得幸。以延
年爲協律都尉。

㉓《漢書·五行志》：成帝微行出遊，常與富平侯張放俱，稱富平侯家
人，過河陽主作樂，見舞者趙飛燕而幸之。

㉔晉石崇《王明君辭序》：昔公主嫁烏孫，令琵琶馬上作樂，以慰其
道路之思，其送明君亦爾也，其造新曲，多哀怨之聲，故序之。

㉕因，一作關。箜篌，一名坎侯。《漢書》：孝武皇帝禱祠太乙后土，始用樂人侯調依琴作坎坎之樂。言其坎坎應節奏也。侯，以姓冠章耳。或云空侯，取其空中，琴瑟皆空，何獨坎侯邪！斯是論也。《詩》云：坎坎伐鼓，是其文也。樂府有曹植《箜篌引》。

㉖《漢書·楊惲傳》：惲報孫會宗書曰：家本秦也，能爲秦聲。婦，趙女也，雅善鼓瑟。

㉗《列仙傳》：蕭史者，秦穆公時人。善吹簫，能致孔雀、白鶴。穆公女弄玉好之，公乃妻焉。共隨鳳去。

㉘《漢武故事》：建章、長樂宮輦道相屬，懸棟飛閣，不由徑路。穀《漢書》：衞子夫爲平陽主謳者。帝祓霸上，還過平陽主。既飲，謳者進。帝獨悅子夫。帝起更衣，子夫侍尚衣軒中，得幸。還坐驩甚。主因奏子夫送入宮。陳皇后聞子夫得幸，幾死者數焉。後遂立爲皇后。

㉙桓譚《新論》：陳平爲高帝解平城之圍，言漢有好麗美女，爲道其容貌天下無雙，急以進單于。單于見此，必大愛之。愛之則閼氏日以遠疏。不如及其未到，令漢得脫去，去亦不持女來矣。閼氏婦女有妒媢之性，必憎惡而事去之。

㉚注見上。

㉛《莊子》：師金曰：西施病心而矉。其里之醜人見而美之，歸亦捧心而矉。其里之富人見之，堅閉門而不出；貧人見之，挈妻子而去之走。司馬相如《好色賦》：花容自獻，玉體橫陳。《漢武故事》：以琉璃、珠玉，明月、夜光，雜錯天下珍寶爲甲帳，其次爲乙帳。甲以居神，乙以自御。

㉜《關中記》：建章宮中有馺娑殿。《拾遺記》：每輕風至，飛燕欲隨風入水，帝以翠纓結飛燕之裾。穀傅毅《舞賦序》：激楚結風，陽阿之舞。

㉝《飛燕外傳》：帝居鴛鴦殿便房，省帝簿嬺上。簿嬺因進言：飛燕有女弟合德，美容體性，純粹可信，不與飛燕比。

㉞《中華古今注》：魏文帝宮人，絕所愛者有莫瓊樹，始制爲蟬鬢，望之縹緲如蟬翼，故曰蟬鬢。

㉟墮，一作墜。《後漢書·梁冀傳》：冀妻孫壽，色美而善爲妖態，作愁眉啼妝、墮馬髻、折腰步、齲齒笑以爲媚惑。

㊱龍輔《女紅餘志》：魏文帝陳巧笑，挽髻別無首飾，惟用圓頂金簪一隻插之。文帝曰曰：玄雲黯靄兮金星出。吳均詩：蓮花銜青雀，寶粟鈿金蟲。

㊲《後漢書·輿服志》：皇后步搖以黃金爲山題，貫白珠爲桂枝相繆，一爵九華。

㊳《梁書》：天監中，詔宮中作白妝青黛眉。樵《留青日記》：廣東始興縣溪中石墨，婦女取以畫眉，名畫眉石。

㊴《古今注》：魏宮人好畫長眉，令作蛾眉驚鶴髻。

㊵《古今注》：紂以紅藍花汁凝作燕脂，以燕國所生，故曰燕脂，塗之作桃花妝。

㊶曹植《洛神賦》：靨輔承權。《注》：靨，笑靨。權，頰也。

㊷《顏脩内傳》：喬順二子，師事仙人於樓霞谷，服飛龍藥一丸，千年不饑。故魏文帝詩曰：西山一何高，高高殊無極。上有兩仙童，不飲亦不食。與我一丸藥，光耀有五色。服藥四五日，身輕生羽翼。

㊸《漢書·律曆志》：黃帝使冷綸取竹嶰谷，制十二筩以聽鳳之鳴。其雄鳴六，雌鳴亦六，以比黃鍾之宮。樵《漢書注》：鳳鳥氏爲曆正。軒轅黃帝受河圖作甲子，歲紀甲寅，日紀甲子。

㊹顧野王詩：妝罷金星出。晉杜預曰：婺女爲已嫁之女，織女爲處女。梁簡文帝詩：約黃能效月，裁金巧作星。張正見《豔歌行》：裁金作小靨，散麝起微黃。《酉陽雜俎》：近代妝尚靨，如射月，曰黃星靨。靨，鈿之名。蓋自孫吳鄧夫人也。王充《論衡》：羿請不死藥於西王母，羿妻嫦娥竊以奔月。樵《史記注》：婺女四星，天少府也，主布帛、裁製、嫁娶。

㊺《北堂書鈔》：袁宏賦云：舞迴鸞以紆袖。《世說》：韓壽美姿容，賈充辟以爲掾。充女於青瑣中見壽，悅之，與之通。充見女盛自拂拭，又聞壽有異香之氣，是外國所貢，一著人衣，歷月不歇，充疑壽與女通，取左右婢考問之。婢以狀言。充祕之，以女妻壽。

㊻《西京雜記》：趙飛燕立爲皇后，其弟合德上遺織成裾。陳思王植《洛神賦》：願誠素之先達兮，解玉佩以要之。

㊼《漢書・外戚傳》：李夫人少而早卒，武帝憐憫焉，圖畫其形於甘泉宮。

㊽宋玉《高唐賦》：昔者先王嘗遊高唐，怠而晝寢。夢見一婦人曰：妾巫山之女也。爲高唐之客。聞君遊高唐，願薦枕席。王因幸之。去而辭曰：妾在巫山之陽，高丘之岨，旦爲朝雲，暮爲行雨，朝朝暮暮，陽臺之下。

㊾漢《李延年歌》：傾城復傾國，佳人難再得。

㊿《古詩爲焦仲卿妻作》：精妙世無雙。

(51)情，一作晴。

(52)陸雲《與兄平原書》：常案行並視曹公器物，書刀五枚，琉璃筆一枝。

(53)《藝文類聚》：傅玄曰：漢末一筆之匣，綴以隋珠，文以翡翠。《樹萱錄》：梁簡文製筆牀，以四管爲一牀。補《東宮舊事》：皇太子初拜，給漆筆四枝，銅博山筆牀一副。

(54)傅統妻《芍藥花頌》：曄曄芍藥，植此前庭。晨潤甘露，晝晞陽靈。梁武帝《宛轉歌》：欲題芍藥詩不成。

(55)未詳。

(56)誄，一作累。魏文帝《與鍾繇九日送菊書》：九爲陽數，而日月並應。俗嘉其名，以爲宜於長久，故以享宴高會。陸機《文賦》：詩緣情而綺靡。《晉書》：武帝左貴嬪，諱芬，思之妹也。少好學，善綴文，名亞於思。常作《菊花頌》曰：英英麗質，稟氣靈和。春茂翠葉，秋耀金華。及帝女萬年公主薨，帝痛悼不已，詔芬爲誄。

⑤房，一作宮。《漢官儀》：皇后所居殿曰椒房。以椒和泥塗壁，故名。溫暖而香，辟除惡氣，又取蕃實之義。

⑧《漢書》：班婕妤賦：痛陽祿與柘館兮，仍襁褓而離災。㉺《三輔黃圖》：柘觀在上林苑。

⑤鶴，一作劍。《江總集·爲陳六宮謝表》：鶴籥晨啓。

⑥未詳。按：《孟子》：以追蠡。漢趙歧《注》：禹時鍾在者追蠡也。追，鐘鈕也。鈕磨齧處深矣。蠡，欲絕之貌也。

⑥《詩》：嘒彼小星，三五在東。又：抱衾與裯。

⑥《初學記》：漢律：吏五日得一休沐。言休息以洗沐也。㉺枚乘詩：當戶理清曲。㉺《詩》：五日爲期。

⑥《古逸詩》孔子《去魯歌》曰：蓋優哉遊哉！聊以卒歲。

⑥《漢書·揚雄傳》：京師爲之語曰：惟寂寞，自投閣。

⑥《漢官儀》：帝祖母稱長信宮，帝母稱長樂宮，皇后稱長秋宮。《三輔黃圖》：鐘室在長樂中。

⑥中宮，一作宮中。司馬彪《續漢書》曰：孔壺爲漏，浮箭爲刻。下漏數刻，以考中星，昏明生焉。

⑥庾仲雍《荊州記》：秭歸縣有屈原宅、女嬃廟，擣衣石猶存。㉺古詩：閨中有一婦，擣衣寄遠人。

⑥臧榮緒《晉書》：竇滔妻蘇氏善屬文。苻堅時，滔爲秦州刺史，被徙流沙。蘇氏思之，織錦爲迴文詩寄滔。循環宛轉以讀之，辭甚悽惋。

⑥《神異經》：東王公與玉女投壺，梟而脫誤不接者，天爲之笑。

⑦驍，一作嬌。《西京雜記》：郭舍人善投壺，以竹爲矢，激矢令還，一矢百餘反，謂之爲驍。

⑦未詳。按：《晉書·胡貴嬪傳》：貴嬪諱芳，奮之女也。武帝嘗與樗蒲，爭矢，遂傷上指。帝怒曰：此固將種也。

⑦《楚辭》曰：琨蔽象棋有六博。王逸《注》云：投六箸，行六棋，

故云六博。鮑宏《博經》：用十二棋，六棋白，六棋黑。所擲頭謂之瓊。瓊有五采：刻爲一畫者謂之塞，刻爲兩畫者謂之白，刻爲三畫者謂之黑，一邊不刻者五塞之間，謂之五塞。聲《國策》：蘇秦說秦王曰：臨淄甚富而實，其民無不鬬雞、走狗，六博、蹋鞠。《說文》博作簙，局戲也，六箸十二棋，烏胄所作。

(73)魏王朗《與魏太子書》：萱草忘憂，罣蘇釋勞，無以加也。

(74)諸，一作封。《三輔黃圖》：麒麟閣在未央宮左，漢蕭何建，以藏祕書。

(75)《後漢書·蔡邕傳》：邕對曰：鴻都篇賦之文可且消息，以示惟憂。樵《後漢書》：元和元年，置鴻都門學士。

(76)藉，一作務。篇，一作連。

(77)《魏志·劉馥傳》：夜然脂照城外樹。《提伽經》：庶人然脂，諸侯然蜜，天子然漆。

(78)墨，一作筆。

(79)撰，一作選。

(80)《三秦記》：涇水出開頭山，至高陵縣而入渭，與渭水合流，三百里清濁不相雜。

(81)箱，一本作繩。《北史》：齊衡陽王鈞嘗手自細書五經，置巾箱中。

(82)隋《牛弘集·請開獻書表》：劉裕平姚，收其圖籍，五經子史，纔四千卷。皆赤軸青紙，文字古拙。

(83)迹，一作札。

(84)《漢官儀》：尚書爲中臺，謁者爲外臺，御史爲憲臺，謂之三臺。《繫辭》：尺蠖之屈，以求伸也；龍蛇之蟄，以存身也。炯《宣和書譜》：皇象，字休明，廣陵人。官侍中，工八分篆草，世以書聖稱。以比龍蠖蟄啓伸盤復行。

(85)《鄴中記》：石虎詔書以五色紙，著鳳皇口中，令銜之飛下端門。《桓玄僞事》：詔命平淮作青赤縹綠桃花紙，使極精，令速作之。

⑧《古詩》：盈盈樓上女，皎皎當窗牖；娥娥紅粉妝，纖纖出素手。

⑧《抱朴子》：書字之誤，有寫魯爲魚，寫帝爲虎。

⑧魚豢《典略》：芸臺香辟紙魚蠹，故藏書臺稱芸臺。

⑧《穆天子傳》：仲秋甲戌，天子東遊。次雀梁，因蠹書於羽陵。

⑩《漢武内傳》：帝受西王母《真形》《六甲》《靈飛》十二事。帝盛以黃金几，封以白玉函。

㉛《博物志》：劉德治淮南王獄，得《枕中鴻寶祕書》。及子向咸而奇之，信黃白之術可成，謂神仙之道可致。按：《鴻烈解》今《淮南子》是。

㉜《錄異傳》：武都郡立大梓祠，是大梓牛神也。今俗畫青牛障是。

㉝《博物志》：王母降於九華殿。王母索七桃，以五枚與帝，母食二枚。時東方朔竊從殿南廂朱鳥牖中窺母。母謂帝曰：此窺牖小兒，常三來盜我桃。

㉞《後漢書·楊厚傳》：厚祖父春卿，誡子統曰：吾緗素中有先祖所傳祕記，爲漢家用，爾其脩之。《晉中經簿》：盛書用皁縹囊布裹書，函中皆有香囊。**補**《說文》：縹，帛青白色。又：帙，書衣也。

㉟縚繩，一作緗編。劉向《別錄》：《孫子》書以殺青簡，編以縹絲繩。**補**縚，通作條，《說文》：扁緒也，《急就篇注》：織絲縷爲之。

㊱《漢書·董仲舒傳》：孝景時爲博士，下帷講誦。

㊲未詳。按：《後漢書》：明德馬皇后好讀《春秋》。**補**《漢書》：和熹鄧皇后，諱綏，太傅禹之孫也。六歲能史書。諸兄每讀經傳，輒下意難問。自入宮掖，從曹大家受經傳，夜則誦讀，而患其謬誤。選諸儒等詣東觀讎校傳記。又詔中官近臣於東觀受讀經傳，以教授宮人。左右習誦，朝夕濟濟。

㊳《漢書》：竇皇后，景帝母也。好黃帝老子之言。帝及諸竇不得不讀《老子》，皆遵其術。晉灼曰：道家言治丹砂令變化，可鑄爲黃金。

㊴**援**《蜀志》：劉琰爲車騎將軍，車服飲食皆侈靡。侍婢數十，能爲聲樂，悉教誦讀《魯靈光殿賦》。

⑩《漢書·成帝紀》：元帝在太子宮生甲觀畫堂爲世嫡皇孫。本《漢書·王襃傳》：元帝爲太子，常嘉襃《洞簫頌》，令後宮貴人左右皆誦讀之。

⑩《詩》：孌彼諸姬，聊與之謀。

⑩晉陶潛《戒子書》：見賢思齊，不宜忽略以棄日也。

⑩《詩》：靜女其孌，貽我彤管。

⑩補《玉篇》曰：奩，盛香器也。

六朝文絜箋注卷九
論

鄭衆論 [1]

梁元帝

漢世銜命匈奴，困而不辱者，二人而已①。子卿手持漢節，臥伏冰霜②；仲師固無下拜，隔絕水火。況復風生稽落，日隱龍堆③，翰海飛沙，皋蘭走雪④。[2]豈不酸鼻痛心，憶雒陽之宮陛⑤；屑泣橫悲，想長安之城闕⑥。直以爲臣之道，義不爲生；事君之節，生爲義盡。豈望拔幽泉，出重仞，經長樂，抵未央⑦。及還望塞亭，來依候火⑧；旁觀上郡，側眺雲中⑨。雖在己之願自隆，而於時之報未盡。[3]

【箋注】

①《禮記》曰：銜君命而使，雖遇之弗鬬。

②《漢書》曰：蘇武，字子卿。以中郎將持節使。單于幽置大窖中，絕其飲食。天雨雪，武臥齧雪與旃毛並咽之。

③《後漢書》曰：竇憲拜車騎將軍，與北單于戰于稽落山，大破之。

《漢書》曰：樓蘭國最在東垂，近漢，當白龍堆，乏水草。嘗主發導，

---

[1] 衆，字仲師。永平初，北匈奴求和親。顯宗遣衆持節使匈奴。衆至，北庭欲令拜。衆不爲屈。單于大怒，圍守閉之，不與水火，欲脅服衆。衆拔刀自誓。單于恐而止。

[2] 風生四語，寫得濃至有態。睹此光景，焉能不酸鼻痛心。

[3] 薄以賞功，節士爲之短氣。

負水儋糧，送迎漢使。

④《史記》曰：驃騎將軍霍去病與左賢王接戰，左賢王遁走。驃騎封於狼居胥山，禪姑衍，臨瀚海而還。如淳《注》曰：翰海，北海名。《正義》曰：按：翰海自一大海名，群鳥解羽，伏乳於此，因名也。《漢書》曰：霍去病率戎士隃烏盭，討遫濮，過焉支山千有餘里，合短兵鏖皋蘭下。師古曰：皋蘭，山名。《水經注》曰：灑水又東，北逕石門口，山高嶮絕，對岸若門，故峽得厥名矣。疑即皋蘭山門也。

⑤宋玉《高唐賦》曰：寒心酸鼻。《漢書·地理志》曰：河南郡縣洛陽。魚豢云：漢火行，忌水，故去洛水而加隹。如魚氏說，光武以後改爲雒字也。《東觀漢紀》曰：建武元年十月，車駕入洛陽，遂定都焉。《玉篇》曰：陛，天子階也。鮑照《從過舊宮詩》曰：宮陛留前制，歌思溢今衢。

⑥《楚辭》曰：涕漸漸其如屑。《前漢書》曰：漢興，立都長安。又《地理志》曰：京兆尹縣長安，高帝五年置。惠帝元年初城，六年成。

⑦《史記》曰：高祖七年，自平城至長安，長樂宮成。八年，蕭丞相營作未央宮。九年，未央宮成。高祖大朝諸侯、羣臣，置酒未央前殿，高祖奉玉巵起爲太上皇壽。殿上羣臣，皆呼萬歲。《三輔黃圖》曰：長樂宮本秦之興樂宮也。高皇帝始居櫟陽，七年，長樂宮成，徙居長安城。《括地志》曰：未央宮在雍州長安縣西北十里。

⑧《漢書》曰：句黎湖單于立，漢使光祿徐自爲出五源塞數百里，遠者千里，築城障列亭至廬朐。又曰：匈奴行攻塞外亭障，略取吏民去，是時，漢邊郡燧火候望精明。又曰：孝文後四年，匈奴復絕和親，大入上郡、雲中，燧火通於甘泉、長安。

⑨《漢書·地理志》曰：上郡，秦置，高帝元年更爲翟國。十月復故。又曰：雲中，郡名，秦置。漢魏尚守雲中，匈奴不敢近塞下。

六朝文絜箋注卷十
銘

石帆銘 [1]

鮑照

應風剖流，息石橫波①。下濼地軸，上獵星羅②。吐湘引漢，歙蠡吞沱③。西歷岷冢，北瀉淮河④。眇森弘藹，積廣連深。淪天測際，亘海窮陰⑤。雲旌未起，風柯不吟。崩濤山墜，鬱浪雷沈⑥。[2]在昔鴻荒，刊啓源陸⑦。表裏民邦，經緯鳥服⑧。瞻貞視悔，坎水巽木⑨。乃剡乃鑴，既刳既斲⑩。飛深浮遠，巢潭館谷⑪。涉川之利，謂易則難⑫；臨淵之戒，曰危乃安⑬。泊潛輕濟，冥表勤言。穆戎遂留，昭御不還。[3]徒悲猿鶴，空駕滄烟。君子彼想，祗心載惕⑭。林簡松栝，水采龍鷁⑮。覘氣涉潮，投祭沈璧⑯。揆檢含圖，命辰定曆⑰。二崤虎口，周王夙趨⑱；九折羊腸，漢臣電驅⑲。[4]潛鱗浮翼，爭景乘虛⑳。衡石楨鰩，帝子祭殂㉑；青山斷河，后父沈軀㉒。川吏掌津，敢告訪途。

[1] 盛弘之《荆州記》：武陵舞陽縣有石帆山，若數百幅帆。
[2] 奇突古兀，錘鍊異常。昔人論鮑詩謂得景陽之俶詭，合茂先之靡嫚。吾於斯銘亦云。
[3] “穆戎”二語，諸選家多誤作“穆我戒逐，留御不還”。今據宋刻《鮑集》校正。
[4] 屬對固已精覈，下字無不鉤新。斯可謂擺脫俗儒酸相。

【箋注】

①《玉篇》曰：剖，判也，中分爲剖。《楚辭》曰：衝風起兮橫波。

②軸，一作鈕。毛萇《詩傳》曰：涤，水會也。《博物志》曰：地有四柱，廣十萬里，有三千六百軸，犬牙相制。賈逵《國語注》曰：獵，取也。揚子雲《羽獵賦》曰：方將上獵三靈之流。又曰：煥若天星之羅。

③湘、漢，皆水名也。《說文》曰：湘水出零陵陽海山，北入江。《尚書》曰：東流爲漢。《後漢書注》曰：歙，斂也。孔安國《尚書傳》曰：彭蠡，澤名。《爾雅》曰：水自江出爲沱。

④《尚書》曰：岷嶓既藝。又曰：導嶓冢至于荆山。孔安國《傳》曰：岷山、嶓冢，皆山名。《華陽國志》曰：西岷、嶓冢，地稱天府。《玉篇》曰：瀉，傾也。《說文》曰：淮水出南陽平氏桐柏大復山，東南入海。

⑤顏師古《漢書注》曰：眇，微也。《說文》曰：森，木多貌。李善《文選注》曰：藹藹，茂盛貌。高誘《淮南子注》曰：淪，入也。《廣雅》曰：際，方也。《方言》曰：亙，竟也。揚子雲《太玄經》曰：幽無形，深不測之謂陰也。

⑥《呂氏春秋》曰：其雲狀若懸釜而赤，其名曰雲斿。旌與斿同。

⑦《法言》曰：鴻荒之世，聖人惡之，不是以法。

⑧《左氏傳》曰：表裏山河。南北曰經，東西曰緯。《尚書》曰：島夷皮服。《漢書·地理志》作鳥夷。師古曰：居在海曲，被服、容止，皆象鳥也。

⑨孔安國《尚書傳》曰：內卦曰貞，外卦曰悔。《周易》曰：坎爲水。又曰：巽爲木。

⑩《周易》曰：刳木爲舟，剡木爲楫。《蒼頡篇》曰：鏟，削平也。

⑪應劭《漢書注》曰：巢，居也。李善《文選注》曰：楚人謂深水爲

潭。《廣雅》曰：館，舍也。劉淵林《蜀都賦注》曰：水注壑曰谷。

⑫《周易》曰：利涉大川。

⑬《毛詩》曰：戰戰兢兢，如臨深淵。

⑭《莊子·逍遙篇》曰：北冥有魚。《釋文》曰：北冥，海也，冥表，謂海表也。《抱朴子》曰：穆王南征，一軍皆化。君子爲猿爲鶴，小人爲沙爲蟲。《左傳》：齊侯伐楚，曰：昭王南征而不復，寡人是問。對曰：昭王之不復，君其問諸水濱。杜預《注》曰：昭王，成王孫，南巡守，涉漢，船壞而溺。

⑮毛萇《詩傳》曰：山木曰林。顏師古《漢書注》曰：簡猶選揀。《廣雅》曰：栝，柏也。薛綜《西京賦注》曰：栝，柏葉松身。《淮南子》曰：龍舟鷁首。高誘《注》曰：鷁，水鳥也。畫其象，著船首。

⑯《帝王世紀》曰：堯與羣臣沈璧於河，乃爲《握河記》，今《尚書候》是也。

⑰孔安國《尚書傳》曰：揆，度也。孟康注《漢書》曰：刻石紀號，有金策石函，金泥玉檢之封焉。《路史》曰：軒轅黃帝受河圖作曆，歲紀甲寅，日紀甲子。

⑱《左氏傳》曰：崤有二陵：其南陵，夏后皋之墓；其北陵，文王所避風雨也。《戰國策》曰：今秦四塞之國，譬如虎口。

⑲一作驛。《漢書》曰：王陽爲益州刺史，行部至邛郲九折阪，歎曰：奉先人遺體，奈何數乘此險！後以病去。及尊爲刺史，至其阪，叱其馭曰：驅之！王陽爲孝子，王尊爲忠臣！《史記正義》曰：羊腸阪道在太行山上。高誘《呂氏春秋注》曰：羊腸山盤紆如羊腸。

⑳《列子》曰：夸父不量力，欲追日影，逐之於隅谷之際。又曰：周穆王時，西極之國有化人來，入水火，貫金石，反山川，移城邑，乘虛不墜，觸實不硋。《莊子》曰：列子御風而行，泠然善也。《音義》曰：列子，李云：鄭人，名禦寇，得風仙，乘風而行。

㉑《山海經》曰：大荒之中，有衡石山。《西山經》曰：泰器之山，觀

水出焉。多文鰩魚，狀如鯉，魚身而鳥翼，蒼文而白首赤喙，常行西海，遊於東海，以夜飛而行。《中山經》曰：洞庭之山帝之二女居之，是常遊於江、淵、澧、沅之風，交瀟、湘之淵。出入多飄風暴雨。《楚辭》曰：帝子降兮北渚。目眇眇兮愁予。嫋嫋兮秋風，洞庭波兮木葉下。劉向《列女傳》曰：舜陟方死於蒼梧，二妃死於江、湘之間，俗謂之湘君。《說文》曰：徂，往死也。魏曹植《洛神賦》曰：騰文魚以警乘，鳴玉鸞以偕逝。

㉒《山海經》曰：青要之山，實惟帝之密都。北望河曲，是多駕鳥；南望墠渚，禹父之所化。《拾遺記》曰：堯命夏鯀治水，九載無績，鯀自沈於羽淵，化爲玄魚，時揚鬐振鱗，橫修波之上，見者謂爲河精。

飛白書勢銘 [1]

鮑照

　　秋毫精勁，霜素凝鮮①。霑此瑤波，染彼松煙②。超工八法，盡奇六文③。鳥企龍躍，珠解泉分。輕如游霧，重似崩雲④。絕鋒劍摧，驚勢箭飛⑤。差池燕起，振迅鴻歸⑥。[2]臨危制節，中險騰機。圭角星芒，明麗爛逸⑦。絲縈髮垂，平理端密⑧。盈尺錦兩，片字金鎰⑨。[3]故僵芝煩弱，既匪足雙；蟲虎瑣碎，又安能匹⑩。君子品之，是最神筆。

【箋注】

①成公綏《棄故筆賦》曰：乃發慮於書契，採秋毫之穎芒。《纂文》曰：書縑曰素。班婕好《怨詩》曰：新裂齊紈素，鮮潔如霜雪。

②曹植詩曰：墨山青松煙。

③許慎《說文序》曰：秦書有八體：一曰大篆，二曰小篆，三曰刻符，四曰蟲書，五曰摹印，六曰署書，七曰殳書，八曰隸書。蔡邕《篆勢》曰：蒼頡循聖，作則制文。體有六篆，巧妙入神。《南史》曰：會稽謝善勛能為八體六文，方寸千言。

④言書勢如鳥之企，如龍之躍，如珠串之解，如泉流之分，輕如游霧縈空，重似崩雲委地也。《說文》曰：企，舉踵也。蔡邕《篆勢》曰：龍躍鳥震。

⑤言絕鋒如劍之摧折，驚勢如箭之飛揚也。劉彥祖《飛白贊》曰：直

---

[1]　飛白書，後漢蔡邕所作。邕在鴻都門，見匠人施堊帚，遂創意焉。晉劉紹，字彥祖，作飛白勢。

[2]　博奧蒼堅，聲沈旨鬱。唐惟柳子厚往往胎息此種。

[3]　錘字堅響。

準箭飛。

⑥晉索靖《草書狀》曰：玄熊對距於山嶽，飛騫相追而差池。《爾雅》曰：振，訊也。郭璞《注》曰：振者奮迅。高誘《淮南》"鳴鳩奮其羽"《注》曰：奮迅其羽，直刺上飛也。蔡邕《篆勢》曰：遠而望之，若鴻鵠羣遊，絡繹遷延。

⑦孔穎達《禮記疏》曰：圭角，謂圭之鋒鋩有楞角。庾肩吾《書品》曰：真草既分於星芒，烈火復成於珠珮。

⑧或謂飛白法飛而不白，白而不飛，蓋取其若絲髮處謂之白，其勢飛舉謂之飛。

⑨《左氏傳》曰：重錦三十兩。杜預《注》曰：三十匹也。《西京雜記》曰：淮南王劉安著《淮南子》，揚子雲以爲一出一入，字直百金。公孫弘著《公孫子》言刑名事，亦謂字直百金。趙岐《孟子注》曰：二十兩爲鎰。鎰，通作溢。

⑩蕭子良《古今篆隸文體》數十種，有偃人書、芝英書、蟲書、虎爪書。

藥奩銘①[1]

鮑照

歲霵走丸②，生厭隤牆。時無驟得，年有遲方。水玉出煙，《靈飛》生光③。龜文電衣，龍采雲裳。九芝八石，延正盪斜④；二脂六體，振衰返華。毛姬餌葉，鳳子藏花⑤。景絕翠虯，氣隱頹霞⑥。深神罕別，妙奇不揚。或繁虎杖，或亂蛇牀⑦。故不世不可以服，未達不可以嘗⑧。眩睛逆目，是乃爲良⑨。

【箋注】

①《說文》曰：奩，本作籢，鏡籢也，今作奩。《玉篇》曰：盛香器也。

②李善《文選注》曰：霵，即隤字也。

③《山海經》曰：堂庭之山多水玉。郭璞曰：今水精也。《列仙傳》曰：赤松子服水玉以教神農。《漢武內傳》曰：帝受西王母《真形》《六甲》《靈飛》十二事，盛以黃金几，封以白玉函。

④《漢書》曰：甘泉宮內產芝，九莖連葉。《神仙傳》曰：老子所出度世之法，九丹八石，玉體金液。

⑤《列仙傳》曰：毛女，字玉姜，秦始皇宮人。逃之華陰山中，食松葉，遍體生毛，故謂毛女。《修真錄》曰：仙人名鳳子，與笙進會於九口，各以生生二肆之符相授。《古今注》曰：蛺蝶大如蝙蝠者，或黑色，或青斑，名爲鳳子。

⑥揚雄《解難》曰：獨不見夫翠虯絳螭之將登乎天，必聳身於蒼梧之淵。師古《注》曰：虯，龍之無角者。《採蘭雜志》曰：黃帝鍊成金

---

[1] 換頭紫粉，七返丹砂，此二藥世人千百中無一人解作。讀是銘如得祕藥於孟簡，可以悅心脾，可以滌腸胃。即謂明遠能爲二藥，亦何媿焉。

丹，鍊餘之藥，汞紅於赤霞，鉛白於素雪。宮人以汞點唇則唇朱，以鉛傅面則面白，洗之不復落矣。

⑦《爾雅》曰：蒤，虎杖。郭璞《注》曰：似紅草而麤大，有細刺，可以染赤。《爾雅》曰：盰，虺牀。郭璞《注》曰：蛇牀也，一名馬牀。《淮南子》曰：剄狗能立而不能行，蛇牀似麋蕪而不能芳。

⑧《禮記》曰：醫不三世，不服其藥。《論語》：子曰：丘未達，不敢嘗。

⑨《說文》曰：眩，目無常主也。高誘《淮南子注》曰：睛，目瞳子也。《爾雅》曰：逆，迎也。

團扇銘 [1]

庾肩吾

　　武王玄覽，造扇於前①。班生贍博，《白綺》仍傳②。裁筠比霧，裂素輕蟬③。片月內掩，重規外圓④。炎隆火正，石爍沙煎⑤。清逾蘋末，瑩等寒泉⑥。恩深難恃，愛極則遷。秋風颯至，篋笥長捐⑦。勒銘華扇，敢薦夏筵。

【箋注】

①陸機《羽扇賦》曰：昔武王玄覽，造扇於前。而五明安衆，升繁於後。

②《班孟堅集》有《白綺扇之賦》。

③筠，一作雲。鄭玄《禮記注》曰：筠，竹之青皮也。比霧，言其薄也。班婕妤《怨歌行》：新裂齊紈素，皎潔似霜雪。《古今注》曰：漢成帝賜飛燕五明扇、七華扇、雲母扇、翟扇、蟬翼扇。

④成公綏《天地賦》曰：星辰煥列，日月重規。徐幹《圓扇賦》曰：仰明月以取象，規圓體之儀度。

⑤杜預曰：黎爲火正。賈誼《旱雲賦》曰：隆盛暑而無聊兮，煎沙石而爛熠。

⑥《玉篇》曰：逾，越也。宋玉《風賦》曰：夫風生於地，起於青蘋之末。左思《招隱詩》曰：前有寒泉井，聊可瑩心神。

⑦班婕妤《怨歌行》曰：常愁秋節至，涼飇奪炎熱。棄捐篋笥中，恩情中道絕。

---

[1]　值物賦象，姿致極佳。吾嘗以新製齊紈，倩羊欣書此。庶幾清吹徐來，秀采繁會。

後堂望美人山銘 [1]

庾信

倪璠注

高唐疑雨，洛浦無舟①。何處相望？山邊一樓。峯因五婦，石是三侯②。險踰地肺，危淩天柱③。禁苑斜通，春人恆聚④。樹裏聞歌，枝中見舞。恰對妝臺，諸窗併開⑤。遙看已識，試喚便回⑥。豈同織女，非秋不來⑦。[2]

【箋注】

①疑雨，一作礙石。宋玉《高唐賦》曰：昔者先王嘗遊高唐，倦而晝寢。夢見一婦人，曰：妾巫山之女也，爲高唐之客。聞君遊高唐，願薦枕席。王因幸之。曹植《洛神賦》曰：河洛之神，名曰宓妃。又云：御輕舟而上泝。

②《述異記》曰：秦惠王獻五美女於蜀王，王遣五丁迎之。乃見大蛇入山穴中，五丁曳蛇，山崩。五女上山，皆化爲石。《南中志》曰：有竹王者，興於遯水。有一女浣於水濱，有三節大竹流入女子足間，推之不肯去。聞有兒聲，取持歸，破之，得男兒。長有才武，遂雄夷濮。以竹爲姓。捐所破竹於野，成林，今竹王三郎是也。王與從人嘗止大石上，命人作羹。從者曰：無水。王以劍擊石，水出，今王水是也，破石存焉。武帝拜唐蒙爲都尉，以重幣喻諸種侯王。斬竹王，置牂柯郡，以吳霸爲太守。後夷濮以竹王非血氣所生，求立後嗣。霸表封其

---

[1] 蘭成諸銘，直可與明遠競爽。明遠以峭勝，蘭成以秀勝，蹊徑自別耳。然蘭成要未肯作小巫也。

[2] 不必作時世妝，挽飛僊鬢。而一種姽嫿之態，當不減畫裏，喚真也。

三子列侯，配食父祠與竹王三郎。是也。

③隒，一作巇。《高士傳》曰：四皓隱於地肺山。《括地志》曰：終南山，一名地肺山。《秦記》云：終南又名地肺。又《真誥》曰：金陵之地，地方三十七頃，是金陵之地肺也。《爾雅》：霍山爲南嶽。郭云：天柱山，潛水所出也。《地理志》云：天柱在廬江潛縣。又王子年《拾遺記》云：崑崙之山有銅柱焉，謂之天柱。

④恆，一作常。

⑤併，一作畫。

⑥遙，一作斜。試，一作直。

⑦《星經》曰：織女三星，在天市東，常以七月、一月六七日見東方。《荆楚歲時記》曰：七月七日爲織女牽牛聚會之夜。

至仁山銘

庾信

倪璠注

　　山橫鶴嶺，水學龍津①。瑞雲一片，僊童兩人②。三秋雲薄，九日寒新。真花暫落，畫樹長春。橫石臨砌，飛檐枕嶺。壁遶藤苗，窗銜竹影。菊落秋潭，桐疏寒井③。[1]仁者可樂，將由愛靜。

【箋注】

①山，一作峯。《豫章記》曰：鸞岡西有鶴嶺，王子喬控鶴所經。《三秦記》曰：河津，一名龍門，兩旁有山，水陸不通，龜魚不能上；江海大魚薄集龍門，不得上，曝腮水次也。

②《洞冥記》：東方朔云：東海有大明之墟，有釜山。山出瑞雲，應王者之符命，如黃帝黃雲，堯時有赤雲之祥之類。魏文帝詩曰：西山一何高，高高上無極。上有兩仙童，不飲亦不食。與我一丸藥，光耀有五色。服藥四五日，身輕生羽翼。

③陸機《要覽》曰：酉陽山中有甘谷，谷中皆菊花，墮水中，居人飲之，多壽，有及一百五十有餘歲。魏文帝詩曰：雙桐生空井。

---

[1]　有語必新，無字不雋。吾於開府當鑄金事之矣。

梁東宮行雨山銘①

庾信

倪璠注

　　山名行雨，地異陽臺②。佳人無數，神女看來③。翠幔朝開，新妝旦起④。樹入牀頭⑤，花來鏡裏。草綠衫同⑥，花紅面似。[1]開年寒盡，正月游春。俱除錦帔，併脫紅綸⑦。天絲劇滿，蝶粉生塵⑧。橫藤礙路，弱柳低人⑨。誰言洛浦，一箇河神⑩！

【箋注】

①梁簡文帝《行雨山銘》曰：巖畔途遠，阿曲路深。猶云息馭，尚且抽琴。茲峯獨擅，嶔崎千變。却繞畫房，前臨寶殿。玉岫開華，紫水迴斜。谿間聚葉，澗裏縈沙。月映成水，人來當花。樹結如帷，磧起成基。芝香馥逕，石鏡臨墀。是銘亦簡文時同作也。

②《高唐賦》曰：旦爲朝雲，暮爲行雨，朝朝暮暮，陽臺之下。

③看，一作羞。宋玉《神女賦》云：楚襄王夢與神女遇，其狀甚麗。

④劉公幹《齊都賦》曰：翠幄浮遊。

⑤頭，一作前。

⑥綠，一作色。

⑦庾肩吾詩云：粉白映綸紅。**補**梁徐君蒨《初春詩》曰：樹斜牽錦帔，風橫入紅綸。案：原注引沈詩及了山詩紅綸誤作紅輪，今刪。

⑧生，一作多。天絲，即遊絲。道書云：蝶交則粉退。言行雨山遊絲

---

[1]　亦自華鍊而情韻綿寧。山靈有知，想應色然心喜。

想折藕，飛蜨擬香塵，若有人也。

⑨弱，一作垂。

⑩《洛神賦》曰：河洛之神，名曰宓妃。

六朝文絜箋注卷十一
碑

相官寺碑①

梁簡文帝

真人西滅，羅漢東游②。五明盛士，並宣北門之教③；四姓小臣，稍罷南宮之學④。超洙泗之濟濟，比舍衛之洋洋⑤。是以高橝三丈，乃爲祀神之舍；連閣四周，並非中官之宅⑥。雪山忍辱之草，天宮陀樹之花⑦，四照芬吐，五衢異色⑧。[1]能令扶解說法，果出妙衣⑨。鹿苑豈殊，祇林何遠⑩？

皇太子蕭綱，自昔藩邸，便結善緣。雖銀藏蓋寡，金地多闕⑪，有慝四事，久立五根⑫。泗川出鼎，尚刻之罘之石⑬；岷峨作鎮，猶銘劍壁之山⑭。[2]矧伊福界，寧無鐫刻⑮。銘曰：

洛陽白馬，帝釋天冠⑯。開基紫陌，峻極雲端⑰。實惟爽塏，棲心之地⑱。譬若淨土，長爲佛事⑲。銀鋪曜色，玉礙金光⑳。壇如儼掌，樓疑鳳皇㉑。珠生月魄，鐘應秋霜㉒。鳥依交露，幡承杏梁㉓。窗舒意蕊，室度心香㉔[3]。天琴夜下㉕，紺馬朝翔㉖。生滅可度，離苦獲常㉗。相續有盡，歸乎道場。

---

[1] 隨手拈花，千載下見之，無不破顏微笑。不知正法眼藏，可能付迦葉否。
[2] 著此一聯，使上下鬭筍。而筆復圓折，那得不令頑石點頭。
[3] 情思雋逸，華采斒斕。尋繹數四。幾有菩提非樹，明鏡非臺之妙。

【箋注】

①官，一作宮。

②《文子》曰：得天地之道，故謂之真人。《四十二章經》曰：佛言辭親出家，識心達本，解無爲法，名曰沙門。常行二百五十戒，進止清淨，爲四真道行，成阿羅漢。阿羅漢者，能飛行變化，曠劫壽命，住動天地。《修行本起經》曰：蓋聞沙門之爲道也，捨家妻子，捐棄愛欲，斷絕六情，守戒無爲，得一心者，萬邪滅矣。一心之道，謂之羅漢。羅漢者，真人也。聲色不能汙，榮位不能屈，難動如地，已免憂苦，存亡自在。太子曰：善哉！惟是爲快。

③《南史》曰：梁武帝太清元年三月庚子，幸同泰寺，設無遮大會。上釋御服，服法衣，行清淨大捨，名曰羯磨。以五明殿爲房，設素木牀、葛帳、土瓦器。乘小輿，私人執役。乘輿法服，一皆屏陳。《世說》曰：六通三明，同歸正異名。《注》：經云：六通：天眼、天耳、身通、它心、漏盡。此五者皆在心之明也。又《天竺大論》曰：五明：一聲明，二工巧明，三醫方明，四因明，五內明。按：此亦五明。

④《南史》曰：張緬出爲豫章內史。在郡述《制旨禮記正言義》，四姓衣冠士子聽者常數百人。袁宏《後漢紀》：永平中，崇尚儒學，自皇太子、諸王侯及功臣子弟，莫不受經。又爲外戚樊氏、郭氏、陰氏、馬氏諸子弟立學，號四姓小侯，置五經師。以非列侯，故曰小侯。《漢書·儒林傳》：高祖過魯，申公以弟子從師入見於魯南宮。

⑤《禮記》：曾子怒曰：商，女何罪也？吾與汝事夫子於洙泗之間。《毛詩》曰：濟濟多士。《浮屠經》曰：臨見國王隱屠太子，父曰屠頭邪，母曰莫邪屠。生處名祇洹精舍，在舍衞國南四里，是長者須達所起。又有阿輸伽樹是太子所攀樹也。《括地志》曰：沙祇大國即舍衞國也，在月氏南萬里。即波斯匿王浚處，其九十種知身後事，城有祇樹給孤獨園。《佛國記》云：到拘薩羅國舍衞城。城內人民稀曠，都有

二百餘家，即波斯匿王所治城也。大愛道，故精舍處出城南門千二百步道西，長者須達起。精舍東向開門戶，兩廂有二石柱，左柱作輪形，右柱作牛形，池流清淨，林木尚茂，衆華異色，蔚然可觀，即所謂祇洹精舍也。祇洹精舍本有七層，諸國王人競興供養，懸繒幡蓋，散花燒香，燃燈續明，日日不絕。《尚書》曰：聖謨洋洋。

⑥《後漢書》曰：和熹鄧皇后詔中官近臣於東觀受讀經傳，以教授宮人。

⑦《佛國記》曰：蔥嶺冬夏有雪，彼土人，人即名爲雪山人也。度嶺已到北天竺。《涅槃經》曰：佛言善男子，雪山有草，名曰忍辱，牛若食之，則成醍醐。《無量壽經》曰：天宮寶樹，非塵世所有。《酉陽雜俎·貝編》：麒麟陀樹又拘尼陀樹，其花見月光即開。

⑧《山海經》曰：南山之首山曰鵲山。有木焉，其狀如穀而黑，其華四照，其名曰迷穀，佩之不迷。郭璞《注》曰：言有光炎，若木華赤，其光照下地，亦此類也。又曰：少室之山其上有木焉，名曰帝休。葉茂狀如楊，其枝五衢，黃花黑實，服者不怒。郭璞《注》曰：言樹枝交錯相重五出，有象衢路也。

⑨《維摩詰經》曰：佛以一音演說法，衆生隨類各得解。《百緣經》曰：佛在世時，波羅奈國有梵摩達王，其婦生女，身被袈裟，年漸長大，衣亦隨大。出城遊戲，漸次往到鹿野苑中，見佛相好，心懷喜悅，前禮佛足，却坐一面。佛爲說法，心開意解，得須陀洹果。後求出家，佛告善來比丘尼，頭髮自落，法服著身，成比丘尼。精勤修習，得阿羅漢果。諸天世人，所見敬仰。時諸比丘見是事已，請問所緣。佛告比丘，乃往過去無量世時，有佛出世，號加那牟尼，將諸比丘，遊行教化。時有王女值行，見佛心懷喜悅，前禮佛足，請佛及僧三月，受請四事供養，還復以妙衣，各施一領。

⑩《佛國記》曰：迦尸國波羅捺城，城東北十里許，得仙人鹿野苑精舍。此苑本有辟支佛住，常有野鹿棲宿。世尊將成道，諸天於空中唱

言，白淨王子出家學道，却後七日當成佛。辟支佛聞已，即取泥洹，故名此處爲仙人鹿野苑。世尊成道已後，人於此處起精舍。《賢愚經》曰：須達請太子欲買園造精舍。祇陀太子言：園地屬卿，樹木屬我，我自上佛，共立精舍。佛告阿難，今此園地，須達所買，林樹華果，祇陀所有，二人同心，共立精舍，應當與號太子祇陀樹給孤獨食園，名字流布，傳示後世。

⑪《法華經》曰：表刹甚高廣，此由塔婆高顯大，爲金地標表，故以聚相長表金刹。

⑫《寶如來三昧經》曰：佛言：菩薩以四事可知有勞。何謂四事可知有勞？聞無央數人，其心恐怖，是爲一勞；聞不可度生死，其心恐怖，是爲二勞；聞不可限諸佛智，其心恐怖，是爲三勞；聞無央數功德而成一相，其心恐怖，是爲四勞。《諸法本無經》曰：曼殊尸利復言世尊云：何當見五根？佛言：若信諸法不生，以本性不生，故此是信根；若諸法中心不發遣，以近想遠想離，故此是精進根；若於諸法不作念，意以攀緣性離，故念不繫縛，此是念根；若於諸法不念不思，如幻不可得，故此是定根；若見諸法離生離無，智本性空，故此是慧根。曼殊尸利如是應見五根。

⑬《鼎錄》曰：鼎遷於周。成王定鼎於郟鄏，卜世三十，卜年七百，天所命也。及顯王姬德衰，鼎淪於泗水。秦始皇之初，見於彭城。《史記》曰：始皇還，過彭城，齋戒禱祠，欲出周鼎泗水，使人沒水求之，弗得。大索十日，登之罘刻石。

⑭張孟陽《劍閣銘》曰：巖巖梁山，積石峩峩。遠屬荆衡，近綴岷嶓。南通邛僰，北達裦斜。狹過彭碣，高踰嵩華。惟蜀之門，作固作鎮。是曰劍閣，壁立千仞。

⑮福界，猶言福地。《說文》曰：鑴，琢石也。

⑯《洛陽伽藍記》曰：白馬寺，漢明帝所立也。佛入中國之始。寺在西陽門外三里，御道南。帝夢金人，長丈六，頂皆日月光明。胡人號

曰佛。遣使向西域求之，乃得經像焉。時白馬負經而來，因以爲名。
《因本經》曰：須彌山頂爲帝釋天。梁元帝《荆州長沙寺阿育王像碑》
曰：纔渡蓮河，即處天冠之寺。天冠，寺名也。

⑰王粲《羽獵賦》曰：倚紫陌而並征。《禮記》曰：峻極于天。陸機
《擬古詩》曰：飛陞躡雲端。

⑱《西域記》曰：給孤獨願建精舍，佛命舍利子隨瞻揆焉，惟太子逝多
園地爽塏。尋詣太子，具以情告。太子戲言金徧乃賣。善施聞之，心
豁如也。即出金藏隨言布地，有少未滿。太子請留曰：佛誠良田，宜
植善種，即於空地建立精舍。

⑲《法華論》曰：無煩惱衆生住處，名爲淨土。

⑳礙，一作礎。梁元帝《梁安寺銘》曰：似靈光之金扃，類景福之銀
鋪。銀鋪，以銀爲鋪首也。

㉑坮，古塔字。《說文》曰：塔，西域浮屠也。或七級九級，至十三級
而止。其五級者，俗謂之錐子。《洛陽伽藍記》曰：瑤光寺有五層浮屠
一所，去地五十丈，仙掌凌虛，鐸垂雲表。《晉宮閣名》曰：洛陽有鳳
凰樓。

㉒《淮南子》曰：蛤、蟹、珠、龜，與月盛衰。《釋名》曰：魄，月始
生魄然也。《參同契》曰：陽神日魂，陰神月魄，魄之與魂，互爲宅
室。《山海經》曰：豐山有九鐘焉，是知霜鳴。郭璞《注》曰：霜降則
鐘鳴，故言知也。

㉓《妙法蓮華經序品》曰：一一塔廟若千幢幡，珠交露幔，寶鈴和鳴。
《維摩經》曰：降服四種魔，勝幡建道場。司馬相如《長門賦》曰：飾
文杏以爲梁。謝朓《詠燭詩》曰：杏梁賓未散。

㉔二語出佛經。

㉕未詳。簡文《大法師頌》曰：空華競下，天琴自張。

㉖《起世經》曰：轉輪王紺馬之寶名婆羅訶。色青，體尾毛悅澤，頭黑
髮披，有神通力，騰空而行。日初出時，乘此寶馬，流大地，還至本

宮，乃始進食。

㉗《金剛三昧經》曰：本生不滅，本滅不生，不滅不生，不生不滅，一切法相，亦復如是。《正法念經》云：爾時夜摩天王爲諸天衆生要言之於天人中有十六苦：六曰愛別離苦。

六朝文絜箋注卷十二
誄

陶徵士誄 [1] 並序

顏延之 ①

李善注

　夫璿玉致美，不爲池隍之寶②；桂椒信芳，而非園林之實③。豈期深而好遠哉？蓋云殊性而已。故無足而至者，物之藉也④；隨踵而立者，人之薄也⑤。若乃巢高之抗行，夷皓之峻節⑥，故已父老堯禹，錙銖周漢⑦，而縣世浸遠，光靈不屬⑧，至使菁華隱沒，芳流歇絕，不其惜乎！雖今之作者，人自爲量⑨，而道路同塵，輟塗殊軌者多矣⑩。豈所以昭末景，汎餘波⑪！ [2]

　有晉徵士尋陽陶淵明 [3]，南岳之幽居者也⑫。弱不好弄，長實素心⑬。學非稱師，文取指達。在衆不失其寡，處言愈見其默。 [4] 少而貧病，居無僕妾⑭。井臼弗任，藜菽不給⑮。母老子幼，就養勤匱⑯。遠惟田生致親之議，追悟毛子捧檄之懷⑰。初辭州府三命，後爲彭澤令。道不偶物，棄官從好⑱。遂乃解體

---

[1] 誄文骨勁色蒼，不特爲淵明寫照。而其品概，亦因之翛然遠矣。

[2] 引古立案，恰得淵明身分。而句法亦宏逸可觀。

[3] 拈有晉字，自是通人卓識。

[4] 定論。

世紛，結志區外^⑲，定迹深棲，於是乎遠。^[5]灌畦鬻蔬，爲供魚
菽之祭^⑳；織絇緯蕭，以充糧粒之費^㉑。心好異書，性樂酒德^㉒，
簡棄煩促，就成省曠^㉓。殆所謂國爵屛貴，家人忘貧者與^㉔？有
詔徵爲著作郎^[6]，稱疾不到^㉕。春秋若干^㉖，元嘉四年月日，卒
於尋陽縣之某里^㉗。近識悲悼，遠士傷情。冥默福應，嗚呼
淑貞^㉘！

夫實以誄華，名由諡高，苟允德義，貴賤何算焉？若其寬
樂令終之美，好廉克己之操，有合諡典，無愆前志。故詢諸友
好，宜諡曰靖節徵士^㉙。其辭曰：

物尙孤生，人固介立^㉚。^[7]豈伊時遘，曷云世及？嗟乎若士，
望古遙集。韜此洪族，蔑彼名級^㉛。睦親之行，至自非敦^㉜。然
諾之信，重於布言^㉝。廉深簡絜^㉞，貞夷粹溫。和而能峻，博
而不繁^㉟。^[8]依世尙同，詭時則異。有一於此，兩非默置。豈若
夫子，因心違事^㊱？畏榮好古，薄身厚志^㊲。世霸虛禮，州壤推
風^㊳。孝惟義養，道必懷邦^㊴。人之秉彝，不隘不恭^㊵。爵同下
士，祿等上農^㊶。度量難鈞，進退可限^㊷。長卿棄官，稚賓自免^㊸。
子之悟之，何悟之辨？賦詩歸來，高蹈獨善^㊹。

亦既超曠，無適非心^㊺。汲流舊巘，葺宇家林^㊻。晨煙暮
藹，春煦秋陰，陳書綴卷，置酒絃琴。^[9]居備勤儉，躬兼貧病^㊼，

---

[5] 瑣瑣叙述，彌表曠懷。

[6] 詔徵著作，不書宋室。浦二田云，正與陶詩義熙後但書甲子同旨。

[7] 峭拔。

[8] 將淵明本領，摹儗寫出。猶顧長康畫人，盡在阿堵中矣。

[9] 琢句近潘安仁，澹而彌旨。

人否其憂，子然其命㊽。隱約就閒，遷延辭聘㊾。非直也明，是惟道性㊿。糾纏斡流，冥漠報施(51)。孰云與仁？實疑明智(52)。謂天蓋高，胡諐斯義(53)？履信曷憑，思順何寘(54)？年在中身，疢惟痁疾(55)。視死如歸，臨凶若吉(56)。藥劑弗嘗，禱祀非恤(57)。傃幽告終，懷和長畢。[10]嗚呼哀哉(58)！

敬述靖節，式尊遺占(59)。存不願豐，沒無求贍。省訃卻賻，輕哀薄斂(60)。遭壤以穿，旋葬而窆(61)。嗚呼哀哉！

深心追往，遠情逐化(62)。[11]自爾介居，及我多暇(63)。伊好之洽，接閻鄰舍。宵盤晝憩，非舟非駕(64)。念昔宴私，舉觴相誨(65)。獨正者危，至方則閡(66)。哲人卷舒，布在前載(67)。取鑒不遠，吾規子佩(68)。爾實愀然，中言而發(69)。違衆速尤，迕風先蹷(70)。身才非實，榮聲有歇(71)。叡音永矣，誰箴余闕(72)？嗚呼哀哉！

仁焉而終，智焉而斃(73)！黔婁既沒，展禽亦逝(74)。[12]其在先生，同塵往世(75)。旌此靖節，加彼康惠(76)。嗚呼哀哉！

【箋注】

①何法盛《晉中興書》曰：延之爲始安郡，道經尋陽，常飲淵明舍，自晨達昏。及淵明卒，延之爲誄，極其思致。補沈約《宋書》曰：顏延之，字延年，琅邪人也。好讀書，無所不覽，文章之美，冠絕當時。

[10] 氣格高邁，純是臨摹東京人手筆。
[11] 追往念昔，知己情深。而一種幽閒貞靜之致，宣露行間，尤堪諷詠。
[12] 黔婁諡康，展禽諡惠，援據確核。

吳國內史劉柳以爲行軍參軍，後爲祕書監、太常，卒。

②《山海經》曰：升山，黃酸之水出焉，其中多琁玉。《說文》曰：璇，亦璿字。

③《春秋運斗樞》曰：椒桂連，名士起。宋均曰：桂椒，芬香美物也。《山海經》曰：招搖之山多桂。又曰：琴鼓之山多椒。

④期，一作其。言物以希爲貴也。藉，資藉也。《韓詩外傳》曰：晉平公遊於河而樂曰：安得賢士與之樂此也？船人蓋胥跪而對曰：夫珠出於江海，玉出於崑山，無足而至者，由主君之好也。士有足而不至者，蓋君主無好士之意也。何患無士乎！

⑤言人以衆爲賤也。薄，賤薄也。《戰國策》：齊宣王曰：百世一聖，若隨踵而生也。此亦不以文而害意。

⑥高，一作由。皇甫謐《高士傳》曰：巢父者，堯時隱人也。《莊子》曰：堯治天下，伯成子高立爲諸侯。堯授舜，舜授禹，伯成子高弃爲諸侯而耕。《史記》曰：伯夷、叔齊，孤竹君之子也，隱於首陽山。《三輔三代舊事》曰：四皓，秦時爲博士，辟於上洛熊耳山西。彌衡書曰：訓夷皓之風。

⑦范曄《後漢書》曰：郅惲謂鄭敬曰：子從我爲伊呂乎？將爲巢許乎？而父老堯舜乎？《禮記》：孔子曰：儒有上不臣天子，下不事諸侯；雖分國，如錙銖，有如此者。鄭玄曰：雖分國以祿之，視之輕如錙銖矣。

⑧《東觀漢記》曰：上賜東平王蒼書曰：歲月驚過，山陵浸遠。今魯國孔氏尚有仲尼車、輿、冠、履，明德盛者，光靈遠也。

⑨《論語》：子曰：作者七人。

⑩《老子》曰：和其光而同其塵。陸機《狹邪行》曰：將遂殊塗軌，要子同歸津。

⑪汎，一作泛。陸機詩曰：惆悵懷平素，豈樂於茲同！賞宴臨末景，游豫躡餘蹤。《尚書》曰：餘波入於流沙。

⑫尋，一作潯。《禮記》曰：儒有幽居而不淫。

⑬《左氏傳》：郤芮對秦伯曰：夷吾弱不好弄，長亦不改。《禮記》曰：有哀素之心。鄭玄曰：凡物無飾曰素。

⑭范曄《後漢書》曰：黃香家貧，内無僕妾。

⑮《列女傳》曰：周南大夫之妻謂其夫曰：親操井臼，不擇妻而娶。

⑯《禮記》曰：事親左右，就養無方。補孫志祖曰：趙云：母，疑作父，靖節年十二喪母，三十七乃喪父也。

⑰追，一作近。《韓詩外傳》曰：齊宣王謂田過曰：吾聞儒者親喪三年，君之與父孰重？田過對曰：殆不如父重。王忿曰：則曷爲去親而事君？對曰：非君之土地，無以處吾親；非君之祿，無以養吾親；非君之爵，無以尊顯吾親；受之於君，致之於親。凡事君者以爲親也。宣王悒然無以應之。范曄《後漢書》曰：廬江毛義，字少卿。家貧，以孝稱。南陽人張奉慕其名，往候之。坐定而府檄適到，以義守令。義捧檄而入，喜動顏色。奉者志尚之士，心賤之，自恨來，固辭而去。及義母死，去官行服。數辟公府爲縣令，進退必以禮。後舉賢良，公車徵，遂不至。張奉歎曰：賢者固不可測，往日之喜，爲親屈也。

⑱孫盛《晉陽秋》曰：嵇康性不偶俗。《論語》：子曰：從吾所好。

⑲《左氏傳》：季文子曰：四方諸侯，其誰不解體！嵇康《幽憤詩》曰：世務紛紜。蔡伯喈《郭林宗碑》曰：翔區外以舒翼。

⑳潘安仁《閑居賦》曰：灌園鬻蔬，供朝夕之膳。《公羊傳》：齊大夫陳乞曰：常之母有魚菽之祭。

㉑《穀梁傳》曰：甯喜出奔晉，織絇邯鄲，終身不言衛。鄭玄《儀禮注》曰：絇，狀如刀衣，履頭也，絇，音劬。《莊子》曰：河上有家貧恃緯蕭而食者。司馬彪曰：蕭，蒿也，織蒿爲薄。

㉒《劉伶集》有《酒德頌》。

㉓張茂先《答何劭詩》曰：恬曠苦不足，煩促每有餘。

㉔《莊子》曰：夫孝悌仁義，忠信貞廉，此皆自勉以役其德者也，不足

多也。故曰：至貴，國爵屏焉；至富，國財屏焉。是以道不渝。郭象曰：屏者，除棄之謂也。夫貴在其身猶忘之，況國爵乎！斯貴之至也。《莊子》曰：故聖人，其窮也使家人忘貧；其達也使王公忘爵祿而化卑。郭象曰：淡然無欲，家人不識貧可苦。

㉕到，一作赴。

㉖春秋若干，一作六十有三。

㉗之某里，一作柴桑里。

㉘張衡《靈憲圖注》曰：寂寞冥默，不可爲象。

㉙《諡法》曰：寬樂令終曰靖，好廉自克曰節。

㉚《漢書音義》：臣瓚曰：介，特也。

㉛葛龔《遂初賦》曰：承豢龍之洪族，瞡高陽之休基。《史記》曰：賜爵一級。《說文》曰：級，次第也。

㉜《周禮》：二曰六行：孝、友、睦、婣、任、恤。鄭玄曰：睦親於九族。

㉝《前漢書》曰：季布，楚人也。諺曰：得黃金百斤，不如得季布一諾。

㉞絜，一作潔。

㉟《論語》：子曰：和而不同。《家語》：子貢曰：博而不舉，是曾參之行。

㊱言爲人之道，依俗而行，必譏之以尚同；詭違於時，必譏之以好異；有一於身，必被譏論，非爲默置，豈若夫子因心而能違於世事乎！言不同不異也。《莊子》曰：列士壞植散羣，則尚同也。郭象曰：所謂和其光同其塵。班固《漢書贊》曰：東方朔戒其子以上容。首陽爲拙，柱下爲工。飽食安步，以仕易農。依隱玩世，詭時不逢。《毛詩》曰：因心則友。

㊲《論語》：子曰：信而好古。

㊳世霸，謂當世而霸者也。蔡伯喈《郭有道碑》曰：州郡聞德，虛己

備禮。推風，推挹其風也。
㊴范曄《後漢書論》曰：言以義養，則仲由之菽，甘於東鄰之牲。《論語比考讖》曰：文德以懷邦。
㊵《毛詩》曰：民之秉彝，好是懿德。《孟子》曰：伯夷隘，柳下惠不恭，隘與不恭，君子不由也。綦毋邃曰：隘，謂疾惡太甚，無所容也。不恭，謂禽獸畜人，是不敬。然此不爲褊隘，不爲不恭。
㊶《禮記》曰：諸侯之下士視上農夫，祿足以代其耕。
㊷《孝經》：容止可觀，進退可度。
㊸《漢書》曰：司馬長卿病免，客遊梁，得與諸侯遊士居。又曰：清居之士，太原則郇相，字稚賓，舉州郡茂材，數病去官。
㊹詩，一作辭。歸來，歸去來也。《左氏傳》：齊人歌曰：魯人之皋，使我高蹈。《孟子》曰：古之人窮則獨善其身，達則兼善天下。
㊺《呂氏春秋》曰：夫樂有道，心亦適。《莊子》曰：知忘是非，心之適也。
㊻《廣雅》曰：葺，覆也。
㊼《尚書》曰：克勤于邦，克儉于家。《史記》：原憲曰：若憲貧也，非病也。
㊽《論語》：子曰：賢哉，回也。一簞食，一瓢飲，在陋巷，人不堪其憂，回也不改其樂。《墨子》曰：貧富固有天命，不可損益。
㊾《周書》曰：隱約者，觀其不懾懼。《登徒子好色賦》曰：因遷延而辭避。
㊿《毛詩》曰：匪直也人，秉心塞淵。高誘《淮南子注》曰：道性無欲。
(51)賈誼《鵩鳥賦》曰：斡流而遷，或推而還。夫禍之與福，何異糾纏。陸機《弔魏武文》曰：悼繐帷之冥漠。《史記》：司馬遷曰：天之報施善人何如哉！
(52)言誰云天道常與仁人，而我聞之實疑於明智。此說明智謂老子也。

《老子》曰：天道無親，常與善人。《楚辭》曰：招賢良與明智。

(53)言天高聽卑而報施無爽，何故爽於斯義而不與仁乎?《毛詩》曰：謂天蓋高，不敢不跼。《史記》：子韋曰：天高聽卑。

(54)《周易》曰：履信思乎順。毛萇《詩傳》曰：寘，置也。

(55)《尚書》曰：文王受命惟中身。《左氏傳》曰：齊侯疥，遂痁。杜預曰：痁，瘧疾也。

(56)《呂氏春秋》曰：遺生行義，視死如歸。

(57)《魏都賦》曰：藥劑有司。《論語》：子曰：丘之禱久矣。

(58)傃，向也。《禮記》曰：幽則有鬼神。《孫卿子》曰：死，人之終也。

(59)靖，一作清。《漢書》曰：陳遵口占作書。占，謂口隱度其事，令人書也。

(60)《禮記》曰：凡訃於其君云某臣死。鄭玄曰：訃或作赴，至也。臣死使人至君所告之也。《周禮》曰：喪則令賻補之。鄭玄曰：謂賻喪家補助不足。

(61)《河圖考鉤》曰：有壞者可穿。《禮記》：孔子曰：斂手足形，還葬而無椁，稱其財，斯之謂禮。《說文》曰：窆，葬下棺也。

(62)《莊子》曰：既化而生，又化而死。

(63)《漢書》：陳餘說武臣曰將軍獨介居河北。《孫卿子》曰：其爲人也多暇日者，其出入不遠。

(64)毛萇《詩傳》曰：憩，息也。

(65)《毛詩》曰：諸父兄弟，備言燕私。

(66)閡，一作礙。《孫卿子》曰：方則止，圓則行。

(67)潘岳《西征賦》曰：蘧與國而卷舒。《西京賦》曰：多識前世之載。

(68)《毛詩》曰：殷鑒不遠。

(69)《禮記》曰：孔子愀然作色而對。

(70)班固《漢書》述曰：疑殆匪闕，違衆忤世，淺爲尤悔，深作敦害。《韓詩外傳》：草木根荄淺，未必撅也；飄風與暴雨隧，則撅必先矣。

補 孫志祖曰：趙云：此延年自述之詞，而中閒違衆速尤四語，則自咎之詞也。

⑰言身及才不足爲實，榮華聲名，有時而滅。恐己恃才以傲物，憑寵以陵人，故以相誡也。

⑱《爾雅》曰：永，遠也。《左氏傳》：魏絳曰：百官箴王闕。

⑲應劭《風俗通》曰：傳云：五帝聖焉死，三王仁焉死，五伯智焉死。

⑳皇甫謐《高士傳》曰：黔婁先生死，曾參與門人來弔。曾參曰：先生終何以爲謚？妻曰：以康爲謚。曾參曰：先生存時，食不充膚，衣不蓋形；死則手足不斂，傍無酒肉。生不得其美，死不得其榮，何樂於此而謚爲康哉？妻曰：昔先生，君嘗欲授之國相，辭而不爲，是所以有餘貴也；君嘗賜之粟三十鍾，先生辭不受，是其有餘富也。彼先生者，甘天下之淡味，安天下之卑位，不戚戚於貧賤，不遑遑於富貴，求仁而得仁，求義而得義，其謚爲康，不亦宜乎？展禽，柳下惠也。《論語》：柳下惠爲士師。鄭玄曰：柳下惠，魯大夫也。展禽食采柳下，謚曰惠。

㉕同塵，已見上文。

㉖康，黔婁。惠，柳下惠也。

宋孝武宣貴妃誄 [1] 並序

謝莊

李善注

　　惟大明六年夏四月壬子，宣貴妃薨。律谷罷煖，龍鄉輟曉[1]。照車去魏，聯城辭趙[2]。[2]皇帝痛掖殿之既闃，悼泉途之已宮[3]。巡步檐而臨蕙路，集重陽而望椒風[4]。嗚呼哀哉！天寵方隆，王姬下姻[5]。肅雍揆景，陟屺爰臻[6]。國軫喪淑之傷，家凝霣庇之怨[7]。敢撰德於旐旒，庶圖芳於鐘萬[8]。其辭曰：

　　玄邱烟熅，瑤臺降芬[9]。高唐溧雨，巫山鬱雲[10]。誕發蘭儀，光啓玉度[11]。望月方娥，瞻星比媭[12]。[3]毓德素里，棲景宸軒[13]。處麗絺紛，出戀蘋繁[14]。脩詩貢道，稱圖照言[15]。翼訓姒幄，贊軌堯門[16]。綢繆史館，容與經闈[17]。陳《風》緝藻，臨《象》分微[18]。游藝彈數，撫律窮機[19]。躊躇冬愛，怊悵秋暉[20]。展如之華，寔邦之媛[21]。敬勤顯陽，肅恭崇憲[22]。奉榮維約，承慈以遜。逮下延和，臨朋違怨。祚靈集祉，慶藹迎祥[23]。皇胤璿式，帝女金相[24]。聯趾齊穎，接蕚均芳[25]。以蕃以牧，燭代輝梁[26]。視朔書氛，觀臺告祲[27]。八頌扃和，六祈輟滲[28]。衡總滅容，羣翟毀衽[29]。掩綵瑤光，收華紫禁[30]。嗚呼哀哉！

　　帷軒夕改，輀輅晨遷[31]。離宮天邃，別殿雲縣[32]。靈衣虛

---

[1] 宋孝武殷淑儀薨，追進爲貴妃，謚曰宣。

[2] 陡起絕奇。

[3] 繡思迅舉，不詭正則。

襲，組帳空煙㉝。巾見餘軸，匣有遺絃㉞。[4]嗚呼哀哉！

移氣朔兮變羅紈，白露凝兮歲將闌㉟。庭樹驚兮中帷響，金釭曖兮玉座寒㊱。[5]純孝擗其俱毀，共氣摧其同欒㊲。仰昊天之莫報，怨凱風之徒攀㊳。茫昧與善，寂寥餘慶㊴。喪過乎哀，毀實滅性㊵。世覆沖華，國虛淵令㊶。嗚呼哀哉！

題湊既肅，龜筮既辰㊷。階撤兩奠，庭引雙輴㊸。維慕維愛，曰子曰身㊹。慟皇情於容物，崩列辟於上旻㊺。崇徽章而出寰甸，照殊策而去城闉㊻。嗚呼哀哉！

經建春而右轉，循閶闔而逕度㊼。旌委鬱於飛飛，龍逶遲於步步㊽。鏘楚挽於槐風，喝邊簫於松霧㊾。涉姑繇而環迴，望樂池而顧慕㊿。嗚呼哀哉！

晨轀解鳳，曉蓋俄金(51)。山庭寢日，隧路抽陰(52)。重扃閟兮鐙已黯，中泉寂兮此夜深(53)。銷神躬於壤末，散靈魄於天潯(54)。響乘氣兮蘭馭風，德有遠兮聲無窮(55)。[6]嗚呼哀哉！

【箋注】

①律谷，黍谷也。吹律以暖之，故曰律谷。劉向《别錄》曰：鄒衍在燕。有谷寒，不生五穀。鄒衍吹律溫之至生黍。《陳留風俗傳》曰：允吾縣者，宋、陳、楚地，故梁國寧陵種龍鄉也，出鳴雞。

②《史記》曰：齊威王與魏惠王會田於郊。魏王問曰：王亦有寶乎？

[4] 叙述死後情形，語語悽絕。

[5] 調逸思哀。

[6] 由生而卒，由卒而葬，叙次不紊，綜核有法。而一句一詞，於嚴峻中仍有逸氣，所以不可及。

威王曰：無有。魏王曰：若寡人，小國也。尚有徑寸之珠，照車前後十二乘者十枚。奈何以萬乘之國而無寶乎？又曰：趙惠文王得和氏璧。秦王聞之，使遺趙王書曰：願以十五城易璧。趙王遂使相如奉璧西入秦。魏文帝《與鍾大理書》曰：不損連城之價。

③《埤蒼》曰：闃，靜也。《風俗通》曰：梓宮者，存時所居，緣生事亡，因以爲名也。

④《上林賦》曰：步檐周流，長途中宿。《西都賦》曰：後宮則有蘭林蕙草。《楚辭》曰：集重陽入帝宮兮，造旬始而觀清都。桓子《新論》曰：董賢女弟爲昭儀，居舍號曰椒風。

⑤沈約《宋書》曰：淑儀生第二皇女。《周易》曰：在師中吉，承天寵也。《毛詩序》曰：王姬亦下嫁於諸侯。

⑥言王姬將降至而貴妃遽實。《毛詩》曰：曷不肅雍，王姬之車。又曰：陟彼屺兮，瞻望母兮。

⑦《穆天子傳》曰：天子爲盛姬謚，曰：哀淑人。潘岳《秦氏從姊誄》曰：家失慈覆，世喪母儀。鄭玄《禮記注》曰：庇，覆也。庇，或爲妣，非也。

⑧《周易》曰：雜物撰德。揚雄《元后誄》曰：著德太常，注諸旒旌。曹植《卞太后誄》曰：敢揚后德，表之旒旌。《國語》：晉悼公曰：昔克潞之役，秦來圖敗晉功，魏顆以其身卻退秦師於輔氏，親止杜回。其勳銘於景鍾。《左氏傳》曰：九月，考仲子之宮，將萬焉。公問羽數於衆仲。對曰：天子用八，諸侯用六，公從之。於是初獻六羽，始用六佾。

⑨《列女傳》曰：契母簡狄者，有娀氏之長女也。當堯之時，與其妹娣浴於玄邱之水。有玄鳥銜卵，過而墜之，五色甚好。簡狄得含之。誤而吞之，遂生契焉。《楚辭》曰：望瑤臺之偃蹇兮，見有娀之佚女。

⑩《高唐賦》曰：昔先王遊於高唐，夢見一婦人，曰：妾在巫山之陽，高丘之阻。旦爲朝雲，暮爲行雨。

⑪楊修《荀爽述讚》曰：其德克明，誕發幼齡。左九嬪《武帝納皇后頌》曰：如蘭之茂，如玉之瑩。《左氏傳》：宋向戌曰：以偪陽光啟寡君。

⑫《易歸藏》曰：昔嫦娥以不死之藥犇月。《漢書》曰：北宮有婺女星。占曰：婺女爲既嫁之女也。

⑬《周易》曰：君子以振民毓德。劉梁《季南碑》曰：栖景曜於衡門。

⑭《毛詩》曰：葛之覃兮，施於中谷。是刈是濩，爲絺爲綌。又曰：于以采蘋，南澗之濱。又曰：于以采蘩，于沼于沚。

⑮《廣雅》曰：賁，美也。《世本》曰：史皇作圖。宋忠曰：史皇，黃帝臣也。圖，謂畫物象也。

⑯《列女傳》曰：塗山氏之女，夏禹娶以爲妃。既生啓，塗山獨明教訓，而致其化焉。《史記》曰：禹，姒爲姓。《漢書》曰：孝武鉤弋趙婕妤，昭帝母也。妊身十四月乃生。上曰：昔聞堯十四月而生，今鉤弋亦然。乃命所生門曰堯母門。

⑰史，三史。經，六經。

⑱《風》，《國風》。《象》，《易·象》。

⑲藝，六藝。律，六律。

⑳《楚辭》曰：蹇淹留而躑躅。《左氏傳》曰：鄖舒問於賈季曰：趙衰、趙盾孰賢？對曰：趙衰冬日之日，趙盾夏日之日。杜預曰：冬日可愛，夏日可畏。《楚辭》曰：心悷恨以永思。

㉑《毛詩》曰：展如之人兮，邦之媛也。

㉒沈約《宋書》曰：文帝路淑媛，生孝武皇帝。即位，奉尊號皇太后。宮曰崇憲，太后居顯陽殿。

㉓《毛詩》曰：既受帝祉，施于孫子。鄭玄《禮記注》曰：高辛氏之世，玄鳥遺卵，娀女簡狄吞而生契，後王以爲媒官嘉祥，而立其祠焉。潘尼《上巳日會天淵池詩》曰：外迎休祥，內和天人。

㉔式，法也。言皇之胤嗣，如玉之有法也。沈約《宋書》曰：淑儀生

始平王子鸞、晉陵王子雲。《左氏傳》：《祈招》之詩云：式如玉，式如金。《毛詩》曰：追琢其章，金玉其相。毛萇曰：相，質也。

㉕《毛詩》曰：棠棣之華，萼不韡韡。鄭玄曰：承華者萼，不當作跗，萼，足也。

㉖《漢書》：文帝立武爲代王，參爲梁王。

㉗《左氏傳》曰：公既視朔，遂登觀臺以望而書，禮也。《周禮》曰：眡祲掌十煇之法。鄭玄曰：陰陽氣相侵漸以成災也。

㉘《周禮》曰：占人掌占龜，以八筮占八頌，以視吉凶。鄭玄曰：以八筮占八頌，謂將卜八事，先以筮筮之，言頌者，同於龜占。《周禮》曰：太祝掌六祈，以同鬼神示：一曰類，二曰造，三曰禬，四曰禜，五曰攻，六曰說。滲謂滲灑，喻祉福也。

㉙包咸《論語注》曰：衡，軛也。《周禮》曰：王后之五路：重翟錫面，朱總厭翟勒面，繢總安車彫面。驚總皆有容蓋。鄭司農曰：總，著馬勒，直兩耳與兩鑣。容，謂幨車也。《周禮》曰：司服掌王后之六服：褘服、揄狄、闕狄、鞠衣、展衣、褖衣。鄭玄曰：狄，當爲翟。翟，雉名也。褘，衣畫翬者也。《說文》曰：衽，衣衿也。

㉚宋孝武傷宣貴妃《擬漢武李夫人賦》曰：閟瑤光之密陛，宮虛梁之餘陰。又袁伯文《美人賦》曰：居瑤光之嚴奧，御象席之瓊珍。並以瑤光爲殿名。蓋貴妃之所處也。王者之宮，以象紫微，故謂宮中爲紫禁。

㉛《釋名》曰：容車，婦人所載小車也，其蓋施帷，所以隱蔽其形容也。《列女傳》：齊孝孟姬曰：妾聞妃后踰閾，必乘安車輜軿。《蒼頡篇》曰：軿，衣車也。

㉜《西都賦》曰：徇以離宮別寢。

㉝潘岳《寡婦賦》曰：瞻靈衣之披披。鄭玄《禮記注》曰：襲，重衣也。《長門賦》曰：張羅綺之幔帷，垂楚組之連綱。

㉞巾，巾箱也。匣，琴匣也。

㉟闌，猶晚也。

㊱夏侯湛有《金釭燈賦》。曖，不明也。《易是類謀》曰：假威出座玉床。

㊲純孝共氣，謂皇子也。《左氏傳》：君子曰：穎考叔，純孝也。《孝經》曰：擗踊哭泣，哀以送之。鄭玄《孝經注》曰：毀瘠羸瘦，孝子有之。《呂氏春秋》曰：父母之於子也，子之於父母也，一體而分形，同血氣而異息。《毛詩》曰：庶見素冠兮，棘人欒欒兮。

㊳《毛詩》曰：欲報之德，昊天罔極！《毛詩序》曰：凱風，美孝子也。

㊴《淮南子》曰：茫茫昧昧，從天之道。《老子》曰：天道無親，常與善人。《周易》曰：積善之家，必有餘慶。

㊵《易·小過》：君子以喪過乎哀。《孝經》曰：毀不滅性。

㊶牽秀四言詩曰：坤德尚沖。《毛詩》曰：秉心塞淵。

㊷《呂氏春秋》曰：題湊之室，棺槨數襲。《漢書音義》：韋昭曰：題，頭也，頭湊，以頭內向，所以為固。

㊸《儀禮》曰：屬引撤奠乃祖。鄭玄曰：屬，著也。引，所以引柩車也，在輴曰紼。又《禮記注》曰：輴，殯車也。

㊹沈約《宋書》曰：孝武大明六年，淑儀薨。又曰：大明六年子雲薨。潘岳《妹哀辭》曰：庭祖兩柩，路引雙輴。爾身爾子，永與世辭。

㊺司馬彪《續漢書》曰：根車旋載容衣。

㊻鄭玄《禮記注》曰：徽，旌旗也。又曰：旌，葬乘車所建也。毛萇《詩傳》：章，旒也。蔡邕《獨斷》曰：以策書誄其行而賜之也。《穀梁傳》曰：寰內諸侯，非天子之命，不得出會。《尚書》曰：五百里甸服。孔安國曰：規方千里之內，謂之甸服。《說文》曰：闉，城曲重門也。

㊼《河南郡境界簿》曰：洛陽縣東城第一建春門。《楚辭》曰：歷太皓以右轉。《晉宮閤銘》曰：洛陽城闓闔門。《楚辭》曰：凌天池而徑渡。

㊽《毛詩》曰：周道逶遲。

㊾鏘，鳴聲也。楚，辛楚也。《廣雅》曰：喝，嘶喝也。邊簫，簫聲遠也。

㊿《穆天子傳》曰：天子西征至玄池之上，乃奏樂三日而終，是曰樂池。盛姬亡，天子乃殯姬於轂丘之廟，葬於樂池之南。天子乃周姑繇之水，以圜喪車。郭璞曰：繇，音姚。

(51)葬訖，故車解鳳飾，蓋斜金爪也。《漢書》曰：載霍光尸以輼輬車。如淳曰：輼輬車形廣大，有羽飾。《甘泉賦》曰：乃登夫鳳凰。然羽飾則鳳凰也。杜延年奏曰：載霍光柩以輬車，以輼車爲倅也。臣瓚曰：秦始皇崩，祕其喪，載以輼輬車，百官奏事如故。此不得是轜車類也。然輼車吉儀，瓚說是也。輬，力強切。桓譚《新論》曰：乘輿鳳凰蓋，飾以金玉。蔡邕《獨斷》曰：凡乘輿皆羽蓋，金華爪。鄭玄《詩箋》曰：俄，傾也。

(52)《黄圖》曰：陵冢爲山。鄭玄《周禮注》曰：隧，墓道也。

(53)《哀永逝》曰：戶闔兮燈滅，夜何時兮復曉！

(54)許慎《淮南子注》曰：潯，涯也。

(55)言惠問乘四氣而靡窮，其芳譽馭六風而彌遠。

祭文

祭屈原文 [1]

顏延之

李善注

　　惟有宋五年月日，湘州刺史吳郡張邵①，恭承帝命，建旟舊楚②。訪懷沙之淵，得捐珮之浦③。弭節羅潭，艤舟汨渚④。乃遣戶曹掾某，敬祭故楚三閭大夫屈君之靈⑤：

　　蘭薰而摧，玉縝則折⑥。物忌堅芳，人諱明絜⑦。[2]曰若先生，逢辰之缺⑧。溫風怠時，飛霜急節⑨。贏芊遷紛，昭懷不端⑩。謀折儀尚，貞蔑椒蘭⑪。身絕郢闕，迹徧湘干⑫。比物荃蓀，連類龍鸞⑬。聲溢金石，志華日月⑭。[3]如彼樹芳，實穎實發⑮。望汨心欷，瞻羅思越⑯。藉用可塵，昭忠難闕⑰。

【箋注】

①沈約《宋書》曰：張邵，字茂宗，吳郡人也。
②賈誼《弔屈原文》曰：恭承嘉惠兮，俟罪長沙。《周禮》曰：州里建旟。鄭玄《毛詩箋》曰：謂州長之屬。陸機《高祖功臣頌》曰：舊楚是分。
③《楚辭》曰：懷沙礫而自沈兮，不忍見之蔽壅。又曰：捐余玦兮江

---

[1] 少帝即位，出延之爲始平太守。道經汨羅潭，爲湘州刺史張邵作此文。
[2] 古來文士之厄，大都如此。每讀一過，爲淒咽久之。
[3] 文詞之美，行誼之絜，二語盡之矣。

中，遺余珮兮澧浦。

④《楚辭》曰：路漫漫其悠遠，夕弭節而高厲。《漢書》曰：烏江亭長
艤舡待。如淳曰：南方人謂整舡向岸曰艤。

⑤王逸《楚辭序》曰：屈原與楚同姓，仕於懷王，爲三閭大夫。

⑥《語林》曰：毛伯成負其才氣，常稱：寧爲蘭摧玉折，不作蒲芬艾
榮。《管子》曰：夫玉折而不撓，勇也。《禮記》：孔子曰：君子比德
於玉焉，縝密以栗智也。鄭玄曰：縝，緻也。

⑦堅芳，即玉及蘭。劉熙《孟子注》曰：白玉之性堅。蔡邕《度尚碑》
曰：明絜鮮白珪。

⑧賈誼《弔屈原文》曰：嗟若先生，獨離此咎。《楚辭》曰：悼余生之
不辰，逢此世之匡攘。

⑨溫風長物，飛霜殺物也。《周書》曰：小暑之日溫風至。《京房占》
曰：三月建辰風衰怠。桓麟《七說》曰：飛霜厲其末，飆風激其崖。

⑩嬴，秦姓。芈，楚姓。王逸《楚辭序》曰：是時，秦昭王使張儀譎
詐懷王，令絕齊交。又使誘懷王請與俱會武關，遂脅與俱歸，拘留不
遣，卒客死於秦。《大戴禮》曰：太子處位不端，受業不敬，此屬太保
之任也。

⑪《史記》曰：楚懷王既絀屈平，秦乃令張儀事楚。秦昭王欲與懷王
會。欲行，屈平曰：秦不可信！王問子蘭。蘭勸王行。秦因留懷王。
王逸《楚辭序》曰：同列大夫上官靳尚妬害其能，共譖毀之。《楚辭》
曰：椒專佞以慢謟兮，樧又欲充夫佩幃。王逸《注》曰：椒，大夫子
椒也。《楚辭》曰：余以蘭爲可恃兮，羌無實而容長。王逸曰：蘭，懷
王之少弟司馬子蘭也。

⑫郢，楚都也。毛萇《詩傳》曰：干，崖也。

⑬《韓子》曰：連類比物，見者以爲虛而無用。荃蓀，香草也。王逸
《楚辭序》曰：善鳥、香草，以配忠貞；虯龍、鸞鳳，以託君子。

⑭金石，樂也，金曰鐘，石曰磬。《吳越春秋》：樂師曰：君王之德，

可刻之於金石。《史記》：太史公曰：屈原蟬蛻於濁穢，以浮游塵埃之外，推此志也，與日月爭光可也。

⑮《毛詩》曰：實發實秀，實穎實栗。

⑯吳質《答東阿王書》曰：精散思越。

⑰《周易》曰：藉用白茅，何咎之有？夫茅之爲物薄，而用可重也。《左氏傳》：君子曰：《風》有《采蘩》《采蘋》，《雅》有《行葦》《洞酌》，昭忠信也。

祭顏光祿文①[1]

王僧達②

李善注

維宋孝建三年九月癸丑朔十九日辛未③，王君以山羞野酌，敬祭顏君之靈：嗚呼哀哉！夫德以道樹，禮以仁清④。惟君之懿，早歲飛聲⑤。義窮幾《象》，文蔽班揚⑥。性婞剛絜，志度淵英⑦。登朝光國，實宋之華⑧。才通漢魏，譽浹龜沙⑨。服爵帝典，棲志雲阿⑩。清交素友，比景共波⑪。氣高叔夜，嚴方仲舉⑫。逸翮獨翔，孤風絕侶⑬。流連酒德，嘯歌琴緒⑭。[2]遊顧移年，契闊宴處⑮。春風首時，爰談爰賦；秋露未凝，歸神太素⑯。明發晨駕，瞻廬望路⑰，心悽目泫，情條雲互⑱。涼陰掩軒，娥月寢耀⑲，微燈動光，几牘誰照？衾衽長塵，絲竹罷調。擥悲蘭宇，屑涕松嶠⑳。[3]古來共盡，牛山有淚㉑。非獨昊天，殲我明懿㉒。以此忍哀，敬陳奠饋㉓。申酌長懷，顧望歔欷㉔。嗚呼哀哉！

【箋注】

①顏光祿即顏延年也。

②沈約《宋書》曰：王僧達，琅邪人。少好學，善屬文，爲始興王行軍參軍。稍遷至中書令。以屢犯上顏，於獄中賜死。

---

[1] 顏延年嘗爲金紫光祿大夫。僧達以貴公子睥睨一切，乃獨傾心光祿，益想見其居身清約矣。

[2] 沖淡有真味。

[3] 追感愴悷，錯落盡致。絕無支蔓之筆。故佳。

③沈約《宋書》曰：孝建，孝武年號也。

④《尚書》曰：樹德務滋。孔安國曰：樹，立也。清，明也。

⑤張平子《思玄賦》曰：盍遠迹以飛聲。

⑥幾，一作機。機象謂《周易》。班，班固。揚，揚雄也。郭璞《三倉解詁》曰：揚，音盈，協韻。

⑦《楚辭》曰：體婞直以亡身兮。婞，猶直也。

⑧班固《漢書述》曰：弱冠登朝。蔡邕《陳太丘碑》曰：紆珮金紫，光國垂勳。《國語》：季文子曰：吾聞以德榮爲國華。韋昭曰：爲國光華。

⑨《漢書》曰：龜茲國王治延城，去長安七千四百八十里。《尚書》曰：被于流沙。《漢書》李陵歌曰：經萬里，渡沙漠。《說文》曰：北方流沙。

⑩言服爵雖依帝典，而棲志實在雲阿，言高遠也。《管子》曰：將立朝廷者，則爵服不可貴也。張華《勵志詩》曰：棲志浮雲。

⑪共波，猶連波，以喻多。

⑫叔夜，嵇康字也。司馬彪《續漢書》曰：陳蕃，字仲舉，汝南人也。出爲豫章太守，性方峻，不接賓客。

⑬郭璞《遊仙詩》曰：逸翮思拂霄。《廣雅》曰：風，聲也。

⑭《漢書》：班伯曰：式號式謼，大雅所流連。劉伶有《酒德頌》。《毛詩》曰：嘯歌傷懷。琴緒，緒，引緒也。

⑮宴，一作燕。何敬祖《雜詩》曰：惆悵出遊顧。《毛詩》曰：死生契闊。

⑯《列子》曰：太素者，質之始。

⑰《毛詩》曰：明發不寐。

⑱李陵詩曰：仰視浮雲馳，奄忽互相踰。

⑲姮娥掩月，故曰娥月。《周易歸藏》曰：昔嫦娥以西王母不死之藥服之，遂奔月，爲月精。

⑳《楚辭》曰：涕漸漸其如屑。

㉑《晏子春秋》曰：景公遊於牛山，北臨其國，流涕曰：若何去此而死乎？艾孔、梁丘據皆泣，唯晏子獨笑。公收涕而問之。晏子曰：使賢者常守，則太公、桓公有之；使勇者常守，則莊公有之。吾君安得此泣而爲流涕？是曰不仁也！見不仁之君一，諂諛之臣二，所以獨笑也。

㉒《毛詩》曰：彼蒼者天，殲我良人。

㉓《蒼頡篇》曰：餽，祭名也。

㉔范曄《後漢書》曰：劉陶上疏曰：喟爾長懷，中篇而歎。

祭夫徐敬業文 [1]

劉令嫻①

惟梁大同五年，新婦謹薦少牢於徐府君之靈曰②：惟君德爰禮智，才兼文雅。學比山成，辨同河瀉③。明經擢秀，光朝振野④。調逸許中，聲高洛下⑤。含潘度陸，超終邁賈⑥。二儀既肇，判合始分⑦。簡賢依德，乃隸夫君。[2]外治徒奉，內佐無聞⑧。幸移蓬性，頗習蘭薰⑨。式傳琴瑟，相酬典墳⑩。輔仁難驗，神情易促⑪。雹碎春紅，霜雕夏綠⑫。[3]躬奉正衾，親觀啓足⑬。一見無期，百身何贖⑭？嗚呼哀哉！生死雖殊，情親猶一。敢遵先好，手調薑橘⑮。素俎空乾，奠觴徒溢⑯。昔奉齊眉，異於今日⑰。從軍暫別，且思樓中⑱；薄游未反，尚比飛蓬⑲。[4]如當此訣⑳，永痛無窮！百年何幾，泉穴方同㉑。

【箋注】

①《梁書》曰：令嫻，孝綽之第三妹也。孝綽三妹並有才學，令嫻文尤清拔。

②《禮記》曰：大夫少牢。

③《論語》曰：譬如爲山。《世說》曰：王長史問孫興公曰：郭子玄定何如？孫曰：詞致清雅，奕奕有餘。吐章陳文，如懸河瀉水，注而

---

[1] 敬業名悱。東海剡人。爲晉安內史卒。喪還建業。劉爲此文祭之。父勉欲造哀文，既睹此作，於是閣筆。

[2] 一弱女子耳，而深情無限。復以簡澹出之，自是偉作。

[3] 哀豔。

[4] 綠雲易散琉璃脆。何痛如之。

不竭。

④《漢書》曰：劉向忠直，明經有行，擢爲散騎宗正給事中。潘岳《悲邢生辭》曰：妙邦畿而高察，雄州閭以擢秀。

⑤《漢書·地理志》曰：潁川郡縣許。故國姜姓，四岳後太叔所封。又曰：河南郡縣雒陽。雒本作洛，後改字也。

⑥《晉書》曰：潘岳，字安仁。美姿儀，詞藻絕麗。陸機，字士衡。身長七尺，其聲如鐘。少年異才，文章冠世。《漢書》曰：終軍，字子雲，濟南人。少好學，以辨博能屬文聞於郡中。至長安上書言事。武帝異其文，拜軍爲謁者給事中。《史記》曰：賈生，名誼，洛陽人。年十八，通諸子百家之書。文帝召以爲博士。

⑦潘岳詩曰：肇自初創，二儀絪縕。鄭玄《周禮注》曰：判，半也。得耦爲合。鄭司農曰：掌萬民之判合。判亦作胖。《禮記》曰：夫妻胖合也。《漢書·翟方進傳》：天地胖合，乾坤序德。陸機賦曰：且伉儷之胖合，垂明哲乎嘉禮。

⑧《說文》曰：隷，附著也。《楚辭》曰：思夫君兮太息。又曰：思夫君兮往來。夫讀同扶。《說文》曰：治，理也。張揖《廣雅》曰：佐，助也。

⑨郭象《莊子注》曰：蓬非直達者也。《說文》曰：蘭，香草也。李善《文選注》曰：薰，香氣也。梁元帝詩曰：佳人坐椒屋，接膝對蘭薰。

⑩《毛詩》曰：琴瑟在御，莫不靜好。《左氏傳》：楚子曰：左史倚相，能讀《三墳》《五典》。

⑪《論語》：曾子曰：以友輔仁。《說文》曰：促，迫也。

⑫《說文》曰：雹，雨冰也。《釋名》曰：雹，砲也，其所中物皆摧折如人所磨砲也。《廣雅》曰：碎，㪇也。彫，通作凋。《說文》曰：凋，半傷也。

⑬《玉篇》曰：衾，大被也。《論語》：曾子曰：啓予足。

⑭《毛詩》曰：如可贖兮，人百其身。《後漢書注》曰：贖，即續也。

⑮《齊民要術》曰：案：木耳，煮而細切之，和以薑橘，可爲菹，滑美。

⑯顏延之《祭舜文》曰：咨堯授禹，素俎采堂。《說文》曰：觶，實曰觴，虛曰觶。

⑰《漢書》曰：梁鴻妻孟光，每饋食舉案齊眉。

⑱曹子建《七哀詩》曰：明月照高樓，流光正徘徊。上有愁思婦，悲嘆有餘哀。

⑲《孫綽子》曰：或問：賈誼不遇漢文，將退耕於野乎？薄游於朝乎？《毛詩》曰：自伯之東，首如飛蓬。此婦人以夫久從征役而作是詩。

⑳《說文》曰：訣別也。《玉篇》曰：死別也。

㉑《毛詩》曰：穀則異室，死則同穴。

後記

　　余注《文絜》合成十二卷，卷首不作凡例。夫言例始左氏，然三十凡皆散見篇中，未聞另勒一卷。蓋古人著書，其例隨文而見。李崇賢之注《選》也，舊注有者著姓名於篇首；有乖謬乃爲注釋，並稱某曰以別之，何嘗立例！殆能得古人之意者乎？余焉敢望古人，願學崇賢焉耳。然崇賢博洽淹貫，號爲精詳。余則疏漏實多，有愧崇賢也。噫！箋釋之難，蘇玉局、陸放翁之緒論，可謂深知甘苦。余所徵引，今多散佚，或采《選注》，或出近儒輯本，初未敢妄僞。而篇中譬句比字，悉取六朝史書、汪士賢《二十名家集》、張天如《百三家集》及各專集校刊；近古者羅列以別其同異。潛心校核，聊備參考云。

　　己丑春，經誥再記。

跋

　　重卦爻於一畫，文始萌牙；廣轉注於六書，詞隣駢拇。是以樂府中聲，至齊梁而極；儷語雅製，視漢魏獨工。譬之八音繁會，惟笙鐘克諧；五簋錯陳，皆餀飳所積。黎君覺人，博綜羣籍，斐然立言。謙謂雕蟲，屬以附驥。展册校讀，慨然有懷夫喁于之唱，由天籟自鳴；聲氣之應，或封域間阻。乃游踪甫憩，而寶笈縱窺。文字緣深，江湖道闊。紹黃楚望之學派，有待斯人；訂許子威之新編，請貽來哲。

　　光緒戊子秋九月，歙浦汪宗沂跋。